新潮文庫

さよならの言い方なんて知らない。

BOOK 6

河野　裕著

新潮社版

11576

目次

CONTENTS

登場人物紹介

CHARACTERS

香屋歩

Kaya Ayumu

高校2年生。「生き抜くこと」を何より大事にし、能力「キュー・アンド・エー」を用いて、平和な架見崎の実現を目指していた。自身が冬間美咲によって作られた架空の存在であることに衝撃を受けるが、「物語」が「現実」を変えられることを証明するため、新たな戦いに身を投じる。「平穏な国」第一部隊リーダー。

冬間美咲

Toma Misaki

香屋と秋穂の幼馴染。その正体は、数少ない「現実」世界の住人であり、架見崎を作り出した演算機「アポリア」を開発した科学者・冬間誠の娘。架見崎では「ウォーター」として、世界平和創造部を立ち上げ、香屋の前に立ちはだかる。

秋穂栞

Akiho Shiori

高校2年生。年齢より幼い外見をしているが、性格は大人びており、何事にも冷静に対処する。香屋、トーマとともにアニメ「ウォーター&ビスケットの冒険」のファン。「平穏な国」のトップ、リリィの「語り係」を務める。

エデン

ユーリイ　Yuri

元「ＰＯＲＴ」リーダー。「エデン」を乗っ取り、ＰＯＲＴも手中に収める。百を超える効果を同時に発動する能力「ドミノの指先」の所持者。白猫と並ぶ架見崎最強の一人。

ホミニニ　Hominini

「エデン」リーダー。直情的かつ短絡的に見えるが、仲間からの信頼は厚い。能力名「オレの願いはお前の願い」「野生の法則」。

テスカトリポカ　Tezcatlipoca

補助士を極めた能力者。「天糸」を含む３つの「その他能力」を持つ。架見崎最高の検索士・イドを殺害した。

酔京　Suikyo

元「ＰＯＲＴ」最高幹部、円卓会議の一員。火焔を操る能力「サラマンダー」を扱う。

ニッケル　Nickel

元「ＰＯＲＴ」円卓の一人。「その他能力」を全て打ち消す「例外消去」を持つ。

キド　Kido

元「キネマ倶楽部」リーダー。天才的な戦闘センスを有する。現在は「エデン」エースプレイヤーの一人。

パラミシ　Paramici

元「ロビンソン」リーダー。本の世界に他者を閉じ込める能力「パラミシワールド」を操る。

パン　Pan

元「ＰＯＲＴ」円卓の一人。正体は現実世界で演算機「アポリア」を管理するメンバーの一人。冬間美咲とは別の思惑をもって、架見崎に介入する。

世界平和創造部

白猫 Shironeko

元「ミケ帝国」リーダー。肉体のポテンシャルは架見崎で最も高い。最強の一角。

ウーノ Uno

元「ブルドッグス」リーダー。徹底したリアリスト。能力名「現金主義」「用済み」。

ニック Nick

元「キネマ倶楽部」。紫とともにチームを脱退し、キドと対立した。

現実世界

冬間誠 Toma Makoto

トーマの父親。技術的特異点、演算機「アポリア」を開発した天才。自ら命を絶つ。

桜木秀次郎 Sakuragi Shujiro

アニメ監督。「ウォーター&ビスケットの冒険」を製作した。架見崎では「イド」「銀縁」を名乗っていた。

平穏な国

リリィ Lily

「平穏な国」リーダー。無垢で純粋な少女。能力名「玩具の王国」。

シモン Shimon

リリィを傀儡にチームを操っていたが、失脚。トーマ脱退に伴い、復権する。

雪彦 Yukihiko

「平穏な国」最高幹部、聖騎士の一人。能力名「無色透明」。

月生亘輝 Gessyo Koki

「7月」の架見崎の覇者。単独で70万ポイントを持つ最強のプレイヤーだったが、「PORT」「平穏な国」連合の作戦に敗れ、所持ポイントを大きく減らす。パンと共に現れた「ウロボロス」による攻撃を受ける。

宣 戦 布 告 ル ー ル 1

チームA → 宣戦布告 → チームB　　チームC → 宣戦布告 → チームD

2時間のタイマーが回り始める　　2時間のタイマーが回り始める

交 戦 開 始　　交 戦 開 始

交戦は最長72時間。そこで強制的に引き分けとなる。

交 戦 終 了　　交 戦 終 了

交戦終了から24時間は他チームに宣戦布告できず、
他チームから宣戦布告を受けることもない。

宣 戦 布 告 ル ー ル 2 戦 闘 の 合 併

チームA → 宣戦布告 → チームB　　チームC → 宣戦布告 → チームD

2時間のタイマーが回り始める　　2時間のタイマーが回り始める

チームA → 宣戦布告 → チームC

いずれかのチームが他の戦闘予定のチームに宣戦布告すると、
ふたつの戦闘が統合され、タイマーはより残り時間が短い方が採用される。

A、B、C、Dの4チームが交戦中となる

4チームすべての領土内で能力を使えるようになる。
交戦状態になったチームは、他チームに宣戦布告できず、
他チームから宣戦布告を受けることもない。

交 戦 終 了

交戦状態でなければ、能力を使えるのは自分たちのチームの領土内のみ。

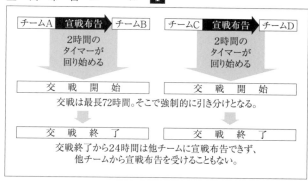

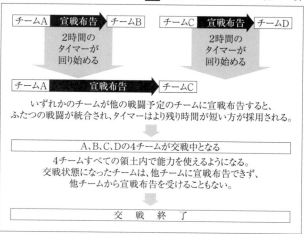

「架見崎」地図

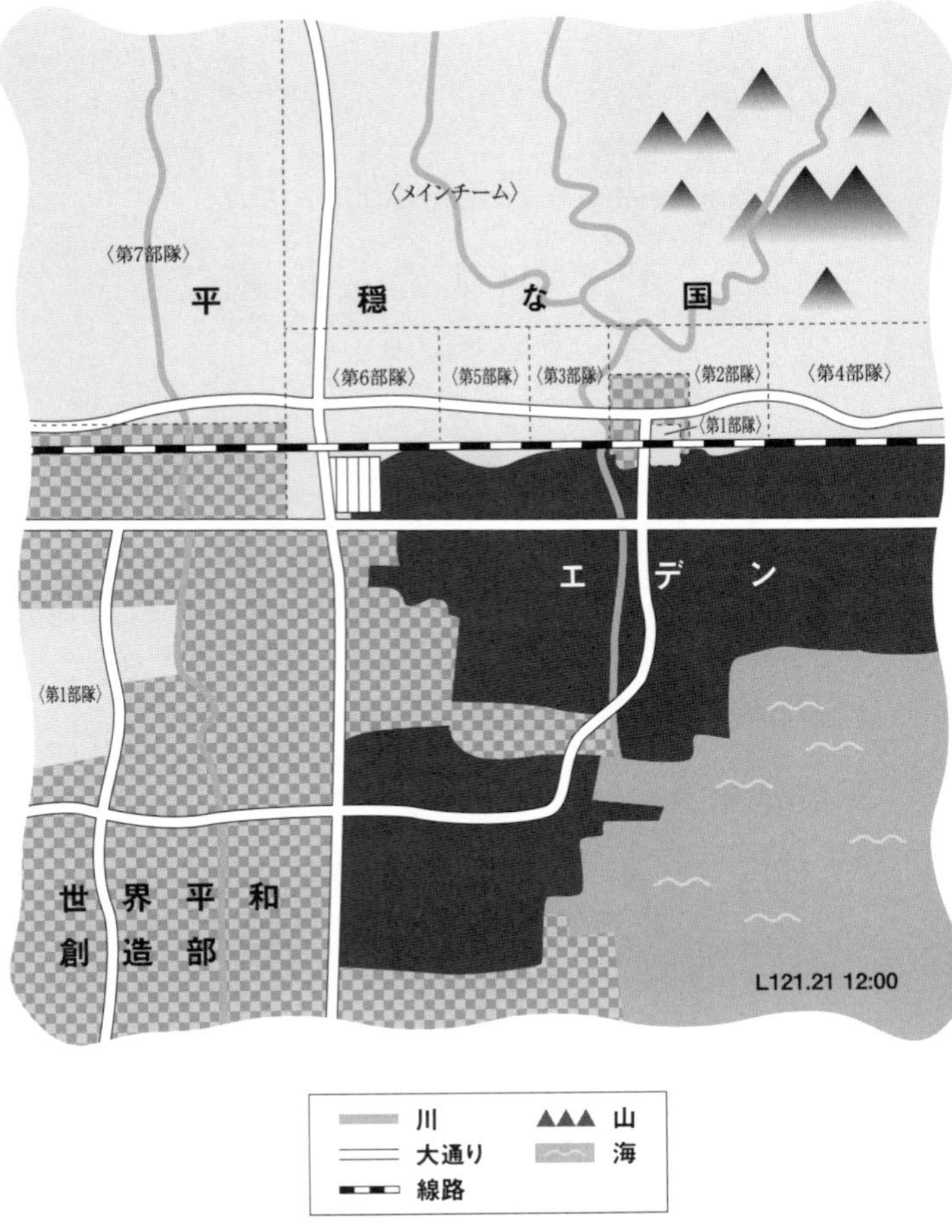
〈メインチーム〉
〈第7部隊〉
平穏な国
〈第6部隊〉
〈第5部隊〉
〈第3部隊〉
〈第2部隊〉
〈第4部隊〉
〈第1部隊〉
エデン
〈第1部隊〉
世界平和
創造部
L121.21 12:00
川
大通り
線路
山
海

さよならの
言い方なんて
知らない。

THEME OF
THE WATER &
BISCUIT 6

プロローグ

――もしも今、目の前に自殺しようとしている人がいたらどう声をかけますか？

香屋歩《かやあゆむ》がそう尋ねたのは、純粋に、彼の答えに興味があったからだ。

ユーリイは少し考えて、こんな風に答えた。

「良い余生を、かな」

ずいぶんな皮肉だなとまず感じた。けれどおそらく、そういうことではないのだろう。ユーリイという人間はこれから自殺する人間に、本心から「良い余生を」と伝えるのだろう。もう死ぬことを決めてしまった人だって、本当に命を落とすまでの何時間か、何十分かは幸せな方が良い。それを祈るのは間違ったことじゃない。

香屋は苦笑して、重ねて尋ねる。

「では、もし貴方《あなた》がその誰かを、死なせたくないと思っていたら？」

「それは、この架見崎《かみさき》での話かな？　それとも現実で？」

「現実の方です」

ユーリイは今度は、少しも考える時間を取らなかった。ごく簡単な算数の問題に答えるように、気負いもなく言った。

「僕の預金をすべてプレゼントするよと言う」

「預金」

「ここに来る前の僕は、それなりに裕福だったからね。まあ、すべてでなくてもいいのかもしれない。まとまった金額をぽんと渡せたなら、それで。たいていの自殺志願者は、口座に八桁《けた》の現金が振り込まれれば死ねなくなるものだよ」

「なるほど」

その考え方はよくわかる。たぶんとっても本質的な話なのだろうとも思う。けれど、今求めている答えではない。

なぜなら香屋が知る「現実」で人々が自死を選ぶ理由は、金銭の問題ではないからだ。生活の苦しみとか、幸福が手に入る目途が立たない失望とかは関係がない。アポリアという劇薬によって、生きることに満足してしまった人たちの死。

「じゃあ、もしも現金をどれだけ積んでも、死ぬことを止《や》めない人が相手なら？」

「とても興味深い。いったいどんな背景があればそんな死に至るのかぜひ知りたい。だから、そうだね。君の質問の答えにはならないけれど、夕食に誘うだろうね。じっくり僕と話し合ってから死んでほしい」

「そっか」

「充分に話を聞かせてもらえるなら、僕が殺してあげてもいいくらいだ」

「殺人犯になるんですか？」

「僕なりの誠意だよ。こちらがなにかを望むなら、納得いくだけの見返りを用意しなければ気持ちが悪い」

なんだか早く本題に入れと急《せ》かされているような気がして、苦笑する。

「すみません。お忙しい中、面会の機会をいただいたのに、こんな話で時間を取ってしまって」

今のところ香屋は、ユーリイの時間を奪うのに充分な見返りを提示していない。

けれど彼は微笑《ほほえ》んで首を振った。

「まったくかまわないよ。御祝儀には足りないくらいだ」

「ありがとうございます」

「平穏な国、第一部隊リーダーへの就任おめでとう、香屋くん」

そういって彼は手を叩《たた》く。

なんだかずいぶん乾燥した、拍手の音が聞こえた。


平穏な国において、香屋歩の第一部隊リーダーへの就任は、スムーズに進んだとは言い難かった。

香屋が手にしていた、唯一《ゆいいつ》にして最高の交渉材料――月生《げっしょう》を失ったことが主な理由だ。

月生はこのループの頭、エデンに捕らえられている。当初の香屋の予定では、データ上は月生を含むキネマ倶楽部《くらぶ》のすべてを差し出すことで、平穏な国内の地位を買うつもりでいた。けれど月生を失《な》くしてしまえば、香屋はろくにポイントも持たないひとりの少年でしかない。

平穏な国はリリィへの信仰を基盤としたチームだ。だから香屋は、リリィを頼れば自身の我儘《わがまま》を推し通せるだろうとわかっていた。でもその方法は選びたくなかった。できる限りリリィには、平穏な国で暮らす人たちにとって、理想的な「聖女」のままでいて欲しい。けれど彼女の独断で充分な実績のない香屋を登用してしまうと、チームの亀裂《きれつ》の原因になるかもしれない。平穏な国の人々の目に、リリィが権力を握って独裁を始めたように映るのは、危険だ。だから香屋は、リリィの発言力に頼ることなく自身の地位を押し上げたかった。

そこで目をつけたのはふたりだ。一方は、シモン。かつての平穏な国の裏の支配者。彼は表向き権力を失っているが、無力ではない。現在もシモンの推薦でチーム内の高い地位についている人材が多く、加えてトーマ――ウォーターが平穏を離脱したのも大きい。シモンへの対抗勢力とは、ほとんどイコールでトーマ派だったのだから。シモンはいまだ、平穏内での役職は持たないままだが、トーマが離脱した直後にまとまったポイントの返還を受けてメイン検索士《サーチャー》の座に返り咲いている。

そのシモンはむしろ、香屋が月生を失ったことを好機だと捉《とら》えているようだった。今のうちに自身が復権することで、一方的に香屋を手駒《てごま》に加えられると考えているのだろう。

シモンは、香屋自身にはそれほどの興味を持っていないのだと思う。けれど平穏というチームを運営していく上で、月生が欲しくないはずがない。そして月生を手に入れたいのなら、香屋の存在には価値がある。孤独な最強だった月生が、自身のリーダーに選んだのが「キネマ倶楽部リーダー、香屋歩」なのだから。香屋はエデンから月生を取り戻す——そして、取り戻した月生を平穏な国に差し出す——ことを約束し、シモンとの協力関係を築いていた。

とはいえ現在のシモンが発言力を持つのは、あくまで平穏の裏側だ。彼は「リリィへの裏切り」という、あのチームにおいては最大の禁忌を犯したのだから、表向きの影響力を取り戻すにはまだ時間がかかる。つまりチームの上層部はともかく、一般的な人員たちはシモンを嫌っていて、彼の言うことに素直に従いはしない。

そこで香屋は、もうひとり、架見崎における絶対的な強者の名前を使うことにした。

かつてのPORTリーダー、ユーリイ。そのPORTを取り込んだエデンは、現在はホミニニが形の上でのリーダーを務めており、ユーリイ自身は肩書きを持たない。けれどあのチームの本当のトップがユーリイなのは、誰の目にも明らかだ。

香屋はユーリイと連絡を取り、こんな風に提案していた。

——平穏な国と話をするつもりはありませんか？　もしよろしければ、そのときの平穏側の代表に、僕を指名してください。

あのユーリイから、対話相手として指名を受ける。そうなれば平穏の人々にも大きなインパクトを与えられるはずだ。どさくさに紛れて香屋が部隊リーダーの座に就いても、なんだか自然に思えるくらいのインパクトだ。

香屋はユーリイに対して、もともと開示しようとしていたカードがあった。

――もしもお会いする機会をもらえるなら、この世界の秘密をお教えします。

ユーリイが香屋の提案に惹《ひ》かれたのか、それとも平穏な国の権力争いになんか興味がないだけなのかはわからない。ともかく彼は、香屋の提案に乗った。そして香屋はユーリイとの対話の直前に、望んでいた地位を与えられた。

「平穏な国、第一部隊リーダーへの就任おめでとう、香屋くん」

そう言ってユーリイが、軽い拍手を送る。

月生が長い時間を過ごしていた、架見崎駅に隣接するホテルの一室だ。そこは今、平穏な国の持ち物になっている。少し前まで月生が所属していたキネマ倶楽部のものだったけれど、今はもう、架見崎にそのチームはない。香屋がチーム名を変更したことが理由だ。

――平穏な国、第一部隊。

ホテルの最上階のスイートルームは、ユーリイによく似合っていた。絹がいくらか混じっているのだろうか、光沢のある濃紺色のスーツを着た彼は、ひとり掛けのソファーでゆったりと脚を組んでいる。

対面のソファーの香屋は、身を縮めていた。純粋に、ユーリイと向かい合っているのが怖い。彼はよく身体《からだ》を鍛えているようで、なんの能力もなくても香屋なんか簡単に捻《ひね》り潰《つぶ》せてしまえそうだし、その内ポケットに拳銃《けんじゅう》を潜ませていたとしても不思議はない。彼が銃を携帯することを少しでも躊躇《ためら》うとすれば、その理由はスーツのシルエットが崩れることくらいじゃないだろうか。

「いよいよ大手チームの部隊リーダーになった感想は？」

ユーリイに尋ねられて、香屋は答える。

「名前だけですよ。なんの力もありません」

現在の、平穏な国第一部隊は、キネマ倶楽部がその名前を変えただけだ。平穏な国から追加の人員が与えられたわけでもないため、月生が捕らえられている今、メンバーは香屋ひとりだけだった。平穏にしてみれば、あくまでユーリイとの交渉のためだけに用意したスケープゴートのような無力な部隊で、だから香屋がそのトップに就くことに、大きな反発もなかった。

香屋はやや背を丸めて身体を小さくしたまま告げる。

「貴方も僕が無力だと知っているから、わざわざここまで来てくれたんでしょう？」

通常、チーム間での話し合いには、周到なテーブルの準備が必要になる。領土内ではそのチームに所属するメンバーしか能力を使えないため、敵チームを訪ねると、一方的に攻撃を受ける危険があるからだ。テーブルの中心にチーム境がくるように会場を選ぶとか、戦力を揃《そろ》えて交戦状態にしてから椅子《いす》に座るとか、そういった手間を今回は省略できたのは、香屋ひとりきりのチームがあまりに無力だからだろう。

長い脚を組んだまま、ユーリイが首を傾《かし》げてみせる。

「うちも、なかなかすっきりまとまっているとは言えない状況だからね。多少の危険があったところで、平穏にお邪魔するのに躊躇いはないよ」

「傍《はた》からみていると、エデンはもう完全にユーリイさんのものにみえます」

「本当に？」

尋ねられて、香屋は苦笑する。あまり得意とはいえない、お世辞という奴《やつ》を使ってみたつもりなのだけど、さすがに相手が悪かった。香屋は補足する。

「まあ、PORTは複雑なチームだったみたいだから」

もともと、ユーリイがPORTのすべてを掌握していたなら、彼がわざわざエデンに移り、古巣に攻撃をしかけて支配し直すなんて面倒なことをする必要はなかった。彼が奇妙な遠回りをしたのは、PORTにはユーリイにも思い通りにならない人たちがいたせいだろう。そして現在のエデンは、そのPORTの人材の多くを取り込んでいる。以前——ユーリイが素直にPORTのリーダーをしていたころに比べれば、現在はさらに彼の発言力が増しているだろうが、それでもすっきり誰も彼もが言う通りに動くわけではないのだと思う。

ユーリイの方は笑みを浮かべて——それは、うっかり心を開いてしまいそうになる親密な笑みだったが、もちろん彼の演技の一環なのだろう——軽く頷《うなず》いてみせる。

「イドを失ったのが、やはり痛手でね。僕は少し内緒話が苦手になった」

「ここでの会話は安全ですか？」

カエルとは異なる方法で、冬間誠を再現することを目指して開発されたＡＩ。

そのＡＩの開発に関わったのがパンだ。現在、架見崎で生活する人々の大半はただの仮想人格だが、ただふたりだけ、現実に実在する人間がログインしている。その一方がパンで、もう一方がトーマ――冬間誠の娘、冬間美咲《みさき》だった。前ループまでもうひとり、イドというプレイヤーもいたけれど、彼は架見崎では死亡した。

カエルとは違い、ヘビは架見崎の運営には否定的だと聞いている。株式会社アポリアが、カエルよりもヘビの方が正当な冬間誠ＡＩだと判断すれば、カエルは現在の座を奪われるだろう。そして、ヘビの考えに従って架見崎の運営も中止され、そこで暮らす香屋たちも一緒に消えてなくなることになる。

なら香屋はカエル対ヘビの戦いで、カエル側を勝利させなければならない。

架見崎の人たちの大半はまだ知らない。でも、すでに架見崎はその参加者たちの戦いから、カエル対ヘビの戦争に舞台が移り変わりつつある。

そして香屋は、ユーリイが自分と同じ、カエル側につくことを望んでいる。

＊

口早に説明を終えると、ユーリイはさすがに驚いたようだった。

彼はしばらく顔をしかめ、ゆっくりと顎《あご》を撫《な》でた。珍しく演技ではなく悩み込んでいるようにみえた。

無理もないことだ、と香屋は思う。唐突に、自分がＡＩだと知らされたのだから。これまで自分自身の人生だと思ってきたものが、みんな作り物だと言われたのだから。

香屋はむしろ、ユーリイにもそれなりの人間味があったことに安心していた。けれど、彼の最初の言葉は、香屋の想定にないものだった。

「だとすれば僕たちは、火星には立てないのか？」

思わず香屋は尋ね返す。

「え？　火星？」

いったいどこから、火星なんてものが出てきたのだろう。

ユーリイは不機嫌そうに続ける。

「もちろん火星に限らない。アンドロメダ銀河の端の小さな惑星でも、メイオール天体の中心の巨大ブラックホールでもいい。僕はアポリアの限界を尋ねているんだよ。どれだけ詳細な演算ができたとしても、そんなもの地球の表面のごくわずかな範囲だけじゃないのか？　いや、その範囲にしたって完璧《かんぺき》だとは思えない。その演算で、重力子はどう扱われている？　超弦理論は正しいのか誤りなのか？　僕たちがみてきた世界は、表面を現実に似せて取り繕っているだけで、本質的なルールの成り立ちはまったく杜撰《ずさん》なものじゃないのか？」

香屋はしばらく、呆気《あっけ》にとられていた。――真面目《まじめ》な顔でなにを言っているんだろう、この人は。

「それが、大事なことですか？」

尋ねるとユーリイは、しっかりと頷いた。

「もちろんだよ。僕が仮想人格だというのは、まあどうでも良い。グリア細胞でできた物理的な脳と数列でできた仮想上の脳にどれほどの差があるというんだ。問題なのは、僕がいる世界だよ。すべてがアポリアによって演算された世界なら、アポリアにとって未知なるものは、僕たちも決して知り得ないはずだ」

「まあ、そうですね。思想みたいなものを別にすれば」

頭の中で考えればわかること。あるいは、わかるのではないかと期待されていること。つまり生命のイドラみたいなものであれば、アポリア内にいる香屋たちにだっていずれ発見できるかもしれない。

けれど遠く離れた天体の詳細は、アポリアにも知る術《すべ》はないはずだ。本当のことは、香屋にはわからない。火星くらいなら、まあなんとかなるのかもしれない。けれど一〇万光年も離れた場所にある、地球からは観測のしようもない小さな惑星の詳細は、アポリアにだってきっと知りようがない。

「つまりユーリイさんは、アポリアが知らないことを知りたいんですか？」

「違うよ。まったく違う。知性の限界を外的な要因で定められるのが気に入らないと言っているんだ」

「でも知性の限界なんて、どうしたってあるものでしょう？」

「うん。どこかにはある。でもね、その限界を示す境界線と闘ってきたのが人類だよ。そのために文字があり、書物があり、教育がある。膨大な時間をかけて知見を深く蓄積させることで、かつての限界を更新し続けてきた。その歴史から排除されることが許せないと僕は言っているんだ」

「アポリアがもっと賢くなれば、すべての真実がわかるかもしれません」

「宇宙の果てまで観測機を飛ばして？」

「その可能性はあります」

「もちろんだ。その通りだ。でもけっきょく、僕たちはアポリアが知ったことを追従して知るだけだ。アポリアの限界を超えられはしない。だけど現実というのは、そうではないだろう？　すべての真相が、あらかじめ用意されているものだろう？　僕たちが愚かなためにそれを知り得なかったとしても、外的な要因で限界を定義されてはいない」

なんだか少し、面白かった。

ユーリイの反応が想像とはずいぶん違って。

「アポリアの話をしても、ユーリイさんは平気なんじゃないかと思っていました。なるほどそうだったのか、みたいに軽く頷いて、おしまいなんじゃないかって」

ユーリイは、軽く息を吐いて笑う。

「それはまったくの見当違いだよ。僕がどれほどつまらない人間でも、たまに取り乱すくらいのことはできる」

そう答えたユーリイは、すでに「取り乱すこと」を止めたようだった。落ち着いた様子で、彼自身が持参したペットボトルのミネラルウォーターに口をつけた。

少し考えて、香屋は口を開く。

「ともかくユーリイさんは、架見崎というアポリアの世界に不満があるわけですね？」

「ごく簡単にまとめるならね」

「なら、先に進みましょう。人類が火星を目指すように、僕たちは現実を目指しましょう」

ユーリイが、とん、と音をたてて、ペットボトルをテーブルに置く。それから意外に純粋にみえる、丸い目でこちらを覗《のぞ》き込む。

「現実」

「はい。ここが不満なら、外に出るしかない」

「なるほど。たしかに香屋くんの言う通りだ。架見崎がどれだけ閉じた世界でも、外へと続く扉を開けるなら問題ない。僕たちは圧倒的にフェアな現実に繋がっている。でもね、その扉はどこにある？」

「わかるでしょう？　貴方なら」

そう香屋は尋ねる。ユーリイという人間——あるいは、仮想空間に生み出された人格の演算——であれば、もうこちらと同じ答えに到達しているはずだと信じて。

彼は呆《あき》れた様子で笑う。

「もちろんわからない。僕たちには情報が足りない。そうだろう?」

「はい。無意味でつまらない建前では、そうなる。でも」

「うん。理性的で他人行儀な建前を別にすれば、君が言いたいことはわかるよ。現実へと繋がる扉は、きっとヘビの目的と同じ場所にある」

ああ。やっぱりこの人は頭が良い。ただ知識が多いとか、計算が速いとかではなくて、こちらの文脈を正確に読み解いている。

「つまり?」

と香屋は尋ねる。

「架見崎の勝者への報酬」

とユーリイは答える。

香屋はほほ笑む。同じ考えで、安心した。

ヘビの行動には違和感がある。どうして冬間誠を模したAIが、わざわざ架見崎のプレイヤーになる必要があるのだろう? ヘビの思惑について考えたとき、思い当たった推測は、ただのひとつだけだった。

――欲しいものをなんでもひとつ。

まったく馬鹿《ばか》げた、架見崎のゲームの勝者に与えられる報酬。そんなもの、これまでろくに気にもしていなかった。そもそも香屋にはこのゲームを終わらせるつもりがなかったのだ。せいぜい、架見崎を永続化する作戦に便利に組み込めるならそうしようと思っていたくらいだ。

けれどここにきて、その報酬に大きな意味が生まれた。

「僕たちに対して与えられるその報酬は、要するにアポリアの一部——架見崎を演算している領域を、ある程度の期間好きに使わせてもらえるという意味だと思います」

この世界を作るアポリア自体を好きにできるなら、それはもう本当に「欲しいものをなんでも」だ。王様にだってなれる。神さまにだってなれる。現実の人間たちが、アポリアを使ってそうしているように。

ユーリイが頷く。

「つまりヘビは、アポリアの演算領域を使う権利を獲得しようとしているわけだ。ヘビがアポリアを使い、なにをするつもりなのかはわからない。本当に。だが、現在の僕たちからみえているルールだけで考えるなら、一時的にそれを使用することで、自身が正当な冬間誠AIだと証明できるつもりでいるのかもしれない」

「はい。カエルよりもヘビの方が、より冬間誠だと証明するためにアポリアを使う。そのために架見崎のゲームで勝つ——つまり、カエルが設定したルール内でアポリアを使用する権利を勝ち取る必要がある。こんな風に考えるとしっくりきます」

「だとすれば、ヘビはまだアポリアを自由に使用する立場にはいないことになるね。これまで、冬間誠AIといえばカエルだった。チャンピオンであるカエルに、ヘビが挑戦している構図だ」

「ヘビが架見崎のルールの内側で勝者を目指すなら、僕たちにだって戦いようがあるはずです。そして僕と貴方は、ヘビという脅威を排除する理由がある」

「うん。なぜならその勝利報酬こそが、現実へと繋がる扉になり得るから」

ユーリイの言葉に、香屋は頷く。

アポリアの計算領域を自由にする権利を得たなら、いったいなにができるだろう？　少なくとも、香屋やユーリイの人格を「外の世界」に送り出すことは可能なはずだ。香屋は実際に、トーマのアポリア端末に宿る形で現実をみて回っている。

「僕たちの共通の敵は、ヘビです。それと戦い、架見崎の勝者にならなければいけない。だから僕たちは、しっかりと握手を交わせる」

少なくとも、ヘビに打ち勝つときまでは。

「もちろんだよ。でも――」

ユーリイは不自然に言葉を途切れさせた。とくに表情が変化したわけでもなかったが、こちらをみる視線の質が変わったような気がして、また緊張する。

香屋はしばらく、黙ってユーリイの言葉の続きを待っていた。けれどなかなか彼が口を開かないから、「なんですか？」と促す。ユーリイは言った。

「いや。なんだか、君の印象が変わったような気がしてね。以前よりも少し大胆になった――というか、迷いがなくなった印象だ」

なんだ、そんなことか。

香屋はため息をつく。

「まあ、わりと追い詰められていますから。細かな検証をする余裕がなくって」

「そう」

「あとは、いちおう、それなりにショックなんです。自分が人間ではなかったことが」

もっと正確には、自分自身の思想みたいなものが、トーマの思惑通りにできていることが。それを知って、少しだけなにかが変わった気がする。具体的にはわからないけれど、思考の法則みたいなものが、少しだけ。

これが良い変化なのか、そうではないのかはわからない。香屋自身は、どちらかといえば悪い変化だと思っている。けれど必要な変化でもある。

「僕はこの戦いに、命をかけるつもりでいます」

香屋の言葉に、ユーリイが軽く首を傾げる。

「ヘビとの戦い？」

香屋は首を振る。

「いえ。現実との戦い」

僕たちフィクションで、現実を変える。——それを成し遂げるため、自身の考えだとか、哲学みたいなものに、香屋歩は命をかけるつもりでいる。

第一話　世界が滅ぶとわかっていたら気持ちよくは死ねないでしょう

1

秋穂栞《あきほしおり》は苛立《いらだ》っていた。最近、やたらと忙しいから。

原因のひとつは、このループの頭、香屋歩《かやあゆむ》が姿を消していたことだ。あいつが二日と半日ほどで戻ってくるとわかっていたなら、もう少し心に余裕を持って、コミックとポテトチップスで時間を潰《つぶ》すこともできた。けれど彼の身の安全さえわからない状況だったものだから、珍しく全力を尽くすことになった。

秋穂はまず、世界平和創造部と情報を交換することにした。香屋と共にトーマも架見崎《かみさき》から消えていたから、彼女をリーダーとする世創部であればなにか知っているのではないかと考えたのだ。

けれどその会議は、実りがあるものになったとは言い難かった。世創部の方もトーマの行方をまったく把握していないようで、とりあえず彼女が事前に残した方針に従って、のんびりとチームを運営しているにすぎないということだった。もちろんあちらが嘘《うそ》をついている可能性もあったけれど、秋穂は世創部の話を信じることにした。この会議に参加した世創部側のメンバーは、白猫《しろねこ》、黒猫《くろねこ》、コゲといった元ミケ帝国の面々で、白猫には嘘が似合わないから。それにいちいち相手の話を疑ってかかるような手間のかかるやり方は、秋穂のスタンスではない。

——ということは、トーマにとっては、予定通りの出来事だってことかな？

と秋穂は予想していた。秋穂が知るトーマは、万全に準備を進めるタイプではない。あれこれと難しいことを考えてはいるのだろうけれど、突発的な事故で消えてしまったなら「チームを運営する方針」なんてものは用意していなかったように思う。一方で、トーマよりもずっと用心深いはずの香屋はなんの指示も残さずに消えてしまったから、こちらは本人が意図したことではないのだろう。トーマは自らの意思で架見崎から消え、遅れて香屋もそれに巻き込まれた。こんな風に考えるのが、もっとも辻褄《つじつま》が合う。

世創部とは、「今後も状況を報告し合いましょう」と約束していた。本来の目的——香屋とトーマの居場所の調査——では、この約束は間もなく無意味なものになる。ふたりが揃《そろ》って架見崎に戻ってきたからだ。けれど世創部との対話のチャンネルができたという点では有意義で、香屋からは定期的な情報交換を続けて欲しいと言われている。世創部側からも打ち切りたいという話がなかったため、週に一度ほどの頻度であちらの人たちと通話を繋《つな》ぐことになった。

その準備だけでもずいぶん時間を取られるのに、加えて平穏な国の運営に関して、秋穂は意外な重労働を抱えることになった。リリィがずいぶんやる気になっていることが理由だ。彼女は最近、チームリーダーとしての責任に目覚めつつあるようで、それは素晴らしいことなのだけど、相談相手になれるのは秋穂しかいない。そもそもリリィは語り係としか会話をしてはいけないことになっていて、前ループまでその語り係だったトーマはチームからいなくなってしまったから。

八月一五日――このループも半ばを迎えた日、秋穂はリリィの部屋でテーブルを挟んで彼女と向かい合っていた。テーブルにはアイスティーと、数種類の焼き菓子が用意されている。秋穂はアイスティーのストローに口をつけながら、プリント用紙の束をぺらぺらとめくる。平穏内で確保できる食料の一覧を記載したもので、紙資料は特別な加工をしていない限りループの度に白紙に戻るから、検索士《サーチャー》たちが端末に保存しているものを毎度印刷し直している。

同じ資料を難しい顔つきでみつめるリリィに向かって、秋穂は告げる。

「最近の平穏は、やや食料が足りない傾向がありますね。スーパーだとかコンビニだとかがあった領土をウォーターが持って行っちゃったのに、ちっちゃなチームがいくつか合流して、人数があまり減っていないのが理由です」

現在の平穏な国の領土には、スーパーマーケットがひとつしかない。代わりにコンビニが七つと、ドラッグストアが三つと、大型の家電量販店がある。

リリィが眉《まゆ》を寄せてこちらをみる。

「みんな、お腹《なか》が空《す》いてる？」

「そこまでじゃありませんよ。以前ほどは余裕がない、という程度です」

現状、平穏な国の人員は一九二人。ちなみに世創部は一三四人で、エデンには実に六六九人もメンバーがいる。中堅チームふたつを吸収したエデンに、もともと人口も最多だったPORTが合流した結果だ。

ともかく平穏な国では、一九二人が三一日間生活するだけの食料が必要になる。全員が律儀《りちぎ》に一日三食の食事を摂《と》る計算なら、ざっくり一万八〇〇〇食。対して平穏の領土から出る食料は、だいたい二万食ぶんになる。なんだまだ余裕があるじゃないか、という気がするけれど、実際はそうでもない。

資料では、食料のおよそ半分――一万食程度が別枠で記載されていた。こちらは「時間経過で食べられなくなる食料」の項目で、生鮮食品や弁当類に加え、冷凍食品なんかも含まれる。それらは稼働《かどう》している冷凍庫に入れなければ、どんどん自然解凍して腐り始めるのだ。架見崎はずっと八月だから、食材たちの寿命は短い。使う順序に気を遣い、適時火を入れて加工しても一〇日程度でだめになる。

平穏には比較的、即席麺《めん》や缶詰、箱入りの菓子類なんかの食料も多い。これらはコンビニやスーパーに加え、大型家電量販店やドラッグストアでも手に入ることが理由だ。けれど、生鮮食品が食べられなくなってからの二〇日間、一九二人に三食ずつ分け与えるには少し足りない。

といっても、これは一日三食なんて健康的な生活を前提にしていることの方がおかしいのだろう。キネマ倶楽部なんて、ループの半分はポップコーンとコーラで飢えをしのいでいたのだから。一日一食でも人は死なないし、健康も空腹感もループで元に戻る。秋穂は比較的、楽観視していた。

でもリリィの方は、この食料のことをずいぶんな大問題だと捉《とら》えているようだ。

「お腹が空くと、みんな不機嫌になるでしょう？」

とリリィが言った。

たしかに、真面目《まじめ》に戦争をするつもりなら、士気の維持のために食料は重要だろう。秋穂はよくわからないが、なにか本で読んだような気がする。とはいえ。

「たぶん大丈夫ですよ。ループの頭一〇日間くらいは、むしろ食料が余っているくらいなんだから。月末の一週間程度苦しくても、その先でお腹いっぱい食べられるとわかっているなら、大きな問題にはなりませんん」

実際、各部隊から物資の振り分けで要望に上がっているのは、嗜好品《しこうひん》の類《たぐい》が多い。甘味と酒類とタバコだ。食事では、米の要求がもっとも高い。資料では、平穏で手に入る米は四〇〇キロほどで、これはだいたいお茶碗《ちゃわん》に六〇〇〇杯ぶんになるそうだ。なんだ一日一食ごはんを食べられるんじゃないか、と秋穂は思うけれど、一杯が生米六五グラム程度で計算されているため、成人男性にしては物足りないようだ。――生米六五グラムと言われても、炊《た》き上がったごはんの量を上手《うま》く想像できないけれど。

なんにせよ、「空腹でたまらないから食料が欲しい」といった要求はない。平穏な国は、今の時点では食料難というほどでもない。

リリィが首を傾《かし》げてみせた。

「でも、もっとうちの人数が増えたら、そのうちに足りなくなるよね？」

「増やすつもりなんですか？　人員」

「増えないの？」

「どうですかね」

現状の架見崎は、もうすでにずいぶん煮詰まっている。弱小はタンブル工業を残してすべて消え去り、中堅チームももうない。話し合いだけでこちらになびくような相手を想像できないから、人員を増やすには他のチーム——つまりエデンか世創部と戦い、勝ち取ることになるだろう。そして、もしもあの二チームと戦って勝てば、一緒にスーパーがある領土なんかもついてきそうだ。食料の問題を考える必要はない。

例外は、亡命だった。香屋は「戦いを忌避する人たち」を平穏な国に集めたいと考えている。上手くいけば戦闘することなく、戦いを放棄したい人たちが平穏に流れ込んでくるかもしれない。この場合が面倒で、領土は増えないままごはんを食べる人たちばかりが増える、ということもあり得る。世創部はおそらく人員を流出させない——トップがあのトーマなのだから、結束は固いはずだ——けれど、エデンはわからない。

その気になればネガティブな想像もできるけれど、秋穂は気楽に告げた。

「まあでも、面倒事は香屋が考えますよ」

不確定な未来にまで手を回しておくようなこと、こちらに求められても困る。秋穂は自分自身の美点を、できないことはしないところだと思っている。

けれどリリィは、まだ食料のことが気になっているようだった。

「冷凍庫が使えると、もう少しましになるのかな？　ループが明けてすぐは、たくさん食べ物があるんだし」

「うちもタンブルを頼って、家電の修理はしていますよ」

タンブル工業という、メンバーがたった四人だけのチームは、その全員が家電の修理ができる。その特徴を理由に架見崎中を回り、家電修理のついでに行商のようなことをしている。

――タンブルは危険だ。

と香屋が言った。トーマとの繋がりを想像できるから。香屋自身は、平穏な国へのタンブルの立ち入りを禁止したいようだが、あのチームは便利すぎるため実現できていない。純粋にタンブルを止めるとチーム内の反発が大きい。

このループの頭にも、タンブルの四人は平穏な国に現れて、いくつかのエアコンと冷蔵庫や冷凍庫を直していった。スーパーマーケットには業務用の冷凍庫があり、生鮮食品の一部をループの後半まで持ち越せる。それにアイスクリームは、まいにち暑い架見崎ではもっとも好まれる嗜好品だ。

リリィが首を傾げる。

「冷蔵庫を直せればいいなら、そういう能力を取れば？」

「そちらは、これまでにも検討されていますよ。でも、その他能力《オリジナル》は類似するものを獲得できないという縛りがあるので」

めぼしい能力はタンブル自身か、ＰＯＲＴ――現エデンに押さえられている。より多くのポイントを費やせば、まだ獲得できる能力はあるのかもしれない。たとえば冷凍庫を直す代わりに、氷山を生み出すような能力を獲得すれば。けれど、はっきり食料難というわけでもない平穏で、食べ物のために使えるポイントは限られている。

「もっと食べ物が欲しければ、ケンカをしてよそから奪い取るのが、架見崎の王道です」

「嫌だよ。そんなの」

「では、話し合ってわけてもらいましょうか。そちらの方が、知的生命体の王道です」

「できるの？」

「ウォーターのところでは、ずいぶん食料が余っていると思います」

世創部は平穏な国の一部の部隊と、ミケ帝国が合流してできた。トーマが持って行ってしまった元平穏の領土は食料が豊富だったし、ミケ帝国も同じだ。あのチームは人員に対し、ずいぶんたくさんの食料を抱えているはずだ。なにかこちらから対価を提示できれば、売買にも応じてもらえるかもしれない。都合よく、世創部とは交渉のためのチャンネルもある。

「じゃあ、もっとうちの人数が増えたら、お願いしてみようか？」

「そうですね。話すだけならタダだし」

答えながら秋穂は、テーブルにあった焼き菓子に手を伸ばす。個包装されたフィナンシェを選んだ。自分たちで買うことはないけれど、しばしば親がどこかからもらってきたりするお菓子の詰め合わせに入っているあれだ。

封を切り、口に運んで、違和感があった。

——あれ？　こんな味だったかな。

バターの香り。砂糖の甘さ。アーモンドパウダーの風味。だいたいそれだけで構成されているシンプルな焼き菓子に、少し複雑な味が混じっている。ぼんやりとしているけれど特徴的な——これは、シナモン？

けれどその違和感は、端末が鳴る音ですぐに忘れた。検索士《サーチャー》からの通話だ。

端末を手に取ると、声が聞こえた。

「リリィとの対話の許可をお願いしたい」

シモン。現在の平穏のメイン検索士《サーチャー》。

「用件によります」

最近、秋穂の生活は妙に忙しい。世創部との窓口になり、リリィの相手で時間を取られる。さらに加えて、シモンの存在が重い。

香屋が平穏内である程度の自由を獲得するためにはシモンの後ろ盾が必要で、けれどかつての平穏のように、シモンをこのチームの支配者にするわけにはいかない。

香屋に望まれている、秋穂の最大の役割は、シモンの手綱を握ることだった。

2

そのころ香屋は、会議で虐《しいた》げられていた。

平穏な国では、すべての決定権をリリィが握っている、ということになっている。けれど実際には主要なメンバーの会議で今後の方針を決めている。かつてこの会議はシモンが取り仕切っていたが、彼が失脚して以降は聖騎士と呼ばれる部隊リーダーたちだけの集まりになっていた。

平穏な国が本拠地としている教会の敷地内の、それほど大きくはない礼拝堂に、香屋を含めて六人の部隊リーダーが集まっていた。第二部隊リーダー、雪彦《ゆきひこ》。第三部隊リーダー、ホロロ。第四部隊リーダー、エヴィン。第六部隊リーダー、ワタツミ。第七部隊リーダー、マカロン。ここに、形だけは第一部隊のリーダーとなった香屋を加えて六人。

平穏な国はもともと、メインチームとは別に一〇の部隊を持っていたが、うち四つの部隊リーダーが人員を引き連れてこのチームを離れている。トーマ――ウォーターを筆頭に、紫《むらさき》、ウーノ、太刀町《たちまち》の四人だ。残った六人に香屋が加わり、現在の部隊は七つ。その中で、第五部隊リーダー、スプークスだけがこの場にいない。

部隊リーダーたちが香屋に向ける目は冷ややかだ。まあ、どこから出てきたのかわからない、架見崎での経験が豊富だとも言えない背の低い少年が、唐突に第一部隊のリーダーになったのだから当然だろう。そのくせトーマと仲が良いことは知られているようで、「こいつも今に裏切るんじゃないか?」と疑われているのを感じる。

この会議では、彼らは徹底的に香屋を無視することに決めたようだ。なにを言っても返事をもらえず、香屋は「子供のいじめかよ」と内心で毒づきながら、仕方なくひとりで喋《しゃべ》り続けている。

「世界平和創造部は、みかけよりも大きなチームです。エデンは大量の人員を抱えていますが、おそらくその中にウォーター派が紛れ込んでいるはずです。正確な戦力はわかりませんが、世創部はエデンと同等程度に強いと考えた方がいい。うちはそれよりも少しだけ下でしょう。ですがより重要なのは、僕とユーリイがヘビと呼んでいる、正体不明のプレイヤーが架見崎に現れたことです」

喋りながら香屋は、テーブルにつく五人の様子を観察していた。会議にドレスコードがあるわけではないはずだけど、香屋のほかは全員がスーツに身を包んでいる。事前に言ってくれればこちらだってなんとかスーツを用意したのに。この構図もなんとなく、馬鹿《ばか》げたいじめっぽくはある。

五人はみんな一様に、いまだ口を開きもしない。けれどこちらに向けた感情には、多少の違いがあるようだ。

第二部隊リーダー、雪彦は現在、平穏な国で最強と言われている。彼は二〇代の後半くらいだろうか、小柄な男性だった。香屋よりは背が高いけれど、それでも一七〇には届いていないようにみえる。彼の身体《からだ》はボクサー体形で引き締まっている。一方で肌の色はずいぶん白く、不健康にみえる。泣きボクロがある細い目は冷めきっていて、いちおうこちらをみてはいるけれど、香屋の話にはとくに興味もなさそうだ。

第三部隊リーダー、ホロロはよく太っている。強化士《ブースター》メインのプレイヤーだと聞いているが、あまり身体を動かすのが得意そうにはみえない。歳《とし》は三〇代の後半というところだと思うけれど、サラリーマンが着るような地味なスーツのせいだろうか、あまり戦場に立つ姿を想像できない。彼は露骨に不機嫌そうに顔をしかめていた。こちらがぺらぺらと喋っているのが気に入らないのだろう。

第四部隊リーダー、エヴィンは長身の女性だ。金髪をほんの数ミリまで短く刈り込んでいる。その外見は威圧的で、香屋は苦手だなと感じていた。子供のころ、坊主《ぼうず》といえば真面目さの象徴だったのに、ある程度歳を取ると印象が反転するのはなぜだろう。スーツは光沢がある黒で、中にはワインレッドのシャツを着ている。それもまた柄が悪い感じがする。彼女はテーブルに肘《ひじ》をついた手で額を支え、居眠りするように目を閉じていた。

第六部隊リーダー、ワタツミは顔立ちが整った青年だ。二〇代半ばほどの彼のスーツ姿は、就職活動のさなかの大学生のようにみえる。ワタツミの印象は、なんとなくキドに似ていた。キドを少しだけ幼くして、少しだけ生真面目にした――というか、内面の生真面目さを表に出した――ような印象で、生真面目なぶん香屋に向ける苛立ちも素直に表情に現れている。

そして第七部隊リーダー、マカロン。香屋は、彼にだけは以前にも会ったことがある。このメンバーの中では香屋の次に幼い、二〇歳前後の小柄な青年で、上着は脱いでおり、今は白いシャツにサスペンダーという出《い》で立ちだった。五人の中で、マカロンだけが笑みを浮かべている。香屋が第一部隊リーダーという立場になったことを面白がっているようでもある。

なんにせよ、五人ともが沈黙したままだった。香屋はひとり話を続ける。ヘビのことを彼らに伝えなければならない。架見崎の真相――ここがアポリアによって演算されている世界だ、という点は伏せ、その他のことはできるだけ正確に。

「ヘビの正体は不明です。ですが、運営と深いかかわりがある――おそらく、あのカエルたちと同様に架見崎をよく知るプレイヤーだと考えられます。よって充分に警戒する必要があります。ユーリイによると、月生《げっしょう》さんがエデンに捕らえられた背景にも、ヘビのことがあるようです。皆さんもご存じかと思いますが、このループの二日深夜に、架見崎駅に電車がやってきました。ヘビはその電車に乗っていて、月生さんと接触したと考えられます。隣には元PORTのトップ、パンもいたそうです」

充分に興味深い話題を提供したつもりなのに、五人はまだ沈黙していた。香屋は仕方なく、もっともこちらに好意的な印象のひとりに尋ねる。

「マカロンさんは、検索士《サーチャー》がメインですよね？　このプレイヤーについてなにか情報を持っていませんか？」

しばらく返事を待つが、マカロンは口を開かない。にやにやと笑ったまま首を傾げてみせただけだった。香屋は苛立ちを隠さず、人差し指の先でテーブルを叩《たた》く。

「答えてください。まさかまったく検索《サーチ》していなかったんですか？　架見崎に電車がやってくるなんて、誰の目にもイレギュラーな事態が起こったのに？　これではエデンや世創部に勝てるはずがない。情報量に差がありすぎる」

無理やりにでも口を開かせるために、安っぽい挑発をしているつもりだった。というか実際に情報収集では、平穏はエデン――かつてのＰＯＲＴに大きく遅れている。素直に思っていることを羅列するだけでも相手を苛立たせることはできそうだ。

「だいたい平穏の検索《サーチ》は使い方がおかしいんですよ。シモンが語り係だったころはきっと、他チームの情報収集よりもチーム内の情報操作に力を入れていたんでしょ？　シモンが失脚した時点で、貴方《あなた》たちはまずそこを立て直すべきだった。きちんとＰＯＲＴと渡り合えるチームを目指さなければならなかった。でも、まともに動いていたのはウォーターだけです。そしてあいつは検索《サーチ》を他の部隊に頼らず、自前で用意することにした。だからあいつが仲間を引き連れてこのチームを抜けたあと――」

「うるさいよ」

と、口を開いたのはホロロだった。

彼はこちらを睨《にら》んで続ける。

「知りもしないことを憶測で語るなよ。ウォーターはこのチームに受け入れられていなかったんだ。オレたちは彼女を警戒していた。だからウォーターは自分で情報源を調達しただけだ」

ホロロの口調は特徴的だ。ゆったりと喋るのに高圧的で、感情を読み取りづらいのにドライじゃない。表情もなく忍び寄るトカゲみたいに、陰気に湿った声。

「チーム内で情報管理を分断するようなことが、そもそもおかしいんですよ。そんなのシモンのやり方を踏襲しているだけで――」

香屋の反論に割り込むように、ふ、と鼻から息を吐くような笑い声が聞こえた。そちらに目を向けるとマカロンが、サスペンダーの位置を直しながら言った。ホロロが口を開いたから、馬鹿げた無言ゲームを止《や》めたのだろう。

「香屋くん。私たちとまともな話をしたいのなら、まず君は説明しなければならないことがある」

「なにを？」

「ヘビというプレイヤー？　その話の情報源である、ユーリイとの関係だよ。君がエデンと裏で繫がり、平穏を陥れようとしている可能性を、私たちは否定できない」

「ヘビの情報源はユーリイじゃありません。ウォーターです」

香屋の言葉に、マカロンは驚いたようだった。

「彼女はうちを裏切って、新たなチームを作った」

「ええ。そうですね」

「これで君は、いっそう疑わしくなったわけだ」

「別に、これまでとかわらないでしょ。僕とウォーターは、けっこう仲が良いんですよ。そんなのみんな知っている」

だから香屋は、はじめから平穏な国に信用されようなんて思っていない。疑われたままでも、このチームを望む方向に誘導するしかない。香屋は続ける。

「ウォーターと仲が良いからといって、あいつと僕の目的が同じだってわけではありません。彼女はヘビ側につくと言っています。僕はヘビと戦うつもりです。これからの架見崎は、ヘビ派かそうではないのかのふたつの勢力の争いになります。ユーリイと僕が顔を合わせて話をしたのもそれが理由で、彼も僕と同じ反ヘビ派です」

これまで、眠っているようだったエヴィンが目を開く。

「話が繋がらないな。君の話じゃ、月生はヘビによって、エデンに捕らえられた。なのにそのエデンの実質的なトップが反ヘビ派？」

香屋は頷《うなず》く。

「先ほど話した通りです。エデンにはウォーターの仲間が潜んでいるはずです。そのウォーター派が、ほぼイコールでヘビ派です。あのチームはいずれ、ヘビ派と反ヘビ派に二分されます」

この説明は、少し正確ではない。エデンの内情はもう少しややこしい。というか、トーマとパンの関係がややこしい。「ちなみに私は、ヘビ側につくつもりでいる」とトーマは言った。あの言葉に嘘はないはずだけど、それはあくまで香屋の敵役になるというニュアンスで、パンの「ヘビ派」とはずいぶん成り立ちが違う。あのふたりがすでにしっかりと手を取り合っているのか、それとも敵対関係にあるのか、香屋にはわからない。

マカロンは、好奇心が強そうな丸い目でこちらをみつめる。

「ヘビというプレイヤーは、実在さえ疑わしいよ。二日に駅で月生が捕らえられたのは事実だ。でも、そこにいたのは月生自身とパンを除けば、たった一〇〇〇Pしか持たない新人ひとりだけだった。そしてその新人はすでに命を落としている」

香屋もその話は聞いていた。ユーリイがあの駅での出来事を検索《サーチ》していて、あらましを教えてくれたのだ。

「その、すでに死んだプレイヤーがヘビだったのではないかと、僕やユーリイは考えています。だいたい新人プレイヤーが電車に乗って架見崎にやってくるのが奇妙でしょ」

「もう死んでいるプレイヤーを怖《おそ》れる理由はないだろう？」

「死んでしまえばすべてがお終《しま》いだとは限りません」

「なぜ？」

「たとえば、幽霊になるようなその他能力《オリジナル》を持っていた可能性もある。事実、そのあとにあの月生さんが、戦闘能力はほとんどないはずのパンに捕らえられています。ヘビは警戒するべきです」

ヘビ——電車に乗って架見崎に現れ、月生の手で死亡したプレイヤーの能力は、ユーリイもつかんでいないようだ。現状、エデンでもっとも優れた検索士《サーチャー》であるテスカトリポカも「わからない」と言っているらしい。そのテスカトリポカの思惑もよくわからないから、素直に信じられる言葉ではないけれど。

マカロンが首を傾げる。

「君の話は非現実的だ。私たちには、もっと現実的な推測がある」

「僕とユーリイが手を組んでいて、月生が捕らえられたのは狂言だという可能性？」

「そう。その通り。もともと月生は、エデンに行く予定だったのではないかな」

「意味がありません。あの人だけをエデンに差し出して、僕ひとりがまだここに留まっているなんて。本当に僕がエデンと繋がっているなら、月生さんをもっと上手く使いますよ。あの人は、たったひとりで平穏を壊しきれるくらいの力を持っています」

「かもしれない。けれど、違うのかもしれない。私たちが想像もしていないような理由があり、君はエデンと内通しながら月生だけをあのチームに渡したのかもしれない」

「ええ。可能性はある。けれど可能性を怖れるなら、すべての可能性に備えた計画を立てざるを得ないでしょう？　僕の話が嘘の可能性。僕の話が本当の可能性」

「少しでも疑わしい以上、君の好きにはさせられないよ。だから今日の会議はみんな無意味だ」

「そうじゃない。僕は一方的に情報を提供しています。話を聞くだけ聞いて、あとは皆さんの好きにすればいい」

「君はどうする？」

「皆さんの決定に従いますよ。べらべらと喋りながら」

かつて、架見崎を訪れたばかりのころ、香屋はキネマ倶楽部に拾われた。あのチームは甘く、優しかった。それでも信頼を得るために、香屋は一度だけ命懸けで戦った。

今回も、同じようにしても良い。本当に。架見崎で命をかけるのはあの一度だけだと決めていたけれど、それを反故《ほご》にしても良い。けれど自棄になっても仕方がない。英雄願望みたいなもののために、無意味に命を投げ出すつもりはない。

――僕は、ただ勝つだけでは信頼されないんだ。

ユーリイとの繋がりを疑われている。トーマとの繋がりも疑われている。なら、香屋が戦場でどれだけ戦果を上げたところで、なにもかもが脚本通りにみえても仕方がない。劇的な勝利であればあるほど、香屋が相手と繋がっていて、平穏内で権力を握るための芝居ではないかと曲解されるかもしれない。なら、香屋が命を懸けるのは今ではない。

「ユーリイはこのループ中に、世創部に宣戦布告を行うと言っています。世創部を落とすというよりは、エデン内の彼に反抗する人たちをあぶり出すために。平穏もその戦いに乗るべきです。ヘビを警戒するのなら、ユーリイに手を貸して、エデンを完全に彼のものにしてしまった方がいい」

色白の小柄な男――雪彦が初めて口を開く。

「ユーリイは、怖ろしいよ。架見崎のほかの誰よりも。オレたちはヘビという未知のプレイヤーより、ユーリイを怖れるべきだろう。もしも本当にエデンが分裂するのなら、我々は反ユーリイの方につくべきだ」

その考え方が、ずれているんだ。香屋は内心で舌打ちする。

もう架見崎は、平穏やエデンや世創部で争っている場所じゃない。全員が団結して、ヘビを倒すことに集中しないといけない。けれどそんな説得が彼らに通じるとは思えなかった。本当に怖いのはヘビだとしても、平穏を動かすにはもっとわかりやすい敵がいる。

「ウォーターよりも、ユーリイが怖いですか？」

と香屋は尋ねる。トーマの怖さは、同じチームにいた彼らがよく知っているはずだ。

雪彦は首を振って答える。

「ウォーターは、オレでも刺せる。ユーリイは刺せない」

「じゃあユーリイと月生さんを比べたなら？」

今度は、雪彦はなにも答えなかった。

戦って勝てる、勝てないの話をするなら、未《いま》だに架見崎のトップは月生だろう。けれどそんな評価は、すでにそれほど意味があるものではない。かつてPORTと平穏の連合チームは月生を追い込んだ。そして今回、エデンは月生を捕らえた。ただ強いだけの個人には限界がある。

「一対一で戦ったなら、ウォーターよりもユーリイの方が強いかもしれません。でも、同程度の戦力のチームを率いての戦闘ならウォーターの方が強い。当たり前でしょう？　ユーリイにウォーターと同じだけの、リーダーとしての能力があるなら、わざわざエデンとPORTの争いを起こしたりしませんよ」

もしもウォーター――トーマがPORTのリーダーだったなら、あいつはPORTだって掌握していただろう。常にユーリイよりトーマの方が優れているというわけではない。その性能を比べ合えば、いくつもの場面でユーリイが勝つはずだ。けれど、架見崎での戦いにおいて、ユーリイとトーマを比べればより怖いのはトーマだ。そしてそのトーマよりも、ヘビの方がなお怖い。

ホロロが言った。

「平穏な国にもっとも被害を与えたのは、ユーリイでも月生でもない。ウォーターだよ。彼女は部隊リーダー四人を含むチームメンバーの二〇パーセントを領土ごと奪い取ったんだから。オレたちが恐れているのは、あれの再来だ」

「僕がウォーターみたいに、このチームを奪っていくって？」

「それを怖れるのは当然だろう」

「僕にそんな力はありません。今から独立するといって、いったい誰がついてくるんですか」

「たしかにその通りだ。今はまだ、お前は弱いだろうね。けれどこの先のことはわからない。お前には権力も、人員も、情報も与えられない」

「もともとくれとも言っていません。僕は部隊を率いるつもりなんてない」

「ここから出ていけと言っているんだよ。お前がそこにいる限り、オレたちは会議を始められないんだから」

香屋は舌打ちを漏らす。けれど、ホロロが言うこともわかる。もし香屋が彼ら側の立場だったなら、やはり他チームとの繋《つな》がりが疑わしい、正体不明の成りたて部隊リーダーなんてものは外して話をしたいだろう。

テーブルに手をついて、香屋は立ち上がる。

「でも、僕はリリィに選ばれてここにいる。平穏な国というチームにおいて、リリィの決定よりも重要なことはないはずです」

応《こた》えたのは、エヴィンだった。

「違うだろ。君を押し上げたのは、シモンだ」

「最終的にはリリィの決定です。でも別にシモンだっていい。エヴィン、貴女《あなた》もシモンに取り立てられて、その席にいるんでしょう？」

「状況が違うよ。シモンは君を嫌っている。そんなことみんな知っている」

ああ。そうなのだろう。

シモンは平穏な国のメイン検索士《サーチャー》の座に返り咲いた。その背景には、語り係となった秋穂からリリィへの進言がある。秋穂はシモンの復権に協力する代わりに、香屋を第一部隊のリーダーだと認めるよう要求した。この辺りの事情を知っていれば、香屋とシモンのあいだに強固な信頼はなく、ただ利害関係だけの取引だとわかる。

　香屋は大きなため息をつく。

「わかりました。僕が邪魔だというのなら、退席しましょう。ですが」

　喋りながら、足元に置いていた鞄《かばん》に手を伸ばす。中はノートにまとめた資料だった。エデンや世創部の戦力を分析し、彼らの戦術を考察し、対処法を記載している。

　そのノートをテーブルにおいて、香屋は続ける。

「必ず、こちらの資料に目を通しておいてください。皆さんの役に立つはずです」

　しばらく待ってみたけれど、返事はなかった。誰からも。

　香屋はそのまま背を向けて歩き出す。

　もしもトーマなら、と香屋は内心で考えていた。あいつであれば、なにか劇的な方法で彼らを説得してみせたのだろう。あいつの言葉はもっと的確で、彼らだって無視できないのだろう。実際、トーマは周囲が敵だらけの環境でも、語り係と第一部隊リーダーを兼任する平穏な国の中心人物だった。

　けれど香屋は、そんな風には戦えない。説得力みたいなものは、はじめからちっとも持ち合わせていない。

　香屋は自身の言葉に頼らず、このチームを動かすつもりでいる。

会議に使われている礼拝堂を出て間もなく、後ろから声をかけられた。

「香屋くん」

振り返るとそこに、マカロンがいた。サスペンダー姿の彼――脱いだ上着は見当たらないから、またあの会議に戻るつもりなのだろう。

マカロンはこちらに歩み寄り、言った。

「ヘビの話。あれは、本当？」

「もちろんです」

「そう。私は君の話を信じているよ。たしかに電車が来たときの架見崎駅は奇妙だった。どうとは言えないけれど、それなりの検索士《サーチャー》であれば本能的に気持ちの悪さを感じる、情報の揺らぎのようなものがあった」

内心で香屋は警戒する。敵ばかりの会議を抜けたあと、ひとりが後を追ってきた。このシチュエーションなら、やってくるのは数少ない味方より、味方のふりをした敵だと考えた方がしっくりくる。とはいえ今、彼と争っても仕方がない。

「ありがとうございます。月生さんの周りは、ぜひ詳細に検索《サーチ》してください」

「うん。とはいえ、交戦中ではないチームへの検索《サーチ》は困難だ」

「なら交戦してからでも」

平穏の部隊リーダーは、充分に高いポイントを持っている。数値だけをみれば架見崎全体の上位五パーセントには入るだろう。けれどマカロンは検索士《サーチャー》でありながら、情報収集に特化したプレイヤーではないようだ。

彼の能力構成は歪《いびつ》だ。ポイントの半分はその他《オリジナル》に割り振られていて、内容はチームメンバーの多くに秘匿《ひとく》されている。なんにせよ、ただ情報をかき集めるだけであれば素直に検索《サーチ》にポイントを突っ込んだ方が有利だから、なにか搦め手《からめて》のようなことが得意な検索士《サーチャー》なのだと思う。

マカロンは身を屈めて香屋の耳元に口を近づけ、声をひそめる。

「さっきの会議。君はなにを狙《ねら》っていた？」

「別に。話すべきことを話しただけです」

「でも私たちを説得するつもりはなかった。君は情報を開示しながら、ただ余計に嫌われただけだ」

「人に好かれるのは苦手なので」

「嫌われ役を引き受けながら、チームのために発言する。君の姿勢は美しい」

香屋は苦笑する。彼の言葉がべたべたと甘く、気持ちが悪くて。

マカロンが身を離し、まっすぐにこちらをみつめる。

「実は私も、このチームじゃ嫌われ者なんだよ。はいはいと頷いていれば良いようなことでも、おかしな点があるとつい意見してしまうからね」

「僕やウォーターほどは嫌われていないでしょう？」

「かもね。でも、あくまで程度の問題だよ。君と私は似ているね」

「どうかな。たぶん、そんなには似ていないと思うけど」

マカロンが小さなため息をつく。

「それは残念だ。ぜひ覚えておいてよ。私は、私に似た人が好きなんだ」

そうですか、と香屋は答えた。

じゃあねと言って、彼は背を向け、礼拝堂へと戻っていく。

――マカロン。なぜ、僕を追ってきた？

わざわざ部隊リーダーたちの会議を離れて。彼の思惑を上手くつかめない。

頭の中では、咄嗟《とっさ》に様々な想像が広がる。ネガティブなものばかりだ。首を振って、香屋はその想像から距離を取る。

今、考えるべきことは別にある。次の戦いに備えなければならない。

＊

「とはいえ、マカロンは気になりますね」

と、端末の向こうで秋穂が言った。

香屋は平穏から与えられている、メインチームの領土にあるマンションの一室にいた。

ファミリータイプのもので、ひとりで暮らすには広すぎてそわそわする。

秋穂には、部隊リーダーたちの会議の様子をひと通り伝えていた。帰り際《ぎわ》にマカロンに声をかけられたことも、一応は話した。

ソファーに寝転がって香屋は答える。

「まあ、もともと疑わしい人がやっぱり疑わしかっただけだよ。状況は変わらない」

「たったひとりだけリリィを愛していない聖騎士、ですか」

「別に愛していなくても、平穏を裏切らないならそれでいいんだけどね」

前回のループ時、香屋はシモンから受け取ったポイントで、運営にふたつの質問をしていた。「トーマ離脱後、平穏に残るトーマ派はいるか？」と「部隊リーダーの中で、リリィを愛していない人物は？」のふたつ。

前者の回答は、ノーだった。トーマは平穏に自身の手駒《てごま》を残していない。

だが後者の質問には、ひとりだけ該当者がいた。部隊リーダーの中でリリィを愛していない人物は、マカロン。彼はトーマ派ではないが、リリィを裏切っても不思議ではない、ということになる。

「純粋に戦力を比べれば、平穏は他の二チームに少し見劣りするよ。世創部は戦力を読み切れないところがあるけれど、ここよりＰＯＲＴを取り込んだエデンの方が上なのは、まず間違いない」

「マカロンがすでに他チームと繋がっているなら、相手はエデンですか？」

「もちろん正確なことはわからない。マカロンはただリリィが好きではないだけで、別にどことも手は組んでいないのかもしれない」

「なんにせよ信用できる相手ではないですよね」

「部隊リーダーの連中が、僕を嫌う気持ちがよくわかるよ。裏切りを予想できる身内はだいたいの敵より扱いに困る」

「他の裏切り者の可能性は？」

「今回は、考えない。考えている余裕がない」

現在、香屋には実にたくさんの悩みがある。エデンが強い。世創部も強い。大勢が入り乱れる戦いを完全にイメージし切ることなんてできない。要点のみを拾い上げて思考を集中する必要がある。それだけでも大変なのに、平穏な国を思い通りに動かすこともできない。いちいち余計な手間がかかる。

「次の戦いの目的は、月生さんの奪還ですか？」

秋穂の言葉に、香屋は顔をしかめる。

「いちおう、そこを目指しているよ。でも――」

そこで言葉を切ったのは、秋穂との通話の内容がシモンに筒抜けなのが理由だった。端末を使った通話は検索士《サーチャー》の技能で、香屋と秋穂だけでは使用できない。今回の通話も、アリスという名前の検索士《サーチャー》が繋いでいる。

「でも？」

と秋穂が反復する。

――でも、月生さんに近づくこと自体が、危険だって気がする。

これが香屋の、素直な感想だった。月生の周りには、ヘビの臭《にお》いが濃密に漂っている。不用意に近づけば、なにが起こるかわからない。

けれど香屋は月生を取り戻して平穏の戦力にすることを条件に、シモンの協力を取りつけている。だからシモンの耳がある通話で月生への不安を口にするのは抵抗があり、話題を変えた。

「でも最大の目標は、トーマに並ぶことだよ」

これも別に、嘘《うそ》じゃない。トーマ——ウォーターの存在は、大きくなりすぎた。架見崎で暮らす誰だって、ユーリイの対抗馬はトーマだと考えているだろう。

この辺りで、あいつの隣に並んでおく必要がある。香屋よりも二年も早く架見崎を訪れたトーマのアドバンテージをすべて巻き返す。これからの、ヘビとの戦いに備えるためには、それくらいは欲張りたい。

「どうやって?」

と秋穂が尋ねた。

覚悟を決めて、香屋は答える。

「次の戦いでは、すべての戦場で世創部に勝利する」

ユーリイはエデンから世創部への宣戦布告を予告している。その戦いに、平穏な国も割って入る。そしてトーマには一勝もさせない。

「全勝できるなら、横並びどころか圧勝では?」

「それでも五分を超えられないから、トーマは気持ち悪いんだよ」

次の戦いは、まあ普通にやればこちらの——香屋とユーリイの負けだ。そうなるように

トーマが状況を作っている。全勝で、ようやく五分。なんとかそこまでもっていかなけれ

ばならない。

「全勝すると、どうなるんですか？」

「世創部が平穏に泣きついてくる。ぜひ同盟を結びましょうって風に」

「それはあんまりトーマっぽくないですね」

「そう？　僕はとってもトーマに似合う考え方だと思うけれど」

順に説明しよう、と宣言して、香屋は続ける。

平穏とエデンが手を組んで、世創部をこてんぱんにやっつける。実際のところは、こて

んぱんってほどではないだろうけれど、なんにせよトーマに「このままではやばい」と思

わせる。そこでトーマは、いちばんクールな戦い方を考える。

「さてこの状況の、もっとも冴《さ》えたやり方は？」

尋ねると秋穂は、そう悩みもせずに答えた。

「平穏とエデンの仲違《なかたが》いですかね」

「うん。わかった？」

「わかりました。たしかに、トーマっぽいですね」

秋穂は話が早くて助かる。

平穏とエデンの連合軍に対して、トーマ――世創部はいつだって有効な手札を持っている。つまり、世創部の方が平穏と同盟を結んでしまうという方法だ。

もちろん平穏の人たちはトーマを嫌っている。それはもう、大嫌いだろう。けれどトップのリリィは違う。彼女とトーマは今も互いに、大切な友達だと考えている。そして平穏な国というチームは本来、すべての決定に対してリリィが絶対的な権限を持つ。

「上手くいけばいずれ、たぶん次のループごろ、トーマから同盟の話があるはずだ。そこまでいって、横並びだよ。完全に平等で平和的な、話し合いですべてを解決できる関係を構築する」

するると香屋が死ぬ可能性が低下する。知っている人たちが死ぬ可能性も低下する。優しいリリィも大満足で、誰も損をしない。

軽い調子で秋穂が言った。

「でも、平和的な関係のために、まずはケンカするんですか？」

「うん。勝って勝って勝ち抜くよ。だって、仕方がないだろ。今のところ、向こうに僕と仲良くしてくれる気がないんだから」

あっちの方から「ぜひ友達になってください」と言い出すように話を進めるしかない。けれど同盟のための戦いには矛盾というか、非効率的なものを感じていたから、「気に入らない？」と尋ねてみた。

「気に入らないってわけじゃないですが――」

端末の向こうで、秋穂が笑う声が聞こえた。

「でも、どうしたんですか？　貴方がまともに戦おうとするなんて珍しい」

その通りだ。戦うのは嫌いだ。負ければこちらが大勢死ぬし、勝ってもあちらが大勢死ぬ。両方が散々に被害を出し合うことだってある。そして、人が死んで良いことなんてなにもない。恨みばかりが積みあがる。

「でもね、他のことでトーマに勝てる気がしないんだ」

戦場に有利なカードを並べたり、相手の戦術を読んでふいを打ったり、あちらが想定していない能力の組み合わせをみせつけたり。どうにかトーマに勝てそうなのは、そんな、暴力的で馬鹿げたやり方だけだった。

「架見崎に来てから、香屋が戦いに勝とうとするのは初めてかもしれませんね」

「アズチには勝つつもりだったよ。あとは、そうだね。初めてかもしれない」

大抵は引き分けを目指していたり、上手く逃げ延びるつもりだったり。そういう風な戦い方ばかりしてきた。相手に勝つ、と決めるのは、それだけで怖くて心が震える。

「ま、貴方が勝つと決めたなら、勝ち方をみつけるところまではいくんでしょう」

「トーマを相手にするときは、その先がいつも問題になる」

これで勝てるというところまで計画を詰めて、向こうにそれを上回る方法がなくても、なぜだか不思議と結果的に負けていたりする。こちらが勝ったはずなのに、終わってみればあちらばかりが得していることがよくある。

秋穂が言った。

「それに今回は、不確定な要素に身を委《ゆだ》ねないといけないし」

「うん。けっきょく、シモン次第だってことになる」

今の香屋には、平穏を動かすことはできない。だからシモンと手を組むことにした。部隊リーダーたちの集まりに残してきたノートには、わざと穴を作っている。あちこち足らず、想定が甘く、一部に間違っているデータもある。

今ごろシモンは、香屋がいなくなった会議で、その問題点をつぶさに指摘しているはずだ。あげつらって嘲笑《あざわら》い、そしてより精度が高い、香屋の本来の計画をまるで自分の発案のように話して聞かせているはずだ。

あの会議の連中は、嫌われ者の香屋が言うことに反対しても、その香屋の誤りを暴《あば》きながら語られるシモンの意見は無視しないだろう。これで香屋は、実質的には意図通りに平穏を動かし、シモンはチーム内の権力を取り戻すきっかけを得られる。とりあえず両者に利益があるやり方だということにしておく。

「最後はシモンに頼らなければならないっていうのが、なんとも気持ち悪いですね」

と秋穂は言った。シモン派の検索士《サーチャー》が繋ぐこの通話で。

そのことに香屋は思わず笑う。

「シモンは意外と、信頼できるよ」

彼が善良だというわけでも、誠実だというわけでもない。

けれど現状、シモンとは利害が一致している。一度、大きく地位を落とした彼に、再び這《は》い上がる手段を選ぶ余裕はないはずだ。

秋穂も、端末の向こうで笑ったようだった。

「貴方が信頼なんて言葉を使うのは、珍しいですね」

「君とトーマ以外に？」

「ええ」

「余裕がないんだ」

物理的にも、心理的にも。追い詰められていて、悩みは多く、だから悩み方を選んではいられない。とにかく前に進むしかない。

「秋穂。僕はトーマに勝つよ」

と香屋は言った。

「貴方の口からその言葉を聞いたのは、たぶん初めてです」

と秋穂は答えた。

その声は楽しげで、けれど香屋の方は、自分の言葉にふるえていた。

3

世界平和創造部の構造は、エデンや平穏に比べればずっとシンプルだ、と紫《むらさき》は考えている。

　ウォーターという絶対的なリーダーの下に、三人の副官がついている。ひとりはパラポネラ。彼女の仕事は検索士《サーチャー》を取りまとめることだが、世創部のメイン検索士《サーチャー》というわけではない。純粋に検索《サーチ》のポイントでいえば、ミケ帝国出身のコゲの方が少し上だ。そのコゲが「ウォーターの副官」という立場にならなかったのは、彼自身が白猫のそばを離れたがらないのが理由だった。白猫は世創部内でも特別な立場にいて、ウォーターもコゲを奪い取ろうとはしない。

　二人目の副官は、コゲと同じくミケ帝国出身の黒猫。彼女の方はむしろ、白猫から距離を取りたがっているようだった。白猫に愛想をつかしたわけでも、なにか軋轢《あつれき》があるわけでもなく、むしろ彼女を尊敬しているからこその行動だろう。黒猫は白猫に並び立つために、彼女の庇護《ひご》下を離れたようにみえる。

　そして三人目の副官が、紫自身だった。紫は、自分がその役割に向いているとは思えなかった。同じ元平穏の部隊リーダーだけを比べても、実績をみれば太刀町の方が上だし、架見崎での経験はウーノが圧倒している。正直、太刀町は「ウォーターの副官」という立場には似合わない――彼女は戦場で自由に戦わせるのが正しい使い方で、部隊の取りまとめや、細々とした裏方の仕事には向かない――けれど、元ブルドッグスリーダーという経歴を持つウーノの方は申し分がない。彼女は紫よりもあとから平穏な国に合流したメンバーだったが、あのチームでも一定の尊敬は受けていた。

ウーノを差し置いて紫がウォーターの副官に選ばれた理由は、単純に「ウォーターにとって話をしやすい相手」というだけだろう。それでもチーム内でとくに不満が出ないのは、やはりウォーターが作る雰囲気が理由なのだと思う。世創部には、階級争いというものがほぼ存在しない。だれかの胸の内にはあるのかもしれないが、少なくとも紫の目には触れない。領土を分割することもないため部隊リーダーも存在しないし、「ウォーターの副官」だって管理職というよりただ雑用係という印象がある。ポイントの割り振りも適材適所というか、理屈が非常にわかりやすい。「この人がこれだけのポイントを持つのは、作戦上こんな能力が必要だから」というのが明らかになっている。情報共有がスムーズで風通しの良いチームにすることを、ウォーターは第一に意図しているのだと思う。

その中で、チームメンバーからみて唯一《ゆいいつ》ブラックボックス化しているのが、ウォーター自身だった。彼女は前のループの半ば――世創部というチームができた直後――からこのループの頭までどこかに姿を消していたし、戻ってきてからもチームの運営に積極的に関わろうとはしない。「オレはオレの仕事をする」と言い張って、たいていはどこかに雲隠れしている。だから紫を含む、三人の副官の仕事ばかりが増える。

その日、紫がウォーターに呼ばれたのは、午後一時になるころだった。

この面会は紫の方から希望した。どうしても話しておきたいことがあったのだ。指定された民家のリビングを訪れると、彼女はひとりきり、疲労困憊《こんぱい》といった様子でソファーに寝転がっていた。

「お疲れのところ、お時間をいただいて申し訳ありません」

と紫は声をかける。

ウォーターはうたた寝から目覚めたばかりみたいに――実際、眠っていたのかもしれない――なにか朦朧《もうろう》としたうめき声を上げて、答えた。

「疲れているのは君もでしょう？　オレがいないあいだ、チームを任せきりでごめんね」

「それはかまいませんが、毎日なにをしているんですか？」

「オレなりに戦っているんだよ。我が身を削って、一所懸命」

「だれと？」

「だれってことはないけど、放っておくと将来困りそうな相手」

「交戦もせず？」

「実は、そういうのは苦手なんだ。普通に戦争ごっこをしていたら、オレが香屋だとかユーリイだとかに勝てるわけないでしょ」

そうだろうか。むしろ現在のウォーターの地位は、「ユーリイへの対抗馬」という期待によって築かれているように思う。もともとウォーターが架見崎で名を知られるようになったのは、弱小チームを中堅まで育て上げて平穏な国に身売りしたのがきっかけだし、そのあとも対月生、対ユーリイという大物との戦いをくぐり抜けている。戦場において不敗というのがウォーターの看板だ。

ウォーターはソファーの上で身を起こした。

「君の仕事はどう？」

「順調ですよ。非常に」

紫の役割は、簡単にまとめると「世創部内の平穏出身者とミケ帝国出身者に仲良く手を取り合わせること」になる。世創部のリーダーはウォーターなのであまりそんな感じはしないが、実際のところ、このチームのベースになっているのはミケ帝国だ。ミケはまとまりの良いひとつのチームだったけれど、平穏を抜けた四つの部隊はとくに仲が良いということもない。純粋に戦場でもっとも強いのが白猫ということもあり、チームの主体はどうしてもミケ帝国になる。そこに元平穏の人員を馴染《なじ》ませていく必要がある。この作業はずいぶんな苦労が予想されていたが、実際はとくに障害もなかった。

「ミケ帝国というチームは、異常ですよ。白猫を信頼しすぎています。彼女が納得していることには誰も反論しません」

それは平穏における、リリィへの信仰ともまた形が違う。なんというか、チームメンバーがみんなポジティブに諦《あきら》めている感じがする。あきれ顔で、苦笑を浮かべて、「白猫が言うのだから仕方がない」と受け入れることに誇りを持っているような。

「ま、オレは協調性がある人たちを選んで世創部を作ったからね」

「どこが？」

むしろ反対ではないか、という気がする。

ミケ帝国は「どこにも従わない、自由なチーム」という風に表現されるのが通例だったし、ウォーターを除く三人の元平穏の部隊リーダーだって協調という言葉が似合わない人たちばかりだ。

太刀町はなにを考えているのかわからない、というか本気でなにも考えていないのではないかという気がする。反対に、ウーノは徹底したリアリストで、利害関係でしか物事を判断しないようにみえる。紫自身は表層だけみればたしかにききわけが良いタイプかもしれないが、実のところ我慢が得意——裏返せば、変化が苦手——なだけで、世創部への愛みたいなものはない。ウォーターのことは気に入っているし、信頼も尊敬もあるけれど、このチームはわりとどうでも良い。もっとも根っこのところでは、今もまだキネマ倶楽部《くらぶ》の一員だったころを忘れられていない。ニックと同じように。

けれど、ウォーターは軽く答えた。

「君もウーノも太刀町も、白猫さんや黒猫さんやコゲさんも、自分のルールみたいなものは決して曲げない人たちだよ。だからオレがそのルールを間違えなければ、みんなで仲良くやっていける。世創部は良いチームだ」

「それって協調性ですか？」

「もちろん。相手に合わせるばかりが協調じゃないでしょ。もしもオレが君たちのルールを知ろうとしないとか、知っていたとしてもそれを無視していたなら、オレの方に協調性がないってことになる」

言いたいことはわかる。とてもウォーターらしくもある。この人はどちらかというと

「わがままなリーダー」という印象だが、たしかに相手が大切にしているものには臆病《おくびょう》なくらいに敏感だ。でも。

「とはいえ世創部は、私たちやミケ帝国だけのチームではないでしょう？」

旧ＰＯＲＴ——現在のエデンには、何人かの「ウォーターの友達」が潜んでいる。連日、ウォーターがどこかに姿を消して、疲れ果てて帰ってくるのは、彼らと連絡を取り合っているからではないだろうか。

ウォーターが頷いた。

「そっちの方とも、仲良くやってるよ」

「でも、問題だってあるんでしょう？」

「うん？」

「ソファーでずいぶん疲れ果てている貴女なんか、うちのメンバーは誰もみたくありませんよ」

「どうかな。このチームじゃ、オレが無理に強がる必要はないと思ってるけどね。なんにせよ最近の悩みは、チーム運営だとか、メンバーのいざこざだとか、そういうのとは別のことだよ」

「エデン？　それとも、平穏ですか？」

世創部は新造のチームだが、敵はもうその二チームしかいない。

けれどウォーターは首を振ってみせた。

「紫の幸せって、なんだろう？」

その質問がずいぶん唐突に聞こえて、思わず笑う。

「なんですか、それ」

「オレの悩みだよ。君だけじゃない。パラポネラも、白猫さんも、ウーノや太刀町も、リリィとかユーリイも。とにかく架見崎で暮らす人たちの幸せって、なんだろう？」

「さあ。平和に生きることじゃないですか」

中には、ちょっと違うのかもしれないな、という人だっている。ユーリイのことはよく知らないけれど、きっとただ平和な日々を求めているわけではないんだろう。でもまあ、ここの住民の大半は、命の危険がなく、お腹《なか》も空《す》かず、仲の良い人たちと楽しく生きていければ幸せなんだと思う。

けれどウォーターは、納得していないようだった。

「君が死ぬと、世界が滅ぶとするでしょう？」

「滅びませんよ、そんなの」

「とりあえず仮に、そうだったとしてよ。君は楽しく健やかに一二〇歳まで生きて、気持ちよく大往生して、そして世界が滅びました。これって幸せかな？」

まったくわけがわからない。

紫はため息をついて、その質問に答える。

「世界が滅ぶとわかっていたら、気持ちよくは死ねないでしょう」

「じゃあ知らなかったら？」

「それはまあ、幸せなんじゃないですか」

自分が死んだあとに世界がどうなろうと、そんなの認識しようもないのだから、こちらの感情には影響しない。

「じゃあ、神さまみたいなものがいたとして、そのことを秘密にして欲しいと思う？」

「私が死んだら世界が滅ぶことを？」

「うん」

「秘密にして欲しいですね」

そんなどうしようもないこと、わざわざ知りたくなんてない。

ウォーターはまた頷いて、物憂《ものう》げな顔つきのままで言う。

「架見崎中で同じアンケートを取れば、いったい何割くらいが知りたくないと言うだろう？」

わかるわけがないし、真面目《まじめ》に解答を探すべき種類の質問だとも思えなかった。紫は適当に答える。

「七割ってところですかね」

どちらかというと「知りたくない」が主流だけど、例外も極端にマイノリティだというわけでもない。それくらいの割合ではないか。

なるほどね、とウォーターがささやく。

「でも、もしも香屋なら、きっと知りたいと言う。知って、自分が死んだあとも世界が継続する方法を探したり、あるいは自分自身がいつまでも死なない方法をみつけたりするんじゃないかと思うんだよ」

香屋歩。ウォーターにとってのヒーロー。

紫はいまだ、その少年について詳しくない。けれどウォーターの話を聞く限りでは、たしかに特別な少年なのだろう。

「ご期待通りのお答えができず、申し訳ありませんでした」

と紫は言ってみた。

ウォーターが首を振る。

「違うよ。期待通りなのは、君の返事の方なんだ。ただオレは、期待とは違う答えの方にときめくってだけなんだよ」

そう言ったきり、ウォーターは黙り込んだ。

紫は、しばらくその沈黙に付き合ったけれど、さすがにそろそろ本題を切り出したくて口を開く。

「本日、お時間をいただいたのは、ご相談したいことがあるからです」

ウォーターはいまだ、なにか考え込んでいるようだった。けれど、こちらの話はきちんと聞いているようで、頷いて言った。

「キネマ倶楽部のこと?」

「はい」

前のループの終わりに、イド——銀縁《ぎんぶち》が死んだ。キネマ倶楽部というチームにとって、象徴的な意味を持つ彼が。それは紫にとっても親の凶報を聞くようなことだった。紫は口早に告げる。

「キドさんたちを、このままエデンの一員にしておくのは危険です。なにかよくないことが起こるんじゃないかという気がします」

以前からキドは、とても危うい。心のどこかで死に惹《ひ》かれているような人だった。それでも彼がどうにかやってこられたのは、やはり銀縁のおかげなのだろう。銀縁がいたころのキネマ倶楽部は安らかで、幸福で、その思い出がいまにも飛んでいきそうなキドの重石《おもし》になっていたのではないかと思う。でも、銀縁は死んでしまった。キドをそのままにはしておけない。

ウォーターが頬杖《ほおづえ》をつく。

「オレも、キドさんのことは気になっていたよ。君との約束のこともあるしね」

「はい」

「でも——まずは、悪い話から始めよう。そのあとに良い話もあるから、落ち着いて聞いて欲しい」

「はい」

「オレの想定よりも少し、エデン内でのキドさんの地位が高い。ユーリイはキドさんを切り札にしたいと考えているみたいだ。だから、オレもなかなか近づけない」

「テスカトリポカを頼っても？」

元PORTの円卓のうちのひとり、テスカトリポカ。彼女は現在、エデンの一員になっているが、裏ではウォーターと通じていると聞いている。そして現在、架見崎で最高の検索士《サーチャー》はテスカトリポカだ。彼女がこちらについているなら、キドがエデンの中枢にいるとしても、こっそりと連絡を取り合うくらいは可能だろう。

けれどウォーターは首を振った。

「オレはそれほど、テスカトリポカを信用していない。というか彼女は今、オレとユーリイを天秤《てんびん》にかけているところだよ。そしてその天秤は、どちらかというとユーリイに傾いている」

「おや。それは珍しい」

「オレだって別に、誰とでも友達になれるわけじゃないよ。現状じゃあテスカトリポカの手を借りたくない。というか、キドさんがこちらにとって重要だと思われたくない。のちのちの厄介事を想像できるから」

「キドさんを、私たちへの人質に使うという風なことですか？」

「いかにもやりそうでしょ？　テスカトリポカなら」

そう言われても、よく知らない。テスカトリポカは、会ったことも話したこともない。だが銀縁を殺したのは彼女だと聞いているから、良い印象がないのもたしかだ。

「では、良い話というのは？」

「パンと握手を交わした」

「パン？」

「知らない？　ちょっと前まで、ＰＯＲＴのトップだったんだけど」

「知っていますが、それにどんな意味があるんですか？」

「ある大きな戦力を味方につけられたって意味がある。次の戦いは、大まかに言って五人か六人が支配することになる」

「チームは三つしかないのに？」

「うん。うちは基本的には、オレの考え通りに動いてくれるはずだよ。でもエデンはそうじゃない。ユーリイ、テスカトリポカ、それからパン。この三人が、それぞれ別の思惑で動く。でもパンと握手を交わせたから、ずいぶん見通しがよくなった」

　けれど紫には、パンにそれほどの力があるとは思えなかった。たしかに短期間とはいえＰＯＲＴのリーダーだったのだから、経歴は素晴らしいけれど、いったい今の彼女になにができるのだろう？　エデン――ユーリイに打ち倒されたあとの彼女に、なにが。

「パンを味方に引き込んだから、キドさんは安全なんですか？」

「まったく安全ではないけれど、状況は楽になるよ。そもそもキドさんが死ぬパターンなんて、みっつくらいしかない」

「みっつ？」

「だいたいね。そして、パンと握手できたことで、そのうちのひとつがほぼ消えた」

「よくわかりません。もっと具体的に話してもらえませんか？」

「パンは月生さんの端末を持っている。身柄はユーリイに差し出したけれど、端末はパン自身が管理することを強固に主張した」

端末。それは、つまり。

「月生さんとキドさんが戦う可能性があったということですか？」

だとすればたしかにそれは、「キドが死ぬ可能性」だ。誰も、月生とはまともに戦うべきではない。

「ま、もうほとんど消えた可能性だ」

ウォーターはぞんざいに頷《うなず》いて、それ以上の詳しい説明は省略した。

マイペースに話を進める。

「みえないのは、平穏内の力関係だね。あのチームを香屋が支配できたなら、次の戦いのプレイヤーは五人になる。別の誰かが対抗するなら、六人になる」

そうだ。平穏の香屋歩。

「香屋くんと手を結べませんか？　キドさんをエデンから奪い取るためなら、同意してもらえる目があるのでは？」

「香屋は心配いらない。はじめから、あいつがキドさんを見捨てることはない」

「ですが、優先順位がそれほど高いとも思えません」

たとえば香屋の立場からみて、キドと月生を比べれば、当たり前に月生の方に価値があるだろう。

「どうかな。なんにせよ、キドさんを手に入れるのはうちの仕事だよ。彼にはぜひ、世創部に入ってもらいたい」

「どうやって？」

「オレは君に期待しているよ」

ウォーターはふいにソファーから立ち上がり、「行こう」とささやいた。

「どこに行くんですか？」

ウォーターが、こちらに背を向けて歩き出す。

「パラポネラと黒猫さんに会う」

紫は仕方なく彼女の後ろに続く。

「今から？」

「日中は忙しくてね。でも、次の戦いの準備をしなくちゃ」

次の戦い。月末にエデンから宣戦布告がある予定だと聞いていた。おそらく平穏もそこに絡んでくるだろう。世創部、エデン、平穏。どことどこが争おうが、残るひとつはその戦いを放置できない。架見崎の終わりが近い。

こちらをみもせずに、なんでもないように、気軽な調子でウォーターが言う。

「戦場で、キドさんを説得して」

「説得？　どんな風に？」

今のあの人に、こちらの声が届くだろうか。キネマ倶楽部の中でもとくに、キドが銀縁に心酔していた。

「方法は任せるよ。最悪、君とニックでキドさんを打ち倒せば良い。たいていの怪我《けが》はオレが治してあげる」

紫は顔をしかめる。

キドに勝てるとは思えなかった。そして、それ以上に、できるならあの人を、もう傷つけたくはなかった。

「舞台はオレが整える。君とキドさんが、ゆっくり話をできる状況を作る」

妙に軽い様子でウォーターがそういうものだから、紫は仕方なく、「わかりました」と答えた。

4

エデンの——つまり元PORTのホテルの一室で、ユーリイはソファーに腰を下ろしてうっすらと微笑《ほほえ》む。自身の頭の中の天秤が奇妙で、少し愉快だった。

「おい。なにを笑ってやがるんだよ」

と向かいに座ったホミニニが言った。彼の前には、ステーキのソースだとか、サラダのドレッシングだとか、パンくずだとかで汚れた皿が四枚並んでいる。

ループから二〇日目のランチだ。いちおうは、次の戦いの作戦会議ということになっている。ユーリイはブドウジュースが入ったグラスを手に取って、告げる。

「決めたよ。宣戦布告の件」

「あん？」

「明日の昼にしよう。午前一〇時に宣戦布告すれば、開戦は正午からだ。ランチを楽しみながら観戦できる」

「次の戦いは月末だって聞いてたぜ？」

「うん。でも、気が変わった」

ユーリイは世界平和創造部に宣戦布告を行うつもりでいる。目的は、エデン内のウォーター派をあぶり出すことがメインだが、それだけでもない。香屋から聞いた「ヘビ」というプレイヤーのことが気になっている。

実のところユーリイにとって、開戦は早ければ早いほど好ましかった。理由はテスカトリポカを信じられないことだ。彼女が敵に回るのであれば、情報収集では勝ち目がない。ユーリイは自身の頭の中に入っているデータのみで戦うことになる。だがデータは時間と共に劣化するし、あちらはそのあいだも新鮮な情報を集め続ける。

だから、「宣戦布告は月末」というのは嘘だ。というか、あくまで仮置きしたスケジュールで、前に倒せるならその方が良い。ユーリイとしては早く戦いたかったが、天秤の反対側に載るものもある。

平穏な国の香屋歩――彼はおそらく、時間を欲しているだろう。あのチームを少しでも自分の思い通りに動かす準備を整えるために。ユーリイとしても、香屋は上手《うま》く機能した方が良い。

だから、月末までは待つつもりだった。けれど新たな不安要素が生まれた。

「ウォーターが、よくうちに遊びに来ているようだよ」

「うちって、エデンに？」

「うん。僕に連絡をくれれば、夕食くらいはごちそうするんだけどね」

実際のところは、よくわからない。PORTの優秀な検索網《サーチ》は現在もテスカトリポカが掌握しており、彼女がその気になれば、ユーリイの目からチーム領土に紛れ込んだ少女ひとりを消すことくらいわけはない。けれどウォーターがたびたび世創部を離れているのはたしかだ。現在、架見崎には四つのチームしかないのだから、ウォーターの行き先は基本的に、平穏、タンブル、エデンのいずれかになる。

その中から平穏は外れる。あのチームはウォーターを嫌っている。ウォーターの仲間はみんな世創部に移動したのだから当然だ。ウォーターが平穏に自身の手駒を残している可能性も一応は考えたが、やはり自然ではない。もし平穏内にウォーターの仲間がいるのなら、わざわざ出向くまでもなく連絡を取れる手段くらいは用意しているはずだからだ。

続いて、タンブルもまた納得のいく仮説を立てられない。タンブルは、著名なチームではあるけれど、その規模は極めて小さい。一度や二度ならまだしも、繰り返し顔を合わせてなにを話すというんだ。そもそもタンブルというのは、架見崎を自由に動き回れるのがいちばんの強みなのだから、わざわざウォーターの方から出向く理由がない。

さらに例外的な可能性としては、「架見崎の外」がある。香屋歩はそこを、「現実」と表現していた。前のループの半ばからウォーターが消えていたときの行き先だ。けれど香屋の話を信じるなら、「現実」はウォーターであれ、自由に行き来できる場所ではない。

よって、残るのはただひとつ。つまりエデンということになる。

ホミニは白いナプキンで口元を拭《ふ》き――食事を終えたばかりなのだ――身を乗り出すようにテーブルに肘《ひじ》をつく。

「もし本当にウォーターが平穏に来ているなら、チャンスだろ」

「後ろからぽかんとやってみるかい？」

「交戦しないまま他チームに踏み込むなんてのは自殺行為だよ。架見崎にきて真っ先に習うことだ」

「うん。でも、まだ彼女は死んでいない。だから状況はこちらに不利だ」

わざわざ他チームに足を運ぶなんていうのは、状況がずいぶん限定されている。

可能性は低いがいちおう考えられるのは、なにかを手に入れたいパターン。いつか落としたイヤリングを捜しに来ているのかもしれないし、エデンの領土にしかない美味《うま》いアイクスリームが目的なのかもしれない。とはいえ「戦況を変えるほどの重要なアイテム」みたいなものは思い浮かばない。もしもそんなものがあったとして、ウォーター本人がやってくる理由もない。

類似する方向性で考えられるのは、エデンの領土になにかを置いていきたいパターン。ダイナマイトだとか、病原体だとか、なんにせよこちらに不利になるものを。けれどそれもやはり、他者に頼った方が安全だろう。チームリーダーの仕事じゃない。

だからユーリイはほとんど確信していた。ウォーターがエデンを訪れるのは、人が目的だ。しかも通話に頼らず、直接の対面が必要な相手。それが誰だかはわからないが、つまりまだウォーターの仲間だとは言い難い人物に会っているのだろう。ウォーター自身の説得が必要な相手と、繰り返し。

そしてその説得は、おそらく成功しつつある。ホミニニが言う通り、他チームのウォーターがこちらの領土に踏み込んでいるというのは、圧倒的にあちらに不利な状況だ。もしも説得が失敗していたなら、すでにウォーターは死体になっている。話はもうずいぶんまとまりつつあるのではないか。

――というのが僕の想像だけど、違和感もある。

とユーリイは内心で考える。やはりウォーターが「頻繁に」世創部から消えているというのが奇妙だ。一度の対面で相手を説得しきれなかったとしても、ある程度まともに話ができる状態まで持っていけたなら、普通は通話に切り替える。リスクをコントロールすれば当然そうなる。つまり。

ユーリイは結論だけを口にする。

「エデンは今、ウォーターに食い荒らされているさなかかもしれないね。ひとりを仲間にしたならふたり目に、ふたりを仲間にしたら三人目に、次々と相手を替えてあちらの陣営に引き込んでいる可能性がある」

だとすれば、時間は想像以上に大きな敵だ。すぐにでも宣戦布告した方が良い。

ホミニニは首を傾《かし》げてみせる。

「なら、今、宣戦布告すればいい」

「ばたばたと慌《あわ》てて良いことはないよ。とくに人数が多いチームではね」

「うちの人数なんて、たいしたことないだろ」

そう言い切るホミニニに、ユーリイはつい笑う。数字の上では、エデンは架見崎の総人口の、実に三分の二を抱えている。民主主義的多数決ですべてが決まるなら、圧倒的な強者といえる。

けれどホミニニが言う通り、実際に戦闘に立つ人数はそれほどではない。多くはろくにポイントを持たない「市民」と呼ばれる身分にあり、戦闘員となるのは二〇パーセントほどだ。

「それでも一〇〇人を超える集団に、戦いのコンセプトを伝えるのは簡単じゃない。理想を提示し、命をかける意義を説き、おまけに多少は戦術のようなものを呑《の》み込ませる必要がある」

「お前はごちゃごちゃ考えすぎなんだよ。目の前の敵を倒せとだけ言ってやればいい。それで勝てるように駒を並べるのが、オレたちの仕事だろ」

「もうひとつ理由がある。明日、大切なランチの約束がある」

「女か？」

「性別でいえばね。次の戦いでジョーカーになる検索士《サーチャー》だ」

テスカトリポカ。

ユーリイの考えでは、今は彼女が架見崎の中心にいる。

「殺すのか？」

とホミニニが言った。

「会ってから決める」

とユーリイは答えた。

もしもテスカトリポカがすでに、世界平和創造部のものになっていたなら、どうしようもない。さっさと殺してしまうしかない。もしも彼女が万全の状態でウォーターに味方するなら、エデンの勝利は難しい。

だからユーリイはもともと、早々にテスカトリポカを排除するつもりだった。信用できない検索士《サーチャー》なんて、使い道がない。とりあえず殺しておくのが最適手だと考えていた。けれど、ヘビの存在で考えが変わった。

ヘビというプレイヤーの詳細を暴かなければならない。そのためにユーリイは、強力な検索《サーチ》を求めている。テスカトリポカが毒薬だったとしても、同時にこちらが望む力を与えてくれるなら、その毒だって飲み干そう。

ユーリイはブドウジュースのグラスを傾けて、告げる。

「兵隊を鼓舞するのは君に任せる。開戦になれば、もちろん裏切りがある。速い裏切りも遅い裏切りもあるだろう。浮足立たないようにまとめてくれ」

「お前はなにをする？」

「ジョーカーの前に、エースに会う」

キド。あの男は危うい。だが前ループの戦いでレッドマンに勝利した彼は、すでに切り札の一枚だ。使い方次第で白猫に並ぶ。

「上手く言い包《くる》められるのか？」

「どうかな。けれど、説得の方針は決まった」

グラスの中の黒みがかった赤を眺めて、ユーリイはささやく。

「イドを殺したのが、テスカトリポカだというのが厄介だね。無意味な感情が、戦場で入り組みかねない」

今の架見崎は、わりと面白い。未来に想像がつかないから。

ユーリイはこのゲームを楽しみつつある。

5

その宣戦布告に、事前連絡はなかった。

二一日の午前一〇時を回ったころ、香屋は秋穂からの連絡で目を覚ました。

「エデンがもう動きましたよ。どういうことですか？」

と言われても、そんなの知らない。でも、まったく想像していなかった展開でもない。

時間は情報を持っている陣営の味方をするが、イドを失ったユーリイには信頼できる検索士《サーチャー》がいない。

眠たい頭を振りながら、香屋は質問する。

「どこに宣戦布告した？」

「うちと世創部です」

なら、まだましだ。もし宣戦布告から平穏が外されていたなら最悪だった。リリィは自分たちからの宣戦布告は行わないと宣言しているが、香屋としては、この戦いに首を突っ込めないのはつらい。

「開戦は？」

「正午ちょうど」

「シモンは？」

「一〇時三〇分から会う予定です」

「僕も行く」

平穏な国にとって、今回の戦いは、これまでとは状況が違う。簡単に言ってしまえば、このチームは指揮系統を失っている。

平穏ではリリィがチーム運営のすべての決定権を持つことになっている。だがもちろん彼女が戦いを指揮するわけではない。重要なのは「語り係」という役職だ。誰もがフィクションだと知っていたとしても、「リリィの言葉を語っている」という設定を持つ語り係が交戦においても指揮者の立場にいた。けれど今はもう違う。

平穏においてはなんの実績もない秋穂が、トーマの権力を少しでも削《そ》ぎおとすために語り係の地位についた。その秋穂の指示に部隊リーダーたちが従うとは思えない。つまり現在の平穏には、戦場で明確にトップに立つ人間がいない。

これは、どう考えても無茶苦茶な状況だ。指揮系統の混乱なんて、本来であれば対戦相手が苦労に苦労を重ねて、なんとか勝ち取る決定的な一撃なのだから。けれどこの混乱は香屋にとってメリットでもあった。もしも平穏がまともな指揮系統を持っていたなら、香屋が自分の意見を通せる隙《すき》もなかっただろう。

――なんにせよ、準備が足りないな。

香屋が平穏な国を操るにはシモンを頼るしかないが、彼との関係がまだ盤石ではない。世創部との「戦い方」はおおよそシモンと共有できているけれど、実際の交戦ではどうしたって例外的な事態が発生するだろう。そのとき、こちらの考えを通すためにいちいちシモンを説得しなければならないなら、明らかに速度が足りない。

　数秒間悩んで、香屋は言った。

「どうしようもなければ、リリィの言葉を使う」

　平穏において、リリィの――語り係ではなくリリィ本人の言葉は、今だって絶対だ。シモンを飛び越えてチームを動かすには、リリィを頼るしかない。

「いいんですか？」

　と秋穂が言った。

「シモンは嫌がると思うよ。でも、仕方がない。あいつの恨みを買うことになったとしても強引に進める」

「いいえ。そうではなくって」

「リリィ本人の説得は、不可能じゃない。トーマを殺してしまおうって作戦じゃないし、それに僕とあの子は、望む結果はよく似ている。できるだけ人が死なない方が嬉《うれ》しい」

「そうでもなくって」

「じゃあ、なに？」

「この平穏で、リリィが作戦の指揮を執るのはリスキーすぎませんか？」

　聖女リリィ。平穏な国の象徴。

　彼女が言葉を奪われているのには理由がある。リリィがなにも間違わない、絶対的な存在であるためには、言葉は邪魔なんだ。彼女の絶対性が薄らぐから。

語り係の指示で人が死んでも、それはまだ許される。リリィのミスではなく、語り係がリリィの意図を汲《く》み取れなかったのだと処理される。だが、リリィ本人の言葉で人が死ねば、責任はリリィにそのままのしかかる。

これは、ふたつの意味で危険なことだった。一方は平穏の人員たちの感情。リリィへの信頼にひびが入るかもしれない。だがより危ういのはもう一方、リリィ本人の感情。あの心優しいただの少女は、自分の言葉で人が死ぬことを受け入れられるだろうか。

手の震えと共に不安を呑み込んで、香屋は答える。

「リリィの言葉じゃ、だれも死なない」

「どうして？」

「僕が戦場を支配するから」

トーマに勝ち切るというのはつまり、そういうことだ。

端末から聞こえてきた声は、なんだか冷めていた。

「やっぱり貴方は、なにかが変わったみたいですね」

同じようなことを、ユーリイにも言われた。香屋にだって、自覚もあった。

ある意味では自棄になっている。冷静にひとつひとつの最悪を想定せず、場合によっては楽観的な夢をみることを自分に許している。架見崎なんて所詮《しょせん》はフィクションなのだから。誰が死のうが、香屋自身が死のうが、データ上「死亡した」という属性が付加されるだけなのだから。でも別に、絶望したってわけでもない。

「余裕がないんだよ。本当に」

架見崎の外でトーマと話をして、「敵」の大きさを知った。ただ架見崎で生き抜くことだけを考えていればよかった、安らかな時代は終わった。現実という途方もないものに戦いを挑まなければならない。

だから、こんなところで止まっていられない。足を止めて悩み込む方がより怖い。なら自分が失敗することを許さなければならない。

香屋は震えた声で、つけたす。

「もしも僕が間違えていたなら、君が教えてくれればいい」

信じるべきものは、頭から信じる。その前提を掲げなければこの戦いを勝ち抜くことはできないのだと、香屋はもう決めている。

第二話　僕たちはずいぶん仲良くなった

1

開戦の直前、ユーリイはホテルの一室にいた。

馴染《なじ》みの部屋だ。PORTのリーダーをしていたころから変わらない。ひとり掛けのソファーの向かいには大きなモニターがあり、そこに検索士《サーチャー》たちから送られた情報が表示されている。当時――PORTリーダーだったころとの違いは、その情報に絶対的な信頼を置くことはできない、という一点だけだった。

ユーリイの隣には、テーブルが用意されており、そこに瓶入りのアップルサイダーとグラスふたつがある。それから、戦況を眺めながらつまめる軽いランチ――サンドウィッチだとか、スティックサラダだとか、ガレットやクロスタータといった焼き菓子の類《たぐい》だとかが並んでいる。テーブルのさらに隣には、もうひとつひとり掛けのソファーがあり、黒いスーツを着た細身の女性が座っている。

テスカトリポカ。架見崎《かみさき》最高の――というか、唯一《ゆいいつ》の実践的な補助士《サポーター》であり、イドが死んだ今はナンバーワンの検索士《サーチャー》。

ユーリイとテスカトリポカは、グラスを持ち上げるだけの乾杯を交わす。テスカトリポカの方が口を開いた。

「この戦いのパートナーに、私を選んでくれてありがとう」

グラスに口をつけて、ユーリイは答える。

「それは違うよ。パートナーを選ぶのは、君の方だ」

「そう？　今のPORTは――エデンは、貴方《あなた》のものでしょう」

「エデンの半分は、僕のものだろうね。でも残りの何割かはすでにウォーターが持っていて、さらに何割かは僕とウォーターを天秤《てんびん》にかけている」

「その三つのチーム分けだと、私はどこに入るの？」

「最後のひとつだと、期待しているよ。すでにウォーターのものなら――」

「私を殺す？」

「まだ迷っている。君を殺すか、僕が白旗を上げるか」

テスカトリポカは、ほんの小さな、ちょうどビジネスとプライベートの汽水域のようなため息をついた。それはなかなか魅力的なため息だった。

「私がウォーターの方につくことはない」

「それはよかった」

「本当に。知らなかったの？　私は貴方を愛している」

「ありがとう。僕も君が大好きだよ」

「そう。嫌われていると思っていたんだけど」

「ただ苦手なだけだよ。僕は、苦手なものほど好きなんだ」

「じゃあ、タリホーも苦手？」

タリホー。かつての、ユーリイの腹心。

だが彼女はユーリイを裏切り、銃口を向けた。

テスカトリポカからタリホーの名前が出たのは意外だった。ふたりは、PORTの円卓の一員だったという意味では同等の立場だが、実際には大きな開きがある。テスカトリポカは突出した能力を持っており、発言力も強く、PORTのトップに立っても不思議ではなかった。一方でタリホーは、あくまでユーリイの票集めのために強引に円卓にねじ込まれたに過ぎない。

くすりと笑って、ユーリイは答える。

「そうだね。僕は、タリホーが苦手だった」

「私よりも？」

「君の方がずっと強く、ずっと重要で、敵に回すと厄介だよ」

「そんなことわかってる。なのに貴方は私より、タリホーと戦う方が嫌なんじゃない？」

ユーリイは、困った風に、軽く眉《まゆ》を寄せてみせる。相手は答えようのない質問をしたがっているのだから、素直にはぐらかすのがもてなしの心というものだろう。

「僕が今、苦手で怖くて愛しているのは君だよ。それから、ヘビ。このふたり」

「ヘビ？」

「極めて特殊なプレイヤー。それは今、月生《げっしょう》の中にいる」

本当のところはわからない。すべて根拠の弱い推測だ。けれど、テスカトリポカであればなにかをつかんでいるかもしれない。

ユーリイの言葉で、テスカトリポカは表情を変えた。彼女は明らかに変わり者で、愛情の持ち方に病的なところがあるけれど、同時にひどく真面目《まじめ》な人間でもある。たとえば市役所で働く無遅刻無欠勤の優秀な公務員で、どこにでもいるようなパートナーと家庭を築いて小さな幸せを嚙《か》みしめながら、就寝前には猟奇殺人者の手記を読み漁《あさ》って共感しているようなタイプだ。

その、公務員の方の顔つきでテスカトリポカはささやく。

「月生のことを、なにか知っているの？」

「パンに腹を撃たれて、エデンに運ばれてきた。今は端末を奪われ、ワンルームマンションで交代制の不愛想な見張りにプライベートを踏みにじられながら生活している。とても可哀想《かわいそう》だ」

「真面目に話をして。パンが月生を撃てた理由はなに？」

「僕はその話を、君から聞きたいんだよ。現状では、架見崎でナンバーワンの検索士《サーチャー》に」

その「現状では」という言葉を強調した言い回しに、テスカトリポカは少し気を悪くしたようだった。圧倒的なナンバーワンだったイドのことを思い出したのだろう。

「私にも、あの夜に起こったことはよくわからない」

「でも少しは知っているんだろう？」

「架見崎駅に電車が現れ、パンと、それからひとりの男が下りた。その男が新人だったのは間違いない。男は月生に向かって発砲し、月生が男を殺した。その直後、月生が動きを止めて、パンに撃たれた」

「それだけ？」

それだけであれば、ユーリイが獲得している情報となにもかわらない。テスカトリポカは軽く首を振ってみせる。

「あとふたつ」

「なに？」

「撃たれる直前、月生とパンは奇妙な会話をしている。パンが『気分はどう？』と尋ねて、月生はそんなものはないと答えている」

「そんなもの」

「正確には、たしか——私に、気分というものはない。こんな言い回しだった」

「なるほど」

気分がない存在。——ヘビ？　だが、もしそれが冬間誠《とうまこと》というアポリアの開発者を正確に再現したAIだったなら、気分がないなんてことがあるだろうか。冬間誠にだって気分はあったはずなのに。

小さなひっかかりを覚えながら、ユーリイは先を促す。

「もうひとつは？」

「月生が男を殺した直後、なんらかのその他能力《オリジナル》が使われている。けれど検索《サーチ》できなかった」

「君でわからないなら、ずいぶん複雑な能力だね」

「現場は他チームの領土だった。私だって交戦中じゃない領土で、その他《オリジナル》を検索《サーチ》するのは困難よ。でも、私にわからなかったなら、架見崎中のだれにもわからなかったはず」

「うん。信頼しているよ」

「私は知っていることをすべて話した。貴方は？」

けれどユーリイは、チーズを載せたクラッカーを口に運んだばかりだった。ゆっくりと咀嚼《そしゃく》し、呑《の》み込み、アップルサイダーをひと口。それから答える。

「おそらく、月生が殺した男がヘビだ」

「ヘビってなに？」

「さあ。突飛な推測を話しても？」

「もちろん。ぜひ、聞きたい」

「ヘビとは、この世界のタナトスだ」

タナトス。生きろという本能に対抗する、死への衝動。

香屋歩《かやあゆむ》から、ヘビとカエル――冬間誠ＡＩの話を聞いたときから、なんとなくひっかかっていた。ふたつのＡＩは、いったい「どの時点」の冬間誠を再現しているのだろう？　人の思考なんて、当たり前に変化するものだ。同じ人間を目指したＡＩでも、二〇歳のその人物の再現と五〇歳のその人物の再現では、まったく別のＡＩになるだろう。

そして香屋の話では、冬間誠は自ら命を絶っている。彼の最終的な思想を再現したなら当たり前に、そのＡＩも自死を目指すのではないか。そしてアポリア内のＡＩの自死というのは、アポリアの破壊だろう。

テスカトリポカは顔をしかめていた。

「タナトス？　意味がわからない」

「だから、突飛な推測だよ。たしかなことは、あの月生がパンに撃たれたという事実だ。本来ならあり得ないことだ。なら、君にも正体がわからなかったその他能力《オリジナル》が関係しているのが自然だ」

「そうね。それは、どんな能力？」

「自身が死ぬことを前提とした能力」

たった一〇〇〇Ｐしか持たないはずの新人の能力によって、月生が捕らえられた。これは、驚くべき事態だった。あまりに効率的なポイントの使い方――だからユーリイは、その能力のコストの一部に「プレイヤーの命」が含まれているのだと想像していた。命くらいコストとして捧《ささ》げていなければ、バランスがおかしい。

香屋歩の話――ヘビと呼ばれるAIが、プレイヤーとして架見崎に参戦しているという話をユーリイが信じたのも、この能力への推測が理由だった。新人が最初の獲得能力に「自分の命を犠牲にして強者を打ち倒す能力」を選ぶ思考というものを、ほかには想像できなかった。つまり、架見崎の真相について充分に把握している、運営に所属するプレイヤーがやってきたのだ、というほかには。

テスカトリポカが、個包装のチョコレートを手に取る。彼女はなにか考え込んでいる様子だったが、ふいに壁のモニターに目を向けた。

「そろそろ、開戦ね」

「うん。あと八秒、七秒――」

モニターには地図が映っている。その上をふたつの点がすべった。世界平和創造部の有力者二名――ウーノと太刀町《たちまち》の現在地を示す点だ。速い。

「まず、向こうが動いた。対策は?」

とテスカトリポカが言った。

「マニュアル通りに。けれど――」

ユーリイの返答の途中で、開戦のアナウンスが流れる。

ウーノと太刀町。あのふたりが先行して戦場をかき乱すのは、充分に想定された戦術だった。対処はそれほど難しくはない。こちら側で、何事も起こらなければ。

けれど今回の戦場で、「こちらになにも起こらない」ということはない。

――ウォーター。君はいったい、どこまでその手を伸ばしている？

エデンの、元ＰＯＲＴの何人が、こちらを裏切るだろう？　その数が今回の戦いの結果を左右する。目の前のテスカトリポカも、もちろん今はまだ、味方とは言えない。

モニターに、敵の攻撃を示す赤い円が表示されていく。次々に、次々に。架見崎はずいぶん狭苦しいものだから、このホテルまで破壊音が聞こえてくる。

その音を気に留めた様子もなく、テスカトリポカが言った。

「それで？　貴方は私に、なにをさせたいの？」

このテーブルではずっと、その話をしているんだ。

「月生の検索《サーチ》。僕は彼の中に、ヘビがいると考えている」

なんらかの、死後に幽霊が自らを殺した相手に憑《つ》くような能力。そういったものを、ヘビは使用しているはずだ。

「それだけ？」

「ああ。でも、期待しているよ。ヘビの正体が明らかになったとき、僕たちは今よりもずっと親密になれるはずだ」

ヘビがアポリアのタナトスなら、それはこの世界で暮らす全員の敵になる。

呆《あき》れた風に、「私は今だって貴方を愛しているけどね」とテスカトリポカは言った。

＊

爆発の音が連なり、連なり、空気が渦巻いて震えた。

それは空襲だった。

ホミニニはビルの屋上に立ち、ガムを噛みながら空を見上げていた。ずいぶん高いところをヒトが飛んでいる。太刀町——元平穏の強化士《ブースター》だが、その他《オリジナル》で飛行能力を持っている。

だが攻撃を行っているのは、彼女ではなかった。背中にひとりの老婆《ろうば》——ウーノが乗っている。あぐらを組んで、両手を広げて。そのずいぶんこぢんまりとした両手から、ぽろぽろとカラフルな球体がこぼれて、地に触れると爆発する。あれは水風船だろうか。

ウーノのその他《オリジナル》能力はふたつ。こちらが把握している限りではふたつ、という意味だが、PORTの時代からのデータなので信憑性《しんぴょうせい》が高い。彼女の所持ポイントの変動をみても、追加の能力はおそらくない。

一方の能力、「現金主義」は、ウーノの手元にある現金と、他の物質との位置を入れ替える。ただし金額で制限がある。たとえば一〇〇円のライターを手元に呼び込むには、一〇〇円以上の現金を用意しなければならない。別に一万円札で一〇〇円の買い物をすることもできるが、おつりはでない。

もう一方の能力、「用済み」は役目を終えた対象を爆発させる能力だ。たとえば電話機につかえば、通話を切ったときにそれが爆発する。目覚まし時計につかえば、ベルの音を止めたときにそれが爆発する。

太刀町の背中であぐらをかいたウーノは、「現金主義」で無数の水風船を呼び寄せ、「用済み」でそれが割れたときに爆発するよう加工している。

――派手だが、無意味な爆発だ。

とホミニは考える。ウーノの爆撃には被害者がいない。エデンは――というか、その前身だったPORTの習慣だが――交戦開始前に、戦闘能力を持たない市民たちをチームの中心地付近に避難させる。戦うのは一部の兵隊のみで、この手の大味な攻撃では彼らに被害を与えられない。まともに命中すれば痛いし、場合によっては死ぬかもしれない。けれど遥か上空から落下する水風船を回避できないような強化士《ブースター》は、このチームにはいない。

戦場で、無意味にみえる攻撃を行う理由は簡単に区別して三つだ。相手の指揮官が馬鹿《ばか》か、兵隊が混乱しているか、さもなければ警戒すべき作戦があるか。燃え上がり炎が広がる街を見下ろしていると、端末から声が聞こえた。

「戦場をあちらに有利な形に作り替えているんでしょう。たとえば、目隠しとか」

香屋歩。ホミニはあの少年と通話を繋《つな》ぎ、エデンと平穏な国の共闘を指揮する立場にいる。

香屋の言う通り、爆撃の炎と煙と粉塵《ふんじん》のせいで視界がずいぶん悪くなっている。ホミニは端末に応《こた》える。

「なら、来るのはミケか」

「おそらく」

元ミケ帝国のメンバーたち。あのチームは特殊だった。機動力を重視した強化士《ブースター》中心のチームで、ゲリラ戦を好む――というか、各々が好き勝手に逃げたり戦ったりしているだけで不思議と集団戦闘になっているチーム。たしかにあのチームには、煙は有利に働くだろう。

ホミニニは顔をしかめてみせる。

「白猫《しろねこ》が出るなら、オレたちが切れるカードは限られる」

「キドさん？」

「あとは酔京《すいきょう》と、そっちの雪彦《ゆきひこ》。この三枚から二枚使って、とんとんってとこか」

「射撃士《シューター》は？」

「もちろん使う。今も太刀町を狙《ねら》っている」

ＢＪ――長距離射撃士《シューター》としては、架見崎で最強のプレイヤー。白猫殺しの本命はＢＪだった。前線が白猫の足を止め、後ろからＢＪが射抜く。

香屋が告げる。

「白猫さんは、まだ出ない。たぶん」

「どうして？　ウォーターはイカサマを使う」

イカサマというその他能力《オリジナル》。それは対象を問答無用で瞬間移動させる。つまり白猫を、戦場の任意の地点にいつでも送り出せる。ならあの白兵のエースカードを出し惜しむ理由はない。

けれど、端末から聞こえる声は否定的だった。

「イカサマには使用回数に限りがあります。おそらく一〇回――あれをウォーターは、攻撃より防御に使う」

「どうして?」

「この戦いでは、向こうには別の攻撃手段があるからです」

へえ、どんな?

ホミニニがそう尋ねようとしたとき、空を白い閃光《せんこう》が走った。射撃《シュート》――BJの一撃だ。

空の太刀町がウーノごと落下していく。

そのタイミングを、もちろんホミニニは逃さなかった。

「狩れ。殺した奴《やつ》にはまんまのポイントをくれてやる」

その叫び声に合わせて、エデンの三人が動き出す。これまでずっと共に戦ってきた、ドラゴンとワダコ。加えて、長い髪を首の後ろでくくった女――白猫と渡り合える数少ないカードの一枚、酔京。すれ違いざまに、ホミニニはドラゴンの背を叩《たた》く。

――オレの願いはお前の願い、発動。

これで実質的に、ドラゴンの強化士《ブースター》としてのポイントが二倍になる。

ビルから戦場に向かって身を躍らせる三人の背中を見送ると、端末から、震える少年の声が聞こえる。

「目隠しの効果は、もうひとつあります。裏切りの隠蔽《いんぺい》」

「へえ。誰が裏切る？」

「たとえば、ＢＪの射撃《シュート》は本当に命中しましたか？」

「さあな」

わからない。射撃《シュート》の光が走り、太刀町が堕《お》ちた。それだけだ。その先は煙の壁で掻《か》き消えた。

通常の戦闘であれば、結果の確認でわざわざ視認に頼る必要はなかった。優秀な検索士《サーチャー》がすべてを教えてくれていた。けれど、今回はそうではない。ユーリイから、テスカトリポカの説得はまだ終わっていないと聞いている。

――なるほどな。

とホミニニは内心でつぶやく。あの乱雑で馬鹿げた爆撃には、たしかに意味がある。こちらの弱点は検索《サーチ》だと知っていて、だから視覚情報を奪いに来た。能力と物理双方からの目隠し。

思わず舌打ちが漏れた。あちらが仕掛けている、マリオネットの糸を一本ずつ切りこちらの自由を奪うような戦い方は格上の専売特許だ。つまり、それは本来、ＰＯＲＴが得意とするやり方だった。少なくとも情報戦においては、すでに世界平和創造部の方がエデンを上回っている。

香屋歩が、まったくクールじゃない、震えた声で告げる。

「エデンメンバーの裏切りと、元ミケの攻撃が重なるとつらい。ひと呼吸ぶんだけ、元ミケの足を止めます」

どうやって？　とは尋ねなかった。

「ああ。なら、まずは裏切り者のあぶり出しからだ」

そうつぶやいて、ホミニニもまた戦場に足を踏み入れる。ひとつだけ有難いのは、こちらは背中を預ける相手に悩むことはない、という点だった。世界になにが起ころうと、ドラゴンとワダコは仲間であり続ける。

＊

歩き慣れない裏路地でも、やることは自分たちの縄張りと同じだ。

ただ速く走る。ただ鋭く動く。本能と理性とを限りなくひとつに近づける。「いくぞ」とささやいて、黒猫《くろねこ》は煙を巻き上げて燃えるＰＯＲＴの――今はエデンの市街地を走る。

端末からはウォーターの声が聞こえる。

「黒猫さん。貴女《あなた》の勝利条件は、まず仲間を死なせないこと。余裕があれば敵をひっかくこと。細かなことはお任せします」

黒猫は応えなかった。その話はすでに聞いていた。

この戦場には、元ミケから強化士《ブースター》一二人を引き連れている。彼らにも好きにやれと伝えている。個人戦の精度を極限まで高めることで集団戦にする。そんな戦い方を成立させるには、黒猫が戦場の要《かなめ》になる必要がある。

どこで誰と誰が戦っているのか。どちらがどう有利なのか。決定的な一瞬はいつ、どんな形で訪れるのか。すべてを理解し、この戦場においてもっとも重要な局面に自身の身体《からだ》を移動させる。個別に動く仲間たちと即興のユニットを組み、即座に解消し、また次のユニットを組む。それを繰り返す。

――私が白猫に並ぶには、そうするほかにないんだ。

と黒猫は考える。白猫はいつも絶対だった。たったひとりでチームのすべてだった。黒猫は、そうはなれない。その他大勢のひとりでしかない。そのことを以前、ユーリイと戦ったときに痛感した。彼も白猫と同じ例外のひとりだった。

だがあの戦いで、黒猫は絶望したわけではなかった。むしろ、希望がみえたような気がした。上手《うま》く表現できないけれど、黒猫は凡人のままで最後までユーリイの前に立てたから。それで自分なりの「背伸びの仕方」がわかった気がした。特別にはなれないまま、戦場を動かすその他大勢の中で、もっとも優れた歯車になろうと決めた。

――白猫は、こんな風に悩まないんだろうな。

きっと。彼女と自分とのいちばんの違いは、そこだろう。つまり自分自身のセンスに対する信頼のサイズがあまりに違う。だから、白猫は速い――まあもともと、物理的な機動力が段違いだというのもあるけれど。その上で思考さえせずに動くものだから、もう手がつけられない。

対して黒猫は悩み続けている。今だって、この戦いにおいてはまったく無意味なはずなのに、白猫のことを考えている。それは仕方がないことなのだ。凡人が純粋な速度では天才に並びようがないのは。だから悩み抜いて、一〇〇秒のうちの九九秒を明け渡して、もっとも重要な一秒だけをつかみ取るしかない。

爆発の炎で熱せられた空気が、鼻孔をなでていた。煙が目にしみるから、まぶたは軽く下ろしていた。音はクリーンで、周囲の様子はよくわかる。すでにあちこちで交戦が発生している。

「酔京、ドラゴン、ワダコが出ました。データ共有します」

と端末からコゲの声が聞こえた。わかっている。右手の前方――そちらから現れる三人は、放置するとまずい。上手くあちらの攻撃をいなさなければならない。自身が標的となり、何十秒か耐える。それが上手くいけば、仲間たちが有利を取れる。

黒猫はアスファルトを蹴《け》った。直後、戦場が歪《ゆが》んだ。なにが起こったのかわからない。だが周囲の戦闘音が乱れた。足音だとか、服の布がすれる音だとか、呼吸だとかがまとめて。仲間たちが動揺している。それで、ささやかに、だが一斉に動きが乱れた。

黒猫は止まれなかった。地を蹴り宙に浮いた身体が煙を突き抜け、膝《ひざ》が巨漢の男――ドラゴンの頰に突き刺さる。ドラゴンは揺らがない。黒猫と彼では質量が違いすぎ、黒猫の速度ではそのサイズの差を覆《くつがえ》すだけの威力は出ない。ドラゴンがこちらに手を伸ばす。黒猫は両手をドラゴンの頭について、そのまま飛ぶ。彼の手は空を切った。直後、頰を射撃《シュート》の光がなでた。もうひとりが戦場に現れている。ホミニニ。直撃は避けられた。それは、ただ運がよかっただけだ。足がアスファルトに着き、直後に弾《はじ》くようにそこを蹴って建物の影に身を逃がす。それから黒猫の背筋に冷たいものが走る。

「端末は無視しろ」

と、ウォーターの鋭い声が聞こえた。黒猫はその言葉につられ、端末のモニターを確認する。そこにはみたこともない表示があった。青い背景に白地で一行のみ。――エラーによりあなたの能力は解除されました。ドットが粗いフォントだった。

――これか。

この画面が、こちらの陣営を混乱させた。

ウォーターの声が続ける。

「画面だけ書き換えられている。だれかのその他《オリジナル》だよ。実際には、なにも起こっていない。君たちは普段通りに能力を使える」

言われるまでもなかった。黒猫の強化《ブースト》は解除されていない。だが、あちらが仕掛けるタイミングが良い。開戦直後。酔京――元PORTの円卓のひとりと、ホミニニの配下のドラゴン、ワダコが出た。そのことをコゲが伝えた。こちらの多くが緊張しながら端末を確認した直後だった。そんなときにブルーバックのエラー画面が目に入れば、どうしようもなく動揺する。どれだけ見え透いた嘘《うそ》だったとしても。

元ミケの強化士《ブースター》たちは一流だ。すでに態勢を立て直しつつある。だがウォーターの言葉のあいだ――一〇秒ほどは混乱が続いていた。強化士《ブースター》たちの一〇秒間は致命的だ。

「押せるだけ押せ」

とホミニニが叫んでいる。無暗《むやみ》に射撃《シュート》を放ちながら。今、何人が命の危機に瀕《ひん》している？　何人を自分に庇《かば》える？　端末の画面の書き換えというより、それによって仲間たちが乱れたことで、黒猫もまた混乱している。

いまだ奇妙なエラー画面が表示されている端末から、ふっと息を吐く音が聞こえた。

「撃て」

とウォーターが言った。

＊

世界平和創造部の本拠地の場所には、少し悩んだ。

ウォーター――トーマの好みではぜひ図書館を選びたかったのだけど、その建物はエデンにも平穏にも近く、チームリーダーが居座るには立地の面で都合が悪い。それで、仕方なく、元ミケ帝国の領土にある高校を拠点にした。黒板だとか学習机だとかは、中学生の外見を持つトーマには似合いすぎて、威厳みたいなものがなくなるからできれば避けたかったのだけど。

校舎の三階の美術室を居場所に決めたトーマは、彫刻刀なんかで傷ついた跡が無数にある木製の大きなテーブルに肘《ひじ》をついて、モニターをみつめていた。パラポネラという名の検索士《サーチャー》が共有している戦況のデータだった。

戦場が、それもこちら側の元ミケの面々が混乱している。充分な経験を積んだ、白兵戦のスペシャリストたちなのに。

端末の画面が書き換えられたのだ。そんなその他能力《オリジナル》を、トーマは知らなかった。けれどおそらく、平穏のマカロンか、スプークスか。どちらかのものだ。あのふたりの能力だけは、平穏内でも秘匿《ひとく》されていた。

――ずいぶんなカードを、早々に切ってくれるじゃないか。

その手口には香屋の意思がみえる。傾きかけた戦況を正すには、極力早く手を打った方が良い。不利な時間が延びるとそれだけ仲間が死ぬ。仲間が死ぬと、当たり前に戦力差が開く。だからトーマの方も、息を吐いて伏せたカードをオープンする。

「撃て」

標的はホミニニ。

彼が倒れれば、ドラゴンとワダコも止まる。

＊

ＢＪは、その狙撃《そげき》には気が進まなかった。

できるだけ狙撃は視認で行いたいが、煙のせいでどうしても検索《サーチ》に頼る必要があった。

加えて、ウォーターに指示されたタイミングが完璧《かんぺき》ではなかった。射撃《シュート》とは一撃必殺であるべきだ。当たると確信が持てなければ撃つべきではない。だがＢＪは引き金を引いた。戦場において、敵の命よりも重要なものを射抜くために。

ＢＪがウォーター側についた理由は、極めてシンプルだ。そもそもエデンというチームの一員になった覚えなどない、ということに尽きる。ＢＪはＰＯＲＴを愛していた。あのチームが気に入っていたわけではない。強大だったほかにはこれといって良いところもみつからないチームだった。だが、自分自身が所属するチームだった。自分のチームを愛さないのは、ＢＪの美学に反する。そしてそのＰＯＲＴを打ち倒したエデンに迎合するのもまた、美しくない。

偶然なのか、なんらかの手段でこちらの攻撃に気づいたのかはわからない。ともかく引き金を引いた直後、ＢＪとホミニニとの射線上に、ひとりの男が飛び込んでいた。――ドラゴン。それは意外なことではなかった。確信なく放った一撃が、想定外のものにぶつかるのは。

けれど、その射撃《シュート》は命中よりも先、引き金を引くと同時に意図したものを射抜いていた。

それは時間だ。一瞬、ホミニニの――そしてエデンの一派の動きが止まる。背後から狙撃を受けて恐怖しない者はいないし、恐怖を呑み込むのには時間が必要だ。

ＢＪの一撃で、戦場が硬直する。

だが、その硬直の中の一瞬で、ひとりが動いた。

ドラゴンの巨体がゆっくりと倒れていく。

その姿をみて、ホミニニはほとんど衝動的に、射撃《シュート》を放っていた。光線の先には酔京がいた。

＊

自身の行動のあとを追って思考する。

――ＢＪが裏切った。

それは、別に意外でもない。現在のエデンはチームとしてひどく脆《もろ》い。重要なのはドラゴンが、ＢＪの射撃《シュート》に気づいたことだ。そうでなければホミニニを庇いはできない。だがＢＪの姿を視認できたわけもない。なら、この戦場に、ドラゴンがみつけたヒントがあった。

今、視界に敵の姿はない。目に入るのはワダコと酔京。このふたりだけ。ホミニニはワダコを一〇〇パーセント信頼している。つまりもしもあいつが裏切り者だったなら、こちらが死んでも仕方がないという話だ。なら、疑うべきなのはもうひとり。

酔京はなんらかの理由で、敵の――ウォーターからＢＪへの射撃《シュート》の指示を知った。それに反応して、ＢＪの居場所に視線を向けたか、射線から自身を逃がそうとしたか。まあ、とにかく酔京のアクションで、ドラゴンはＢＪの射撃《シュート》を察知した。そしてホミニニを庇い、倒れた。

──たぶん、こんなところだろうな。

そうホミニニは考える。現実が、という意味ではない。ホミニニ自身が、咄嗟《とっさ》に酔京に攻撃した動機が。本当に酔京がこちらを裏切っているのか、冤罪《えんざい》なのかはどうでも良い。もしも酔京が裏切り者だった場合、放置していたならドラゴンを助けるのが困難になる。だからさっさと撃っておくしかない。もしも間違っていたなら、死体にひと言、すまなかったと謝ればいい。

ホミニニの射撃《シュート》は、でかい音をたてて酔京に命中する。それで酔京が仰向けに倒れたが、致命傷ではない。射撃士《シューター》としてのホミニニのポイントは、それほど高くはない。おそらく酔京自身が、ダメージを逃がすために後ろに跳んだのだろう。

アスファルトを転がる彼女に向かって、さらに射撃《シュート》する。ワダコがこちらの動きに反応し、酔京に肉薄している。ホミニニは叫ぶ。

「おいドラゴン、無事か？」

丈夫なことが取り柄の巨漢の右手が、ゆっくりと持ち上がる。無事ならいい。治療を急ぐだけだ。

「ドラゴンを殺すな。殺したらお前を殺す」

その言葉は、ユーリイに向かって叫んだつもりだった。けれど思えば、戦場の叫び声があいつに届いているのかもわからない。なんにせよ返事は聞こえなかったし、聞いている余裕もなかった。

酔京に近づいたワダコが、だがその直前で足を止める。ほとんど同時に酔京の身体が激しく燃え上がった。彼女の能力は、自身を激しい炎に変える。彼女の周囲でアスファルトがぶくぶくと煮立っていた。でかい風船が弾けたような破裂音をたてて空気が燃え上がり、熱風がホミニニの顔にへばりつく。

ホミニニは内心で舌打ちする。不意打ちで、殺しきっておきたかった。

この状況で酔京とまともに戦うのは、まずい。そろそろミケの連中も態勢を立て直す。そう考えた直後、ホミニニは頬に衝撃を受ける。ぐりんと視界が回り、煙で汚れた青空がみえる。殴られ、横転した——黒猫。

酔京と黒猫に組まれると、ほとんど詰みだ。こちらのカードが足りない。一対一であればワダコは渡り合えるだろうが、ホミニニが足を引っ張る。「オレの願いはお前の願い」をワダコに使い直す？　いや、ダメだ。対象を強化するあの能力は、今、ドラゴンに使っている。このままの方がドラゴンの生存率が高い。

その思考のあいだにも、黒猫が追撃する。もうすぐ目の前にいる。——やばい。ホミニニは奥歯を噛む。これは、死ぬか？　死んでたまるか。どう生き延びる？

直後、ふいに、黒猫の腹が裂けた。血が噴き出している。

致命傷ではないようで、彼女は元気に跳んで距離を取るが、血の量をみても深手は深手だ。

——雪彦。

平穏の、現状ではナンバーワン強化士《ブースター》。彼の小柄な背中がそこにある。雪彦の能力は、わりに有名だ。少なくともPORTはずいぶん前からデータを持っていた。「無色透明」と名づけられたその能力は、雪彦の姿を世界から消す。検索《サーチ》も極めて困難で、けれど雪彦本人がいくらか音を立てるとその効果を失うらしい。

間もなくまた雪彦の姿が掻き消えた。

斬《き》られた黒猫が逃げていく。ワダコがそれを追おうと足を踏み出して、彼の前に酔京が立ちふさがる。

「ちょっと、予定外かな」

そう言って、酔京が笑った。

彼女が髪を束ねていた、白っぽい、だがまだら状に黒い点が入っている紐《ひも》を解く。直後、ホミニニの視界がぶぅんと揺れた。

＊

状況を確認し、トーマは舌打ちする。

今のところ、カードのめくり合いではこちらがやや不利だ。まずホミニニが想像を超えていた。酔京を「裏切り者」だと判断したあの速度は、まともじゃない。少なくともトーマにはまねできない。

おかげで、もっと劇的に裏切らせるつもりだった酔京というカードを、ほとんど無意味にオープンすることになった。酔京と黒猫のコンビであれば、ホミニニ一派を上回れる想定だったけれど、戦場に雪彦が潜んでいた。

「無色透明」を使用した雪彦は姿がみえず、検索《サーチ》も難しい。だが、本人が音をたてると能力が解除される。まったくの無音でなければいけない、というほど強い縛りではない――人体は常に音を立て続けているから、完全な無音なんてものは不可能だ――が、忍び歩きくらいならともかく、少しでも走れば彼は姿を現す。つまり雪彦はその能力の特性上、「移動速度が極めて遅い」という欠点を持つのに、それでも戦場の最適な場所に身を潜ませていた。そんなことができるのは、おそらく香屋くらいだろう。香屋は交戦開始時のこちらの動きを、ほぼ読み切っていたのではないか?

　雪彦は大きな脅威だ。現に黒猫が傷を負ったというのもある。強力な回復能力を持つトーマにとって、その傷を癒《いや》すのは簡単だが、それでもいったん彼女を戦場から下げなければならない。だがなにより、「戦場に雪彦がいる」という可能性が怖《おそ》ろしい。いつ、どこで刃を向けられるかわからない。というか雪彦の「無色透明」と、香屋歩の組み合わせが凶悪すぎる。読み合いに香屋が勝つたび、こちらがひとりずつ血を流す。

　――ともかく、これでわかった。

　現状の平穏はほぼ香屋の思惑通りに動いている。そうでなければ、今回の平穏の戦い方は説明がつかない。切り札といえる雪彦をこれほど早々にオープンするような方法、これまでの平穏では考えられない。

隣で検索《サーチ》を続けていた、パラポネラが報告する。

「戦場から消えたのは三名です。酔京、ホミニニ、ワダコ。ですが、雪彦の現在地もわかりません」

うん、と小さな声でトーマは答える。

酔京はユーリイから、とっておきの秘密兵器を与えられていた。破り取られた本の一ページ――「パラミシワールド」だ。物語の世界に周囲のプレイヤーを連れ込むあの能力は、戦場を一方的に酔京にとって都合が良い世界に変えられる。

「雪彦は忘れていい。もしもパラミシワールドに巻き込まれていても、物語の中じゃ酔京が有利だ」

「はい」

「けれど――」

それだけをささやいて、トーマは言葉を途切れさせる。

なんですか？　とパラポネラが言った。

「なんでもないよ。検索《サーチ》を続けて」

そう答えてトーマは、胸の中だけで顔をしかめる。パラミシワールドの中では、酔京が有利だ。けれど。

――どうにも、嫌な予感がするね。

酔京はユーリイの配下だった。だから、ユーリイによって、彼女が有利な物語の一ページが与えられた。その武器を持ったまま酔京はこちらに寝返った。

こうまとめてしまうと、やはり気持ち悪い。ユーリイとはそういう存在じゃない。酔京の裏切りなんてもちろん想定していて、「だと思った」と嘲笑《あざわら》っていて当然なんだという気がする。そしてあのユーリイと香屋が手を組んでいたなら、酔京がパラミシワールドを使うところまで、あちらの計画通りかもしれない。

正直なところトーマは、今日の戦いを、ずいぶん気楽に考えていた。そもそも売られたケンカで、こちらとしては積極的に買う理由もない。のらりくらりとやり過ごし、どうしても欲しいものだけを取りこぼさないように気をつければいい。

――月生さんと、できればキドさん。

そのふたりが欲しかった。あとはまあ、どうでもよかった。極力、被害を抑えるように立ち回りたい。

こんな風に消極的でも、世創部は現状、ずいぶん有利だ。エデンの人員にこちらの手駒《てごま》を紛れ込ませているのだから。もっとも効率的なタイミングを選んでそのカードをオープンするだけで負けはしない。あちらを背中から撃ち続ければ良い、一方的なゲームだと思っていた。

なのに、実際に戦闘が始まると震える。考えてみれば、香屋歩とユーリイが手を組んでいるのだから当然だ。それはもうまともな人間が戦いを挑んでよい相手ではない。どれだけ準備を万端にしていたとしても。

──やっぱり私は、楽観的だな。

そう考えて、苦笑する。

なかなか戦いの恐怖というものを、事前に想像しきれない。こちらの作戦が上手くいくところばかりをイメージしてにやにやしている。まともに戦えば香屋には勝てないと知っていたはずなのに。

だからやっぱり今日の戦いは、極力回避した方が良い。売られたケンカを買うのではなく、こちらから売るケンカをあちらに買わせたい。

自分たちに有利なところで戦う。それが、いつだって正しい戦い方だ。

2

──少し不安だ。やっぱり逃げようか。

とウォーターが言った。そのことが酔京には、ずいぶん意外だった。

酔京とウォーターの繋がりは、意外に古い。彼女に出会ったのは、もう二四ループ──二年ほども前だった。当時のウォーターは平穏に入る前で、弱小と中堅のあいだくらいのチームのリーダーをしていた。

酔京は、ウォーターのチームの一員だったわけではない。むしろ反対で、ウォーターに打ち滅ぼされたあるチームに所属していた。チームが異なるまま、仲間にならないかと勧誘され、そして酔京のチームが滅んだあとPORTに送り込まれた。

当時のウォーターは戦場の英雄だった。彼女の戦い方は大胆で、知的で、指揮するチームは勝ち続けた。あのころのウォーターであれば、戦闘中に「不安だ」なんて、決して口にしなかっただろう。

——大丈夫です。やれます。

と酔京は答えた。

現在のシチュエーションは、ウォーターが想定した通りなのだから。

パラミシワールド——物語の中に現れた酔京は、軽く辺りを見回す。鋼鉄製の床や壁でできた、それほど広いとはいえない部屋だ。目の前にホミニニとワダコが立っている。壁には目のようにもみえる、アーモンド形の巨大な窓がひとつだけあり、その窓の向こうには海がある。海面ではない、海中だ。

窓際に歩み寄ったホミニニが、ぶ厚いガラスを二度ノックした。

「いかにも金をかけてますって感じの、潔癖なクリスタルガラスだ。なんとなく記憶にあるな。こいつは、ノーチラス号か？」

そう。その通り。ジュール・ヴェルヌの『海底二万里』に登場する高性能潜水艦、ノーチラス号。棺桶《かんおけ》に向いた艦だ。

酔京は腕を組み、ホミニニをみつめる。

「わかるでしょ？　ここで、貴方《あなた》たちは私に勝てない。こっちにつかない？」

「乗ってやりたいが、そいつはできねぇ」

「どうして？」

「ドラゴンを置いてきた。あいつの命を、ユーリイの方に預けてある」

「そっか」

酔京は意外と、ホミニニが気に入っていた。直接の面識はほぼないけれど、友人からよく話を聞いていた。

架見崎にはかつて、若竹《わかたけ》という名のプレイヤーがいた。ホミニニの配下だった女性だ。アルコールに依存して声をからせていた彼女は、内面は子供のように純真だった。誰かを信じていなければ生きていけないような子で、けれど何度も裏切られてきたと聞いた。夜になると悲しいことを思い出すから、酔いつぶれなければ眠れないのだと言っていた。その若竹が、最後に信じたのがホミニニだった。ホミニニだけはおそらく、最後まで若竹を裏切らなかっただろう。彼女はもう死んでしまったけれど。

当時から――つまり、若竹と同じPORTの戦闘員で、苦笑しながら彼女の寝酒に付き合っていたころから、酔京は「ウォーターのスパイ」だった。けれど、若竹を友人だと感じていた気持ちに嘘はなかった。だから、なんとなく、ホミニニを殺したくなかった。

――でも、まあここは戦場だから。

殺したくない相手全員と、にこやかに握手を交わせるわけでもない。

まあいっか、酔京が軽く両手を広げる。直後、一度だけ、ぱんと高い音が鳴った。「サラマンダー」という名で登録された酔京の能力は、肉体の任意の個所を炎に変える。全身どこでも炎になるが、まずは両手の手首から先だけに使用した。手のひらが青白い炎に、周囲はより濃い青に。だがその青は、揺らめくと輪郭がちらちらと赤く輝く。だらりと両手をたらすと、鋼鉄でできた床の表面が融解した。

酔京が戦場にノーチラス号を選んだのには、いくつかの理由がある。たとえば潜水艦というのは、どうしたって狭苦しいこと。ノーチラス号は潜水艦としては巨大だが、それでも強化士《ブースター》が自由に走り回れる空間はない。触れれば勝ちの「サラマンダー」を用いた戦いにおいて、狭いことは一方的に有利だ。

ホミニニは胸元から、玩具《おもちゃ》のような小さな銃を取り出していた。彼に向かって、酔京は走る。ワダコがあいだに入るかと思ったが、そんなことはなかった。酔京は燃える拳《こぶし》をホミニニに向かって振り、ホミニニは銃の引き金を引く。

直後、酔京の腕が消えた。――ルンバ。ワダコの能力。それは空間の二点を繋げる穴をあける。一方に入るともう一方から出てくる、ワープホールのような穴を。酔京の拳は、ホミニニの目の前に空いたその穴に吸い込まれていた。

ルンバには少し面倒な発動条件があったはずだ。たしか、ワープホールの一方はワダコがごく最近触れたものが起点となる。その時間が三分以内だったか、五分以内だったか、細かな数字は思い出せないが、ともかくあのホミニニの玩具じみた銃に込められていた弾丸が、ルンバの起点となったのだろう。

そして、その穴が繋がる先——もう一方のワープホールは、ワダコの目の前に現れるはずだ。つまり今、穴に呑み込まれた酔京の右腕だけが、ワダコの手元に移動している。高温で燃え上がる手を切り落とす方法を、ワダコは持っているだろうか？

わずかに動揺しながら、酔京は咄嗟にその腕を引き抜く。目の前のホミニニは、表情も変えずに射撃《シュート》している。一発、二発。間近で放たれたそれが酔京の腹にぶつかり、身体が後ろに飛ぶ。すぐ横から、新たな衝撃が来た。ワダコの肘が、酔京の脇《わき》に突き刺さっている。

——さすがに、強いね。

ホミニニ。常にユーリイの対抗馬として語られてきた名前。この男もまた、まともではない。一瞬の判断に平然と自分のすべてをベットできる。間近に迫った、触れれば終わりの燃え上がる拳への対処は仲間に任せ、自身はまばたきもせず引き金を引いている。ホミニニとワダコのコンビは厄介だ。

——でも、この戦場じゃあ私は負けない。

ごく簡単な必勝法がある。

酔京はノーチラス号の床を転がりながら、「サラマンダー」の出力を上げた。両手の炎が全身に広がり、瞬く間に床を、壁を融解させる。ノーチラス号は壁が二重になっているようだった。けれど、そんなことはなんの意味も成さない。真っ赤になるまで熱した鉄球をチョコレートの板に落としたように、高熱が穴を広げていく。まもなく、その熱が海水に触れて爆音に似た巨大な音が鳴り、海水が流れ込んだ。

ホミニニが叫ぶ。

「やべえ。ワダコ。短期決戦だ」

決戦？　彼らは、こちらと戦う術《すべ》を持っているのだろうか。高温で燃え上がる酔京にダメージを与えるのは容易ではない。酔京の「サラマンダー」の弱点といえば、効果時間がやや短いことくらいで、短期決戦という言葉を信じるならその弱点を突こうというわけでもないだろう。なら「サラマンダー」に対抗できる、なんらかのその他《オリジナル》を持っているのだろうか。酔京の頭に入っているホミニニとワダコのデータには、そんなものありはしないけれど、彼らは曲者《くせもの》だ。特別な準備があっても不思議ではない。

――けど、まあどうでも良いよね。

酔京はすでに、ホミニニ、ワダコと戦うつもりがなかった。攻撃対象はプレイヤーではなく、動きもしない床や壁だ。「サラマンダー」の熱で溶けたノーチラス号を、強化《ブースト》で増した力でぐちゃぐちゃに潰《つぶ》す。それは酔京にとって、子供が作った砂の城を蹴散らすのと変わらないくらいに簡単な作業だ。

――この艦が、ふたりの棺桶になる。

酔京が戦場にノーチラス号を選んだのには、いくつかの理由がある。その中のいちばんの理由は、海中というシチュエーションが、酔京が持つ能力と圧倒的に相性が良いことだった。

「サラマンダー」はシンプルで強力だが、欠点がある能力だ。さすがにその熱で自身が傷つくことはない。「サラマンダー」の使用中は、あらゆる高温から酔京の身体が守られる。けれどこの能力が手を貸してくれるのはそこまでで、あとは物理法則通りに、酔京の身体は痛めつけられる。

大きな弊害はふたつ。一方は視界が奪われること。「サラマンダー」の炎は、ガスバーナーの温度を優に超える。正確な数字は知らないが、三〇〇〇度とか、四〇〇〇度とか。そして人間の目は、ガスバーナーの炎の中でも機能するようにはできていない。純粋に眩《まぶ》し過ぎる。

もう一方は、呼吸が奪われることだった。炎は燃え上がるのに酸素を使う。「サラマンダー」発動中の酔狂の周囲からは、またたく間に酸素がなくなる。馬鹿げた話ではあるけれど、全力の「サラマンダー」は素直に使うと使用者が窒息する。

そこで酔京は、「サラマンダー」のサポートのために、もうふたつの能力を獲得した。それぞれ「客観視」、「深呼吸」と名づけられた能力だ。「客観視」は視覚を酔京の瞳《ひとみ》から切り離す。自分の姿を頭上から見下ろせるような能力だが、そのカメラの位置は能力の効果範囲内で自由に動かせる。もう一方の「深呼吸」はよりシンプルで、能力の発動中は、一度息を吸えば三〇分間呼吸の必要がなくなる。

これらはあくまで「サラマンダー」を使いこなすため、仕方なく獲得した能力だったが、副次的な恩恵もあった。酔京は水中に強い。

「じゃあね。ゆっくり死んで」

ノーチラス号を荒らすだけ荒らし、壊すだけ壊して、酔京は自身が空けた穴から海中に身を逃がす。身体の周りから大量の気泡が立ち上がるのが、「客観視」で離れた視界に映った。「サラマンダー」の熱で海水が次々に気化している。その気泡が生む渦で酔京の身体が弄《もてあそ》ばれるように流されるが、能力を部分的に解除して熱を調整するとバランスが取れた。海中という戦いの舞台は、事前に想定済みで訓練も真面目《まじめ》に重ねている。慣れてしまえば「サラマンダー」は水中での姿勢制御や動力にも使える。

ホミニニたちはまともにノーチラス号から外に出ることもできないはずだ。このまま彼らの窒息を待っても良い。ノーチラス号と共に海底に沈んでいくのを眺めていても良い。もしも彼らが出てきたなら、「サラマンダー」の高温の手で触れてやれば良い。あちらはこの水圧の中でまともに動くこともできないはずだから、どうしたって詰んでいる。ワダコの「ルンバ」で開くワープホールはせいぜい二〇センチ程度で、人間が通れる大きさではない。

必勝の状況。ホミニニもそうとわかっていたから「短期決戦だ」なんて叫んだのだろう。けれどけっきょく、なにもできなかった。もう勝負はついている。——そのはずだった。

なのに、ふいに、ノーチラス号が動く。巨大な艦体が、どうやら上昇しているようだ。なぜ。

——どうして、海中で穴が空いた潜水艦が浮かぶの？

常識的に、あり得ない。

なのにノーチラス号が昇っていく。海流だ、と酔京は気づく。海底から水面へと向かう奇妙な海流にノーチラス号が押されている。もちろんその海流は、酔京の身体も押し上げる。「客観視」で肉体から離れている酔京の視点も、能力の効果範囲の限界に引きずられて上昇する。

アーモンドの形をした、ノーチラス号の巨大な展望用の窓から、船内がみえた。中には三人がいた。ホミニニと、ワダコと、もうひとり。いつの間にか、ひとり増えている。

思えば、敵の増援が来ることは意外ではなかった。パラミシワールドは効果発動中、常に扉が開いた状態だ。中から外に出るのは困難でも、外から中へはいくらでも入れる。そしてその入り口は、本の一ページからノーチラス号の船内に繋がっている。

酔京は、船内に増えたひとりを知っていた。

――宵晴《よいはる》。

かつて架見崎には、メアリー・セレストという名のチームがあった。船を持ち、海上戦を得意とし、そのリーダーは海を操った。メアリー・セレストはエデンに敗れ、ユーリイに取り込まれた。

――そっか。

この海は、私の棺桶だったのか。そう酔京は理解する。

メアリー・セレストは、決して強いチームではなかった。ごく平均的な中堅だった。けれど、海というフィールドでは最強だった。

　酔京は目を閉ざすように「客観視」を解除する。身体が暴流で吹き飛ぶように流れる。手も足も首さえも動かなかった。脳と肉体の接続がすっかり切れてしまったようだった。どれほど高いポイントの強化《ブースト》を持っていても、その身体を極めて高い温度で燃やしても、酔京はたかだか人間ひとりぶんの質量しか持たない。海という圧倒的な質量が敵になれば、戦うどころかもがきもできない。ただ音だけが聞こえる。島ほどもある巨大な獣がぐるぐると唸《うな》るような音を海流がたてている。

　ウォーターの言う通りだった。この戦場に足を踏み込んではいけなかった。さっさと逃げ出していなければならなかった。どれほど有利にみえたとしても、あのユーリイに与えられた戦場なのだから。

　――失敗したな。

　まあ、いいか。

　胸の中でそうささやいた直後、視界が切り替わっていた。

3

「酔京が、世界平和創造部の領土に移動したよ」

　とシモンが言った。

その言葉を聞いて香屋は、顔をしかめる。トーマが「イカサマ」を使った。その能力は物や人を瞬間的に移動させる。事前に、移動させる対象をマーキングするように能力を使っておく必要があるようだけど、効果発動のタイミングや移動先はかなり自由度が高いようで、名前の通りイカサマじみた性能だ。というかこれだけ戦って、最終的には一方的にこちらが有利な状況で、「イカサマ」の使用回数を一回ぶん削っただけで引き分けっていうのはさすがにずるくないか？　カエルがトーマを贔屓《ひいき》している。

香屋はもちろん、酔京を殺したいわけではなかった。誰ひとり死なないのがいちばん良い。けれど、一方的に勝ってもほとんどまともに相手の戦力を削ることもできない状況は歯がゆい。

秋穂がペットボトルのミルクティーなんて飲みながら、平気な顔で言う。

「ＢＪと酔京は裏切り者で確定ですね」

香屋と、秋穂と、シモン。それからマカロン。この四人は今、平穏な国が本拠地としている教会の一室にいる。リリィも同席したいと言っているらしいけれど、秋穂の判断で今は彼女の自室に戻ってもらっている。

秋穂に向かって、香屋は答える。

「まあ、ホミニニ一派が白っぽいのはありがたいよ」

香屋は今回の戦いの準備に、明確なコンセプトを持っていた。どっちつかずを維持しよう、というコンセプトだ。たとえば今回の、パラミシワールドで『海底二万里』を再現することなんかもそのコンセプトに従って考えている。酔京が味方だった場合はしっかり彼女の武器になり、裏切った場合はエデンやPORTの能力で簡単に抑え込めるトラップにもなる。そんな、どちらに転んでも意味がある準備をできる限り積み上げた。

　けれどそれらの作戦について、ユーリイと詳細な意見の交換をしたわけではない。香屋が一方的に考えを羅列して、ユーリイに押しつけておいた。材料だけ用意して、その使い方はユーリイに任せる、という方針を取れたおかげで、今回の戦いはまだしも香屋の負担が少ない。香屋にとっては一〇時間考え込むより、二秒で済む「ゴー」の指示を出す方がよほど疲れる。それで人が殺し合うのだから。面倒事を押しつけられたという意味でも、ユーリイと手を組めてよかった。

　マカロンが端末に視線を落として、微笑《ほほえ》む。

「ほら。世創部がエデンの領土から逃げ出していくよ。なかなか順調じゃないか。あちらは二枚も手札をさらし、こちらには被害らしい被害も出ていない」

「ドラゴンが撃たれました」

「彼は『こちら』ではないだろう？」

「チーム名が違うだけです。今はこちらの戦力です」

　宵晴をパラミシワールド内に送り込むため、そのページがあるホミニニと酔京の交戦地点にエデンの兵が向かった。撃たれたドラゴンはそのときに保護されているけれど、容態に関してはわからない。

香屋は忙《せわ》しなく、とんとんと指先でテーブルを叩く。

端末に表示されたデータを眺めると、マカロンが言う通りエデンの領土から世創部のメンバーが撤退していく。この交戦の冒頭は、エデンと平穏が有利に進めている。次にトーマは、どう動く？　あいつのことはよく知っているはずなのに、なんだか上手く想像できない。

今回の戦闘は、大まかには三人の思惑が絡み合ってできている。そのはずだ。

香屋は極力、戦闘以外の方法で架見崎の決着をつけたい。そのため世創部を追い込んで、トーマの方から平穏と同盟を結びたがる状況を生み出したい。ユーリイは手っ取り早くチーム内の膿《うみ》を出したい。できるだけ自分たちが被害を受けずに「裏切り者」を明らかにしようとしている。

このふたりはとてもわかりやすい。けれど、トーマは？　彼女の思惑は、まだ香屋からもみえなかった。エデン側から仕掛けた戦いに素直に乗るのも、トーマらしくはないような気がした。

悩んでいると、香屋の端末が鳴った。検索士《サーチャー》からの通話――相手はエデンの人間のようだ。

応答すると、気だるげな声が聞こえた。

「ハロー、ハロー。こちらユーリイ。香屋くん、ご機嫌は？」

よくはない。もちろん。交戦中に上機嫌になれるような人格は病的だ。負けていても、拮抗《きっこう》していても、一方的に勝利していても。相手を殺しながら笑う奴なんて、まともなわけがない。

香屋は手早く話を進める。

「次はどうするつもりですか？」

「もちろん、世創部の領土に進軍だ。このまま検査を続けるよ」

検査。ユーリイは裏切り者の疑いがある何人かでチームを組ませ、世創部にぶつけている。すると、まあ普通は裏切り者があぶり出される。彼は本当にこの戦いを、チームメンバーの品質検査のようなものだと捉《とら》えているのかもしれない。

「誰を試すんですか？」

「ニッケルを優先することになった」

「とても危険だ」

ニッケルが持つ能力「例外消去」は、問答無用で周囲のその他能力《オリジナル》の効果を打ち消す。戦況を一変させ得る能力だが、今回は扱いが難しい。対ヘビにおいて絶対的な切り札になることが期待できるため、極力傷つけたくない、というのもある。そしてそれ以上にやばいのは、彼が裏切り者だった場合、目先の戦いで大惨事が起こりかねないことだ。

根本的な問題は世創部に白猫がいることだった。彼女は極めて純粋な強化士《ブースター》で、普通に戦えばおそらく、この戦場の誰よりも強い。つまり、もしニッケルが裏切り者でなければ、あっさり白猫に殺されるだろう。基本的な強化能力《ブースター》しかもたない白猫に対して、例外消去はなんの効果もない。そしてもしニッケルが裏切り者だったなら、より絶望的な状況になる。ニッケルが他者のその他能力《オリジナル》を消した戦場では、きっと誰も白猫に太刀打ちできない。

けれどユーリイの声は、普段通りに落ち着いている。

「僕もまったく、同意見だ。この戦場にニッケルを出すのはとても危ない。彼には休暇を出し、部屋でゆっくり映画でもみていて欲しいね」

「なら、どうして？」

返事をしたのは、ユーリイではなかった。

やや低い女性の声が聞こえた。

「私がお願いしたからよ」

香屋はその声に聞き覚えがなかった。けれど、想像はつく。

「テスカトリポカ？」

「はじめまして。香屋歩くん」

なんて面倒な状況だ。

テスカトリポカは現状、敵でも、味方でもない。おそらくそうだろうとユーリイから聞いている。そして、どちらに転ぶかわからないなら、テスカトリポカはぜひ欲しい。トーマに取られたくはない。この優秀な検索士《サーチャー》は、それだけでも充分に魅力的なのに、異常な性能の遠距離補助士《サポーター》でもある。

テスカトリポカがニッケルを戦場に出したいと言い出すのは、もうそれだけで頭痛がする。テスカトリポカ自身がトーマ派に傾いているパターンと、そうではないパターン。ニッケルが裏切り者のパターンと、そうではないパターン。ふたりぶんの二通りで合計四パターン、いずれであれ面倒だ。こちらにとって最高の状況――テスカトリポカ、ニッケルが共にエデン側だった場合でも。その場合、白猫がいるチームの領土にニッケルを送り込もうというのは、彼を殺そうという提案に等しい。

テスカトリポカの極まった補助能力《サポート》は、ひとりで戦況の優劣をひっくり返す。けれど、彼女のわかりやすい弱点が、ニッケルだ。テスカトリポカの補助《サポート》はいくつかのその他能力《オリジナル》で支えられており、それらをニッケルなら問答無用で無効化できる。敵であれ、味方であれ、テスカトリポカはニッケルを消し去ってしまいたいのだ。自身の価値を絶対的なものにするために。

ユーリイが言った。

「それで、僕は困っているんだよ。同じテーブルに着く女性には、できるだけ気分よくランチを終えて欲しいけれど、戦友を死地に送り込むわけにもいかないだろう？　そこでニッケルに増援をつけることにした」

「誰です？」

「キド。他にも何名か」

「無茶苦茶だ。被害が大きくなるばかりだ」

「でも、もう決まったことなんだ。前に進むしかないのなら、なんとしても勝ち切ろう。

僕はそんな風に決意している」

　そう言ったユーリイは、少し笑ったようだった。自分自身の発言があまりに馬鹿《ばか》げていて、堪《こら》えきれなかったのだろう。

　その半ば笑った声のまま、ユーリイが続ける。

「ところで、香屋くん。僕たちはずいぶん仲良くなった。君はウォーターの勝利より、僕の勝利を願ってくれるんだろうね？」

　香屋は顔をしかめる。

　ユーリイは、ニッケルを世創部に差し出す無謀な進軍に「手を貸せ」と言っているのだ。どうせやるなら徹底的にやる。だから平穏側からも戦力を差し出せ、と。

　乗るしかない、と香屋は考える。

　ここで口論をして、ユーリイを止められるとは思えない。というか、テスカトリポカはこの戦場のジョーカーなのだ。彼女がそのことに自覚的なのだから、相当の我儘《わがまま》は通さざるを得ない。けれどやり方が気に入らなかった。

　――ニッケルが邪魔なら、殺せと言えよ。

　エデンの領土内で、ニッケルを撃ち殺す。それならまだしも、被害が少ない。彼ひとりが死ぬだけだ。その殺意を他者に押しつけるために、余計なコストを払わせるなよ。

　香屋はため息をついて、端末に答える。

「僕にどうこうできる話じゃありません。平穏はリリィのチームです」

「なら戦場の尊い犠牲について、あの少女と議論しろというのかい?」

「リリィはなにも喋《しゃべ》りません。もちろん、語り係が代行します」

そう告げると、秋穂が「あん?」と不機嫌そうな声を上げる。珍しく柄が悪い。

彼女から目をそらし、香屋はシモンに告げた。

「でも秋穂は、語り係としての経験が浅い。シモンさん、サポートしてもらえますか?」

平穏の主力を動かし、極めて危険な戦場に戦力を送り込むような判断を下せるのは、今のところシモンしかいない。そしてシモンの説得は、香屋がやるよりユーリイに任せた方が効率的だ。

シモンは戸惑っているようだった。彼にとっても、ユーリイとの交渉というのは荷が重いものなのだろう。視線を泳がせ、それから言った。

「香屋くん。君は、なにをする?」

「貴方がユーリイの話を呑《の》んだ場合に備えます」

逃げ出した世創部のメンバーを追って、エデンと平穏の連合軍があちらの領土に足を踏み込む。それは想定にない戦況だった。ユーリイはチームメンバーの「検査」のために、数人ずつの小規模な戦いを望んでいた。もし大規模戦闘が発生するなら、それは世創部側から仕掛けてきた場合だろうと思っていた。だからいくつか、考え直さなければならないことがある。

——なによりも、白猫対策。

そこを早急にカバーしたい。香屋は端末に向かって続ける。

「通信だとまどろっこしい。僕も、そちらに行きます」

エデン。元ＰＯＲＴの領土。

できるなら、ユーリイの向かいに座りたい。

「オーケイだ」

ランチをもうひとりぶん追加しよう、とユーリイが答えた。

第三話　まるで絶望だね

1

およそ二〇分間、戦場が奇妙に停滞した。

トーマはその時間が、なんだかずいぶん気持ち悪かった。開戦直後のエデンへの強襲は失敗し、世創部は進軍していたウーノ、太刀町《たちまち》、黒猫《くろねこ》および元ミケのメンバーを早々に引き上げた。ユーリイなら迅速にその背後を攻撃するだろう。香屋《かや》だって、崩れたこちらを見逃しはしないだろう。そう思っていたのに、撤退は何事もなく完了し、黒猫が負った傷もすでにトーマの手で治している。

——なぜ、止まる？

あちらにトラブルがあったのか。なにか機会を待ちわびているのか。それとも、トーマからはみえないだけで、すでに香屋やユーリイは動き出しているのか。

世創部の検索士《サーチャー》、パラポネラが報告する。

「香屋歩《あゆむ》がユーリイ、テスカトリポカと面会しました」

「場所は？」

「ホテル。ユーリイ、動いていません」

エデンと平穏が手を組んでいることは、序盤の動きをみても明らかだった。というか開戦前から、おそらくそうなるだろうとトーマは予想していた。本命の構図が鮮明になっただけだが、やはり怖《おそ》ろしくはある。香屋歩とユーリイの連合軍。

傷を治したばかりの黒猫が言った。

「なら、ホテルひとつを壊せばこちらの勝ちです。攻め込みますか？」

トーマは木製の、座りやすいとはいえない椅子《いす》を傾けながら、昼食に用意した長細いブロック型のビスケット――それはカロリーメイトによく似た商品だが、アポリアが生む世界に大塚製薬は存在しないため、別の名称になっている――をかじる。

「いや。引いたからには丁寧に守ろう。もともとこっちが望んだ戦いでもない」

トーマは初めから、戦いの冒頭はヒット・アンド・アウェイを想定していた。頭の一撃の成功、失敗にかかわらず、すぐに逃げ出して戦場を世創部の領土に引き込むつもりでいた。とくに城だとか砦《とりで》だとか塹壕《ざんごう》だとかを築いているわけではないのだから、攻める、守るの有利不利はそれほど大きくはないけれど、強いて言うなら守る方がやや良い。

理由は簡単にはふたつで、守る方が「戦いの組み合わせ」を選びやすいこと。その他《オリジナル》を多用する高ポイントプレイヤー同士の戦いでは、能力の相性で勝敗が決することも多く、あちらから攻めてきた相手をみて後出しで迎撃用の手駒《てごま》を用意できる守備側の方が、多少は作戦を立てやすい。

もうひとつは――こちらは、あまり考えたくないけれど――架見崎《かみさき》の根本的なルール。架見崎では常に一〇〇〇人程度が生活しており、誰かが死ぬと、たいていは次のループの頭に新たなプレイヤーが補充される。そしてその新人は、「前回、プレイヤーが死亡した付近」に現れることになっている。つまり敵であれ味方であれ、自分の領土で人が死んだ場合、自然と新人を補給できることになる。

――論点は、やはり白猫《しろねこ》さんだ。

世創部が持つ最強のカードは白猫で間違いない。香屋は彼女をどう攻略する？　純粋に力で押すというのは考えづらい。一対一で白猫に対抗できるようなカード、月生《げっしょう》かユーリイくらいしかない。けれど香屋はおそらく月生を戦場に出さない。エデンの実質的なトップであるユーリイが命を賭《と》して白猫と戦うというのもやはり考えづらい。

続いて純粋な戦闘能力が高いのは、誰だ？　エデンならキド、平穏なら雪彦《ゆきひこ》。けれど、やはりどちらも白猫にはぶつけづらいだろう。白猫であれば、キドは純粋な機動力で圧倒できる。雪彦の能力「無色透明」は厄介だけど、それでも白猫に対して使うのは抵抗があるのではないか。白猫であれば姿を消している雪彦も、「気配」だとか「殺気」みたいなわけがわからないもので察知できそうな気がする。かつては月生が七〇万Ｐも持っていたせいでカモフラージュされていたけれど、改めて考えると、やはり白猫のスペックは飛び抜けている。白猫対策は設問自体が間違えているパズルのようだ。どこにもすっきりと納得できる答えなんてない。

　とはいえ、香屋とユーリイが世創部の領土に進軍してくるなら、その答えがない問題に答えを出したということなのだろう。そして、トーマは決して白猫を敗北させるわけにはいかない。世創部の土台になっているのはミケ帝国で、ミケ帝国にとって白猫はあまりに絶対的な象徴だから。そこが崩れるとチームが崩れる。

　トーマは、視線を黒猫に向けて尋ねる。

「どうする？　白猫さんの隣に立つかい？」

　白猫を補強しようと考えたとき、いちばんの候補になるのは黒猫だった。これまでの関係性を無視しても、強化《ブースト》した白猫についていける強化士《ブースター》というのは黒猫しかいない。

　けれど黒猫は、曖昧《あいまい》に首を振った。

「チームがそうしろというなら従います。でも私にはまだ、そこにいる力はありません」

　その声が、思いのほか軽くて、安心する。世創部は精神的に強いチームだと思う。誰もが明確な自分を持っている。その中で、不安な人員がふたりだけいた。ニックと黒猫。このふたりは、実のところよく似ている。ニックはキドを、黒猫は白猫を絶対視している。その関係性はまったく別でも、特別な誰かひとりが理由で心が乱れやすいという弱点は同じだ。そう考えて、トーマは苦笑した。

　――なんて、人のことはいえないか。

これは実のところ、トーマ自身にも当てはまる。トーマが香屋を信仰するように、黒猫は白猫を、ニックはキドを信仰している。その三人の中で最初に変わりつつあるのが黒猫なのだという気がする。

「エデン、平穏が動きました」

とパラポネラが言った。

トーマは手の中に残っていた、カロリーメイト風ビスケットのひと欠けらを口の中に放り込み、ペットボトルのミネラルウォーターをぐっと飲む。この手のビスケットは、意外に水に合う。

――というか、まあなんにでも合うのがウォーターってものだよね。

内心でそうつぶやいてみた。どんな食べ物にもそれなりに合い、どんな形状の容器にも収まる。汚れをそそぎ、緑を育て、たまに川を氾濫《はんらん》させるけれど、人を生かす根源となるもの。ウォーター。ヒーローの名前。

その名前がより似合うのは香屋だろう。けれど今のところこの世界では、トーマがウォーターを名乗っている。

「あちらの進軍に合わせる。攻めるつもりで守るよ。世創部がどれほど怖ろしいチームなのか、あの天才たちにみせつけてやろう」

言ってから、内心では「しまったな」と思っていた。トーマはこれまで、架見崎では天才のふりをしてやってきたから、相手の方を天才と呼ぶべきではなかった。けれどパラポネラも黒猫も、真面目《まじめ》な顔をして頷《うなず》く。このチームでは無理に自分を飾り立てる必要がない、というのが、トーマにとっては大きな収穫だった。

前線と連絡を取るため、パラポネラに通話を指示する。

みればあちらは、進軍する部隊をふたつにわけている。

＊

同じころユーリイは、やはりテスカトリポカと向かい合っていた。

開戦時との違いは、テーブルにひとりぶん、ランチの用意が増えていることだ。それは香屋歩のためのものだったが、彼はもうこの部屋にはいない。

あの少年はネズミに似ている。身体《からだ》が小さくて、なんだかいつも走っている。その場に留まっていたならすぐに何者かに捕食されると考えているようだ。臆病者《おくびょうもの》なのは間違いないが、でも一方で、不思議と勇気もある。ユーリイやテスカトリポカと同じテーブルにつくことを望む者なんてエデンにさえそうはいない。言いたいことだけを言って、こちらが用意した食事に手もつけずに退室するのは、まあ元円卓の何人かだけだろう。特製のローストビーフだとか、この時期の架見崎ではまず目にしない新鮮な野菜だとかを使った、なかなか手間のかかったサンドウィッチなのだけど。

テスカトリポカが、その皿に目を向けた。

「まだしばらく私は、戦場から締め出されたままなのね」

「まさか。我がチームでもっとも重用すべき女性を軽々しくは扱えないというだけだよ」

「私の補助《サポート》があれば、白猫だって楽に抑えられる。香屋くんの綱渡りみたいな提案に頼らなくても。そうでしょう?」

「うん。けれど戦況は今のところ、君を頼るほど悪くはない」

テスカトリポカは疑わしい。決定的な瞬間に、こちらを裏切っても不思議はない。世創部と手を取り合うのか、彼女のひとり勝ちを狙《ねら》うのかはわからないけれど、少なくともまだユーリイの味方ではない。

なら、彼女の使い方には細心の注意が必要だ。あらゆる裏切りを想定した上で、それでもテスカトリポカというカードを切るしかない、そんな場面まで彼女の出番はない。

グラスに入ったアップルサイダーに口をつけて、彼女は言った。

「貴方《あなた》の中では、ウォーターの評価はそれほど高くないみたい」

ユーリイは軽い調子を出すために、やや大げさな動作で首を傾《かし》げてみせる。

「そんなことはないよ。ウォーターは素晴らしい。今、この架見崎で、もっとも強いのは彼女かもしれない」

「貴方よりも? それは、謙遜《けんそん》がすぎて冗談みたい」

「本当に。彼女は戦略家だ。対して僕は、戦術しか知らない」

テスカトリポカはしばらく、無言で考え込んでいたようだった。そのあいだにユーリイは、チーズとごく薄くスライスしたキュウリのサンドウィッチをひと切れ食べた。指先をナプキンで拭《ふ》いていると、ようやく彼女は「なるほどね」と言った。

「でもそれは、貴方には目的がないからじゃない？」

「だとしても。ウォーターは僕よりも明確な目的を持てるぶんだけ優秀だ」

ウォーターという架見崎でも稀有《けう》なプレイヤーは、戦場での評価が高い。けれど彼女の本質はそこではない。どこをゴールにするのか。そのためにどんなルートを辿《たど》るのか。そういった目的の設定――つまり、戦略に優れている。まずは弱小チームを自身の手で中堅まで育て上げたのもそうだ。そのチームを売って平穏での権力を手にしたのもそうだ。平穏を離れてすぐ、大手と呼べるチームを組織したのもそうだ。彼女は細かな作戦のひとつではなく、より大局的な流れを作るのが上手《うま》い。

それは、ユーリイにはない能力だった。いや。「ない」というのは誤りかもしれない。やろうとすればできるのかもしれない。けれどそもそも、やる気にならない。テスカトリポカの言う通り、ユーリイにはこれまで、目的がなかったから。ユーリイはひたすら目の前の戦いに勝ち続けてきただけだ。戦場でも権力争いでも。

テスカトリポカがソファーの背もたれに身体を預け、顎《あご》をこちらにむけて髪をかきあげる。

「私は普通、戦術よりも、戦略の方をより高く評価する」

「うん。僕だってそうだ」

「なぜなら正しい戦略は、戦う前に勝っているから。対して戦術では、どれだけ突き詰めても勝率を上げることしかできない」

「わかるよ。よくわかる」

「それでも、ユーリイ。ウォーターよりも貴方が強い」

「どんな戦いにおいて？」

その質問は、ユーリイにとっては自然なものだった。けれどテスカトリポカには意外だったようで、はじめてバニラエッセンスを舐《な》めた子供のような顔で沈黙した。その後間もなく笑みを取り繕《つくろ》う。

「もちろん、今やっているような戦いにおいて。まさか料理対決で強い弱いを決めるわけがないでしょう？」

どうだろう。戦場で強いより料理を上手く作れる方が、人生は豊かなのではないだろうか。ともかくユーリイが言いたいのは、そういうことではない。

「目の前の戦いに勝利して、なんになる？」

「幸せでしょう？　勝つのは」

「僕はこれまで、たいていの戦いに勝ってきた。もしどこかでウォーターと戦っていたなら、そうだね。おそらく僕が勝っただろうね。けれど、その結果はどうだい？」

「どうって」

「僕に信頼できる仲間はおらず、ウォーターはこちらの手駒を次々に奪っていく。これが、ただ目の前の戦いに勝てるだけの弱さだ」

　ずっと、長期的なビジョンを持たずにやってきた。戦略の不足、テーマの不在。それでも勝ち続けられる僕は天才なのだろう、とユーリイは思う。見栄でも強がりでもなく、素直に。おそらくは客観的に。けれどただの天才に意味などない。しゃぼん玉を吹いたとき、最後まで残ったひとつはなんだか特別な感じがするけれど、やがて弾《はじ》けて消えるだけだ。

　テスカトリポカは、どうやら苛立《いらだ》っているようだった。ソファーの背もたれに身体を預けたまま顎を引いて、こちらを睨《にら》んでいた。

「いったい、なにが言いたいの？」

「この会談の目的は、はじめからひとつだよ。君に、僕の仲間になって欲しいと言っている」

「珍しく弱音みたいなことを口にして？」

「うん。そうだね」

「だとすれば大きな勘違いよ。私が興味を持っているのは、ただ強い貴方だけ」

「よかった。なら朗報がある」

　最近の架見崎は、わりと楽しい。実質的にはPORT一強だった時代に比べ、戦況が読みづらくなったというのもある。ヘビのような、未知の存在が現れたのもある。けれどなにより、ユーリイは自分自身が変化しつつあるのを感じている。

「僕には未《いま》だに、テーマがない。ひどく個人的でささやかなものを別にすれば。だからどれだけ勝ってもなにも残らなかった。タリホーは裏切り、イドは死んだ。それでも」

ユーリイはソファーから立ち上がり、軽くジャケットの裾《すそ》を引いて皺《しわ》を伸ばす。別にそれを演出したわけでもなかったが、テスカトリポカを見下して、言った。

「それでも、いつまでだって勝ち続けよう。これまで通りに夢もないままに、彼や彼女の願いや祈りをみんな無残に踏みつけて立とう。テスカトリポカ。そうすれば君は、僕の友達になってくれるかな?」

どうやらテスカトリポカは、苦笑したようだった。

「もちろん。はじめから私は、貴方に従うつもりよ」

「いつか背後から、僕を撃つために?」

「貴方の背中に、まだそれだけの魅力があれば」

「なら毎日、上等なスーツを着て暮らすよ。不格好な皺が入らないように」

そろそろ時間だ。

ユーリイは身を屈め、テスカトリポカの顔を間近でみつめて告げる。

「君への指示はひとつだけだ。月生に検索《サーチ》を。ヘビの尾を捕らえるために」

「貴方は?」

「戦場に立つ」

ユーリイは、それなりに便利な洗脳能力を持つ。それを使えばテスカトリポカを自由にできただろうか。彼女であれば、なにか対策をしている可能性はあった。だとしても試してみてもよかった。ユーリイの能力は効果範囲が決まっているため、テスカトリポカを洗脳すれば隣を離れられないが、彼女にはそれだけの価値がある。話をしてみて、もしも彼女がウォーターの方に魅力を感じているようなら、能力で無理やりに手駒にするつもりだった。けれど。

——テスカトリポカ。君は、可愛《かわい》らしいね。

目の前でウォーターを褒めてみてわかった。この子はまだ、あの世界平和創造部のトップに立つ少女の本当の怖さに気づいていないのだ。だから、興味がこちらを向いている。なら今はまだ能力はいらない。ユーリイはこの席を離れ、あの怖ろしい戦場に立てる。

テスカトリポカが、その細い目を見開く。

「貴方が、敵地に踏み込むの？」

「なにを驚いているんだい？　エデンでPORTを落としたときだってそうした」

ウォーターは、本質的には戦略家だ。だから彼女自身は引いて戦える。

けれどユーリイはそうではない。この、どの手駒が反転して向こうのものになるのかわからない戦場で、もっとも信頼できる駒は自分自身だ。

「安心して、テスカトリポカ。僕はちっとも強いとは言えないけれど、それでも、戦場ではきっと負けないよ」

七〇万P持つ月生には勝てないだろう。けれど彼がポイントを大きく落とした今、ただ勝ち負けを決めるだけの戦いにおいて、架見崎の最強は自分なのだとユーリイは認識している。

2

エンジンの音に交じって、口笛が聞こえていた。

なかなか上手い。音程はややずれているけれど音が明瞭で聞きやすい。それはゆったりとした優しい曲だった。ミニバンのハンドルを握ったホミニニは、チャップリンの映画のどれかで使われていた曲だな、と考える。どれか——そうだ。たぶん「モダン・タイムス」。そう思い当たったことで、ホミニニは少しだけ笑ったけれど、内心ではどちらかというと苛立っていた。

二〇分間の戦場の停滞は、ホミニニにとっても気持ちの悪いものだった。なぜならその時間に意味があるとは思えなかったからだ。

空白の二〇分間が生まれた理由は想像がつく。この戦いで、敵——世創部側は先制攻撃に打って出たが、それは失敗した。酔京《すいきょう》の裏切りというあちらのエースカードを見事に潰《つぶ》してやったから、それで連中は逃げ出すことになった。一度崩れたチームを立て直すには時間が必要で、向こうが足を止めるのは自然だ。

なら、エデンの方は？　世創部を背中から討つのは難易度が高い。ウォーターは手駒の浪費を嫌うから、逃走の殿《しんがり》にならなら平然とあちらの最強カード——白猫を使うだろう。白猫とぶつかれば、まあ普通はこちらが死ぬ。だから攻めあぐねている。

そりゃそうだ。普通なら。でもうちが「普通」であって良いはずがない。こんな展開、ユーリイになら見え透いていたはずだ。

——おい。まさか、白猫対策がひとつもねぇってわけじゃねぇよな？

相手の先制攻撃をしのいで、盤面をこちらが有利に傾けて、けれどその先の一手がないから動けない。こんなの素人《しろうと》も良いところだ。そんな戦い方をするやつは、戦う前から負けている。勝ち方のビジョンがないってことだから。

ホミニニはユーリイを信じている。とくに面白みのない、人間味もない、彩《いろど》りよく洒落《しゃれ》てはいるが塩分が足りない健康食ランチみたいな男だが、馬鹿《ばか》みたいに優秀ではある。だから停滞の二〇分間に強烈な意味があることを期待していたが、あまりそんな感じもない。

結局、あいつが出した指示は単純な突撃だった。頭数を集めて、ほとんど総戦力みたいな人員で世創部に乗り込む。けれどまとまりすぎると白猫一枚で対応されかねないから、二つの部隊にわけてみる。こんなものホミニニであれば五秒で指揮している。判断自体には一秒もいらない。イケてる言い回しを考えるのに三秒、悩んでいるのに馬鹿らしくなってまあ言葉なんてもんは伝わりゃなんでもいいかってことで適当に話し始めるのに一秒。そんなもんだ。

「ユーリイ。あいつ、まさかやる気ねぇのか？」

運転席のホミニニは、そう愚痴をこぼす。いつもなら運転はドラゴンに任せているが、あいつは今、集中治療中だ。

ミニバンに乗っているのは他に三人。助手席にワダコがいて、後ろの座席にもふたり。その片方――タリホーが言った。

「よく働くのね」

あん？　とホミニニは雑に答える。

タリホーが続けた。

「緒戦のベストプレイは貴方だった。そうでしょう？」

「酔京はオレがやったんじゃねぇ。パラミシと宵晴《よいはる》の能力の合わせ技――を、用意していた奴《やつ》の勝ちだよ。ユーリイだか、香屋だか知らねぇがな」

「いつだって、安全なテーブルで作戦を考えている連中より、戦場で命を懸けている人間の方に価値がある」

「へぇ。お前らしくない台詞《せりふ》だな」

「私の言葉じゃないもの」

「じゃあ誰だよ？」

「誰だと思う？」

「オレ」

「言ったの？」

「言っちゃいねぇが、言いそうだ」

「ユーリイよ」

ホミニニは舌打ちで答える。ああ、たしかにあいつも、言いそうだ。けれどその意味はまったく違う。ホミニニであれば、その台詞を誇って言う。ユーリイはきっと重みのない笑みを浮かべて言うだろう。自分でも信じていない言葉なのだから。

こんな風にタリホーと話をしているのは、なんだか意外なことだった。少し前までタリホーは、ユーリイの忠臣だと考えられていた。ふたりの関係はずいぶん強固にみえた。少なくとも傍目《はため》からは、タリホーがユーリイを裏切る理由なんてひとつもみつからなかった。彼女はPORTのトップの右腕で、野心を抱くタイプでもない。だからタリホーからユーリイを引きずり下ろす打診がきたときには、ずいぶん驚いた。

――タリホーは当時から、ウォーター側の人間だったんじゃねぇか？

今となっては、ホミニニはそう考えていた。作戦の詳細まではわからないが、なんらかの都合でユーリイが邪魔になり、こちらを利用して排除することにした。けれどそれは失敗したから、タリホーとウォーターの関係は明るみにならなかった。

だとすればこいつは今もまだ、ウォーターと繫《つな》がったままなのかもしれない。このミニバンが敵に出会ったとき、シート越しに背後からこちらを斬《き》りつけるのかもしれない。彼女は両手で日本刀を抱いている。

鎌《かま》をかけるつもりで、ホミニニは尋ねる。

「そんなに長ったらしいもん、車の中で抜けるのか？」

「別に、いつまでも車内にいる必要はないでしょう？」

「そりゃそうだが、不意打ちが――」

そう言いかけて、ホミニニは言葉を止める。口笛が理由だ。その音が聞こえたからではない。反対に、これまで鳴り続けていた優しい、眠たくなるような曲が止《や》んだ。

キド。黒いスーツに身を包んだ彼は、不機嫌そうな顔つきで片手を前方――運転席と助手席のあいだにつきだしていた。その手には端末を握っている。ホミニニがそう認識した直後、目の前でフロントガラスが弾け飛んだ。キドが射撃《シュート》したのだ。白く輝く一筋が前方に伸びている。

敵。遠方のぼろいマンションの上に、何人かがいる。遅れて端末から声が聞こえた。低い男の声――平穏のシモンという検索士《サーチャー》の声だった。

「接敵。距離はおよそ二〇〇」

他チームの検索士《サーチャー》は、なんだか愚鈍な感じがして苛立つ。

「接敵なんざ言わなくてもわかる。およそも省いていい」

「そう。すまないね」

「謝罪がいちばんいらねぇよ。あっちのメンツは？」

「ウーノ、太刀町、黒猫、酔京」

「ああ。これからは、それだけでいい」

敵はなかなか面白い編成だ。ちょっと前まで考えられなかった組み合わせ。元平穏がふたり、元ミケがひとり、元――というか、実は今もデータ上はエデンのままの裏切り者がひとり。そいつらを相手に、元PORTのホミニニが平穏と組んで戦う。架見崎はいつのまにか、ずいぶんやかこしくなった。

向こうの四人のうち、ふたりが動く。太刀町と黒猫。太刀町が飛び、黒猫がその背中を蹴《け》る。優れた強化士《ブースター》にとって、二〇〇メートルは目と鼻の先だ。

けれどホミニニは、むしろ背後を警戒していた。小さく、澄んだ金属の音。タリホーが刀を抜いている。

――なんだ。抜けるんじゃねぇか。

そう考えたときには、ミニバンが斬れている。縦に真っ二つ。四輪車が二輪と二輪に別れ、それぞれバランスを崩して蛇行する。

「雑だなおい」

とホミニニは叫ぶ。

「ドアを開けるより早いでしょう」

そんな風に彼女は返す。タリホー、タリホー。敵発見を意味するその名前の通り、かつての彼女は好戦的で知られていた。ホミニニにしてみれば、ユーリイの隣にいたころのすまし顔の方に違和感がある。

助手席側にいたワダコは、すでにミニバンを飛び出している。あいつはやっぱり、いつも速い。けれどそれ以上にキドが速い。彼は、どんな風に動いたのだろう、すでにアスファルトに降り立って、空にいる太刀町に射撃《シュート》を開始している。

――つっても、やっぱキドには頼れねぇよな。

彼はイドが死んだと知らされたときから、どこか壊れている。ホミニニにしてみれば、もともと壊れかけだったのがようやくきちんと外からもわかるようになったって感じではあるけれど。なんにせよ戦場で、それも敵の領土を進軍しているさなかに口笛を吹くような奴がまともなわけがねぇ。動きやすいとは言い難いスーツなんてものをわざわざ着込んでくるのだからなおさらだ。あの黒服はイドの死で喪に服しているというより、キド自身の喪服のようだった。まるで、自分の葬儀に参列しているような男。

ホミニニはざっと戦場に目を走らせる。数は四対四。戦力もおそらく、ほぼ拮抗《きっこう》している。あちらの四人の中じゃあ、純粋な強さでは酔京がトップだろうが、彼女の能力「サラマンダー」はキドで抑え込める。全身を高温で燃え上がらせる「サラマンダー」はたいていの強化士《ブースター》には脅威で、たいていの射撃士《シューター》は酔京にまともなダメージを与えられない。そもそも弾が当たりもしないだろう。けれど、キドの高速戦闘を得意とする短距離射撃士《シューター》なんてピーキーな構成は、酔京の想定にもないはずだ。

あとの三人――黒猫、太刀町、ウーノはまあとんとんといったところ。三人ともがそこそこ強く、けれど突出してもいない。能力をみればウーノが少し厄介だが、彼女は安全策に傾倒しがちで、戦場ではあまり前にでない。

タリホーをウーノに当て、ホミニニとワダコで黒猫、太刀町の相手をする。キドが酔京を落とせばパワーバランスが崩れ、あとは単純作業でこちらの勝ち。ウォーターを舐めきって作戦をたてれば、まあこんな感じになる。でもあの幼い英雄をまともに評価するなら、やはり事前準備にタネがあるんだろうってことになる。タリホーがあちらにつけば三対五で、こっちの方がずいぶん不利だ。もしもキドまで向こうに転んでいたなら、もうどうしたって勝ち目はない。ワダコとふたり、どろんこになりながら必死に逃げ出すしかない。

「おい。ワダコ、キド――」

黒猫を狙え、と指示を出すつもりだった。酔京は純粋に強く、太刀町は飛べるため逃げるのが上手く、ウーノはトリッキーな能力を使う。対して黒猫は速いがそれだけで、ワダコとキドを並べればすぐに落とせる公算だ。さっさと相手の手札を削るつもりだったが、ホミニニは言葉を途切れさせる。

どすん、と前方で重たい音がなった。

人が墜落している。太刀町。瞬く間で、なにが起こったのかもわからなかった。

「喜劇はスーツでみるものだよ」

そう言ってキドは、あくびをかみ殺したようだった。

＊

キドが、速すぎる。

黒猫はその姿に、思わず足を止めていた。キドはまるで白猫のようだった。その一歩、そのひと呼吸は今もまだ、きっと白猫の方が鋭い。けれど、どう表現すれば良いだろう、意識の速度のようなものではおそらく比肩している。

太刀町は決して弱くない。空を飛ぶ強化士《ブースター》なんて馬鹿げた存在ではあるけれど、元々の戦闘センスが良い。空を飛び回って戦場を移動し、請《こ》われた場所にただちに直行する高ポイント強化士《ブースター》という意味で、使い勝手の良い駒だ。ひとつの戦場の主役でなくても、戦場全体のプラスアルファであり続けられる。

けれど彼女はおそらく、キドの五発の射撃《シュート》で倒れた。なんの変哲もない、ノーマルの射撃だった。一発目、二発目、三発目で少しずつ空中にいた太刀町の体勢を崩し、四発目を腰に当てて痛みで動きを止め、眉間《みけん》を狙った五発目でお終《しま》い。

その五発の射撃《シュート》はボクシングの戦い方に似ていた。地面と上空、五〇メートルは離れた距離にいながら、キドだけが一方的にインファイトで戦っていた。ジャブ、ジャブ、ジャブで体勢を崩し、ボディで相手のガードと視線を落として、最後に顔を狙ったストレート。すべてが機械的に計算されていて、速い。そういった戦い方の経験がない太刀町が、彼女の野性的な感覚で順に対応していったなら、まるで一本道のように五発目の射撃《シュート》で意識を刈り取られる。戦場の速度とは、なによりも第一に相手の選択肢を奪うものだ。

射程五〇メートルの長い腕を持つボクサー。

――これは、勝てない。

トリッキーな戦い方を得意とするキドが、純粋な基礎能力だけで太刀町を圧倒した。いつの間にか彼は怪物になっている。――いや、天才か。天才、キド。彼はかつて、戦場でそう呼ばれていた。

「おい。下がれ」

そう叫んだのは、ウーノだった。彼女は口早に続ける。

「あんなもん私らじゃ、どうしようもないだろ。逃げるよ。酔京、あんたがあの怪物を止めときな」

みるとウーノ自身は、すでに逃げ出していた。地面に堕《お》ちた太刀町の姿も消えている。おそらく、ウォーターがイカサマを使ったのだろう。

黒猫は細く長く息を吐き出す。こんな風に、戦場で無力感に包まれるのにもずいぶん慣れた。そんなとき、次に起こることも決まっていた。

ヒーローの登場。それは、絶対的な。

黒猫は空を見上げもしなかった。目の前に降り立った彼女に、音はなかった。ただ遅れて風が吹く。戦場に似合わない、ゆったりとしたトレーナーに身を包んだその背中。改めてみてみるとたいした頼りがいもない。

白猫。彼女がキドに向かって、何気ない様子で一歩踏み出す。黒いスーツを着たキドは、躊躇《ためら》いもなく、まっすぐに白猫に射撃《シュート》する。たぶんそうしたんだろうと、あとから黒猫は気づいた。ともかく白猫が左腕を軽くふり、同時に、がしんと硬い音が響いていた。

比喩《ひゆ》ではなく光と同じ速度でこちらを射す射撃《シュート》を、白猫が叩《たた》いてかき消している。そう気づいて、黒猫は笑う。あまりに馬鹿げていて。

さすがに痛かったのだろう、手を振りながら白猫が言った。

「あれが、キドか？」

「はい。その名前で登録されているプレイヤーです」

「そう。なんだか初めて会ったような気がするよ」

白猫がきてしまった。なら、この戦場は彼女のものだ。

キドは白猫に任せておけばいい。彼がどれほどの怪物でも、天才でも、白猫に勝てるわけがない。それはウォーターは白猫を必勝のカードとして扱い、彼女のポイントは一五万を超えている。ミケ帝国時代の彼女の全力を三万は上回るポイントだ。

黒猫はそのあいだに、残り――ホミニニ、ワダコ、タリホーの三人を相手にしておくことにした。その三人は、戦術上の判断なのかただ白猫から逃げ出しただけなのか、ウーノの方を追っている。余った酔京は、少し迷っていたようだったが、やはりキドは白猫に任せることに決めたのだろう。ホミニニたちの方へと向かって走る。

「さて」

と小さく、白猫がつぶやくのが聞こえた。

＊

喜劇はスーツでみるものだよと、いつか銀縁《ぎんぶち》に習った。

だからキドはこの戦場に、スーツで立つことにした。なんだかすべてが馬鹿げているような気がして。でも改めて考えてみると、どうして喜劇をみるために、スーツを着なければならないのだろう。

それは誠意みたいなものなのかもしれない。その喜劇の作り手への。あるいは、フィクションだとしても、登場人物たちの人生への。目の前で起こっていることを笑うにはある種の誠意が必要なのだと言われれば、なんとなくそんなものかなという気もする。

白猫と交戦することは、実は事前に知らされていた。

――どうしても彼女をニッケルから引き離したくてね。君に出てもらうことにした。世創部側に、君に対抗できる駒は白猫しかいないはずだ。

なんて風に、ユーリイは言った。

なのに目の前に白猫がいることが、キドには少し不思議だった。彼女は特別に強く、特別に美しい。だからひとりだけ別の世界にいるような気がする。スクリーンの向こうとこちらみたいな。けれど、彼女の拳《こぶし》はその壁を突き抜けて、キドの頬を掠《かす》める。

やはり白猫は異様に速い。拳のひとつ、踏み出しのひとつ、視線のひとつまで鋭い。けれど、別に、危機感もない。キドは自分自身が敗北する姿を上手く想像できないでいた。おそらく白猫に勝てるだろう、ということではない。ただ、純粋に、想像力というものの大半が奪われているように感じる。

代わりにキドの頭の中にあるのは、ほんの少しだけ未来の世界だった。〇・五秒。それは射撃《シュート》の引き金を引いてから、攻撃が放たれるまでの時間だ。〇・五秒後の世界に身を置き続ければ、射撃《シュート》はタイムラグなく放たれ、文字通り光の速度で飛んでいく。どうやら光というものは、多少は白猫よりも速いようだ。

ふたりの戦いは特別だった。おそらくは、架見崎の戦場のなによりも。ポイントは白猫が一五万少々、キドの方はユーリイの指示で一七万も持っている。立場は共に、それぞれのチームの戦闘力の切り札。エデン対世創部を象徴する戦いだといえる。けれど、そんなことではなくて。こんなに静かで安らかな戦いがあることを、キドはこれまで知らなかった。

あまりに速い白猫に対して、キドは距離を取ることを諦《あきら》めていた。互いの息がかかるほど間近で、白猫は拳を、キドは射撃《シュート》を放つ。〇・五秒の壁を乗り越えたキドの射撃《シュート》は、白猫の拳よりも少し速い。一方で白猫の方が、この戦場ではより自由だ。それにこちらは両手で握ったハンドガンの二丁が攻撃のすべてだけど、あちらは両手に加えて、両足も使えるから選択肢が倍はある。キドは片手のハンドガンを反射弾にすることで攻撃のバリエーションを増やしているけれど、どうしたって白猫ほどの豊かな攻撃は望めない。でも、飛んでくるすべての拳を、足を射撃《シュート》で迎撃する。こちらへの攻撃を順に撃ち落とすイメージ。それに成功するたび、白猫の四肢にダメージが蓄積するはずだ。一方であちらの攻撃をひとつでもまともに受ければ、きっとそれだけで致命傷で、キドは地面に倒れるだろう。ポイントでこちらが二万ほど上回っているとはいえ、純粋な強化士《ブースター》の白猫に比べて、キドは射撃《シュート》やその他に《オリジナル》ポイントを取られているためやはり脆《もろ》い。速度だけでなく、攻撃力、耐久力でも白猫の方が上だと思う。

　思考の余裕は、もちろんない。奇襲や搦《から》め手《て》は効果のあるなし以前に思いつく時間がない。ひと呼吸のあいだに一〇も二〇も命の危機が訪れる。彼女の視線のひとつずつ、筋肉のささやかな動きのひとつずつにそれぞれ意味があり、すべてを読み解かなければこちらの意識は刈り取られる。けれどその意味の解明にわずかな迷いも許されない。求められるのは脳を経由しない理解だ。手を振るときに、筋肉ひとつひとつの動きなんて考えもしないような、原始的な理解。戦いのすべてを自分の肉体のように知覚しろ。

　キドはすべてを本能に委《ゆだ》ねていた。白猫どころか自分自身がどう動いているのかもよくわからなかった。彼女はどちらの手で拳を握っただろう。オレはどちらの銃でそれを撃ち落としただろう。彼女の足は、腰は、肩は、眼球は、いったいどう動いただろう。オレのそれらはそれぞれ、どんな役割を果たしただろう。キドにはなにもわからない。わからないまま、すべての瞬間で、正解を選び続ける。なんだかシャボン玉の生涯みたいに。いつ弾けてもおかしくないのに、キドはまだ立っていた。

　ぎりぎりのやりとりの中で、時間はどこまでも間延びしていく。本当に調子が良いときの検索《サーチ》はむしろ遅く感じるのだと、銀縁が言っていた。速すぎるものの中にいるとき、周囲は遅く、静かになる。まるで停滞しているように。その停滞の中で、キドと白猫だけが動いている。この戦場のなによりも静かに。静寂が、安らかだった。

綺麗《きれい》だなとキドは感じる。白猫は美しい。顔立ちとか、体つきとか、技術とか。みんな綺麗だけど、でもなにより、彼女の速度が美しい。速さというのは美しいんだ。獣が速く走ればそれは美しい。ボールを速く投げればそれは美しい。もしも光が進むのを目で追えたなら、途方もなく美しいんだろう。けれどキドの目にみえるもので、いちばん速いのが白猫だったから、彼女がいちばん美しい。

いつまでだって、白猫をみていたかった。けれど終わりは訪れる。シャボン玉は必ず割れる。彼女の左の拳に、キドは射撃《シュート》を添えた。ダンスで手を取り合うように。すると白猫の身体が回転した。目の前を彼女の長い髪がなびいて、ふわりと甘い香りがした。その直後、キドのこめかみが破裂する。――実際には白猫のつま先がそこにぶつかっただけだが、なんだか内側から弾けたみたいだ。

キドは最後まで選択をひとつも間違えなかった自信がある。この肉体は、よく動いた。本当に限界まで。けれど白猫はその限界よりずっと上にいた。蹴られた衝撃でキドの身体が、ほとんど真横に飛んでいる。手をついてバランスを取ろうとするが、ノイズが走ったように視界が乱れ、上手く並行がわからない。

――ああ。負けたな。

やっぱりどうしたところで、白猫には勝てない。この敗北もまた、喜劇の一部のように感じる。銀縁の言葉の意味はここにあったのかもしれない。喜劇というものは、観客が自分の人生を背負って作中の人物を笑う様まで合わせてひとつの作品なのかもしれない。観客もまた登場人物のひとりなのだとすれば、やっぱり観劇にはスーツを着るべきだ。チャップリンのイメージがそうであるように、喜劇の登場人物にはスーツがよく似合う。

——銀縁さんも、同じように考えていたのかな。

彼はキネマ倶楽部《くらぶ》の映画館でひとり、ウィスキーを飲みながら映画をみるのを好んでいた。見飽きた喜劇を繰り返し上映して、スーツ姿のまま酔って眠っていた。その姿はチャップリンによく似ていた。コミカルなのに、リアルな哀愁があった。

そっと微笑《ほほえ》んでキドは、自分自身を致命的な一撃が打ち抜くのを待つ。けれどその、敗北の瞬間がなかなか訪れない。代わりに白猫の冷たい声が聞こえた。

「泣いているのか？」

「どうだろう。笑っているつもりだったけれど」

そう答えたはずだが、上手く言葉にならなかったかもしれない。

ともかく白猫が続ける。

「なにがあった？」

「銀縁さんが死にました」

「そう」

「オレのせいで死んだんです」

彼の死因を、ユーリイから聞かされていた。銀縁は致命傷を負ったキドを救うために、テスカトリポカとの交渉のテーブルに着いた。その結果、自身が死ぬと知っていながら。

白猫の声は変わらず、冷たい。

「お前が殺したのか？」

「そうだとも言えます」

「意味がわからない。お前が殺したのか？　ナイフで刺したりとか、銃で撃ち抜いたりだとかして」

「そうじゃないけど――」

「なら、お前のせいで死んだわけではないだろう。殺した奴のせいだよ」

「どうかな」

テスカトリポカへの憎悪みたいなものは、もちろんあった。けれどその憎悪まで含めてみんな馬鹿げているような気がした。銀縁が死んだ世界で、いったいなにを恨めというんだろう。敵討ちみたいなものにも魅力を感じられなかった。テスカトリポカを撃ち殺せば、多少は気が晴れるかもしれない。だとしてもキドは、自分の気が晴れることに価値を見出せない。おそらく敵討ちなんてものは、まずまず自分を愛していて、自分の感情が大切な人間しかやろうって気になれない。

「そろそろ立てよ」

と白猫が言う。

「立ってもいいけど、どうして？」

「戦おう。もう少しだけ」

「弱い者いじめですか？」

「さあ。お前、自分が弱いつもりなのか？」

いつの間にか、平衡感覚が戻っていた。もしかしたら白猫は、こちらが簡単に死なないように手を抜いていたのかもしれない。

彼女に言われた通り、キドは立ち上がる。どうやらこの身体は、まだ動く。

白猫に向かって微笑んだ。

「敵なのに、ずいぶん優しいですね」

「戦うのが好きなんだ」

「どうして、こんなに悲惨なことを好きになれるんですか？」

「だって美しいだろう？　強いというのは」

「そうかな。貴女は綺麗だけど」

「お前だって、もう少し美しく死ねるよ」

彼女の声は、慰めるように優しかった。けれどずいぶん残酷な言葉にも聞こえた。キドはこれまでも、全力でやっているつもりだった。これ以上、どんな風に強く戦えというんだろう。

改めて、落ち着いて白猫をみつめる。彼女が立つ姿は紛れもなく美しい。ゆったりとしていて、なのに鋭い。人よりも、武器よりも、自然現象に似た人だ。

キドはふうと息を吐いて、彼女を真似《まね》て、両肩から力を抜いてみた。それで、なにかが変わったわけではなかった。気も晴れない、視界も広がらない。次の瞬間に死んでしまうのだとしても、その恐怖もなんだか間延びしている。

白猫がわずかに膝《ひざ》を曲げる。キドは両方の手のハンドガンで彼女を狙う。

直後、ふたり、同時に同じ方を向いた。エンジンの音が聞こえたのだ。

黄色い軽自動車が、アスファルトの向こうからこちらに近づいてくる。エデンの領土の方からだ。それは、当たり前に考えればこちらの増援だ。

それだけ考えているあいだ、身体を動かさなかったことで、キドの背を冷たい恐怖が走る。白猫は敵の数が増える前に、目の前のひとりを倒しておこうとするはずだ。だから軽自動車に気を取られた一瞬で、キドの首が撥《は》ね飛ばされていても不思議はなかった。けれどその衝撃が訪れない。

みると、彼女はまだ軽自動車の方を向いている。珍しく困惑した様子で、「いったいなにをしに来たんだ?」とささやいた。

キドはもう一度、視線を軽自動車に向ける。

その運転席にも助手席にも、よく知る顔が座っている。運転席にいるのは藤永《ふじなが》で、なんだか少し気まずかった。実のところ、銀縁が死んだと知らされてから、彼女には一度も会っていない。

けれど意外だったのは、助手席のもうひとりだ。

香屋歩。不機嫌そうに顔をしかめた少年。明らかに特別で、特殊で、戦場ではなんの戦力にもならない。常に後方に置いておくしかない彼が、どうして。

軽自動車が間近で止まり、助手席の香屋だけが下りる。

彼は真剣な、なんだか悲しげにもみえる目をほんの一瞬だけこちらに向けたけれど、すぐに白猫の方に向き直り、そのまま歩き出した。

香屋歩の登場はあまりに唐突で、キドは上手く反応できなかった。

白猫が、呆《あき》れた風に言った。

「意外なところで会うな。なにをしに来た？」

彼女に歩み寄りながら、香屋は言った。

「前に、黒猫さんが死んじゃったじゃないですか」

「うん？」

「あのとき、生き返らせるために、僕もけっこう苦労したんですよ。覚えてます？」

「忘れていたよ。でも、言われて思い出した」

それがどうした？　と白猫は言った。

キドも同じことを考えていた。かつての恩を理由に、白猫を仲間に引き込むつもりなのだろうか。けれどそれは少し難しい。黒猫の再生にはウォーターも協力している。

「だから」

香屋の行動に、キドは息を吞む。

あんまり、意外で。あんまり、わけがわからなくて。

「僕を殺さないで」

香屋はそうささやきながら、白猫を抱きしめた。

足止め？　たしかにあの白猫が、一瞬、硬直する。キドは咄嗟《とっさ》に白猫を射撃《シュート》しようとして、けれどどなんとか堪《こら》える。今、白猫に殺意を向けるとむしろ危険だ。戦場の香屋はあまりにか弱く、ほんの小さなはずみでも死んでしまいそうだ。

そんな風に悩んでいるあいだに、ふいに、目の前から香屋と白猫の姿が消えた。

＊

参考にしたのは、モノだった。

彼女は以前の月生戦で、ただひとりだけ月生のふいを打った。なんの力もないモノが、まっすぐに月生に歩み寄るという、ただそれだけの方法で。

白猫があまりに強いから、香屋はそれを真似ることにした。白猫に、まっすぐに歩み寄って、そのまま抱きついてみた。モノとは違って命乞いをしながらではあったけれど。

結果は、まあ上手くいったと言っていいだろう。予定通りに白猫とふたりきりになることができたのだから。

香屋はまだ、彼女に抱きついていた。空を見上げると薄曇りの、西洋風の街並みの真ん中だった。白猫が片方の手で軽く香屋の胸元を押して距離を開き、もう一方の手ですこんと香屋の頬を殴る。

直後、香屋は石畳の上に倒れていた。這《は》って逃げようとしたけれど、上手く身体が動かない。なのに特別、痛くもない。——いや、痛いは痛いのだけど、激痛というほどでもない。白猫はたしかに拳を使ったのに、香屋の方は技術のある柔道の選手に優しく投げられたような感覚で、なんだか混乱してしまう。

白猫は、腹這いになっていた香屋を軽く蹴り、仰向けにしてから言った。

「ここは？」

こちらを見下ろす目は、別に怒っている風でもない。けれどもちろん上機嫌でもない。とくに誤魔化す理由もなくて、香屋は素直に答える。

「物語の中です。『幸福な王子』にしました」

パラミシワールド。あの能力は、様々な点で利用価値がある。こちらに有利な戦場を作ることもできる。敵を隔離することもできる。こんな風に、ふたりきりで話をする舞台にだってなる。本来は中堅チームのリーダーではなくて、大手のメンバーのひとりが獲得するべき能力だ。

そろそろ立てよと白猫が言った。

貴女《あなた》のせいで倒れ込んでいるんじゃないですかと答えたかったけれど、そんな風に強気に出るのも怖いから、香屋は素直に立ち上がる。ずいぶん手加減して殴ってくれたのだろう、すでに身体は違和感なく動く。

この物語の世界は、空気が冷たかった。極寒ってわけじゃないけれど、秋の終わりか、冬の始まりか。そのくらいの、陽の光はまだ少し温かいんだけど、風が吹くと頬に寒さが張りつくような日だった。架見崎はいつも八月だから香屋はTシャツにハーフパンツという恰好《かっこう》で、明らかにこの物語にはそぐわない。

「どこかお店に入りましょう。あったかいのが飲みたいです」

そう提案すると、白猫が顔をしかめてみせる。

「金なんて持ち歩いてないぞ。というか、ここの通貨はなんなんだ？」

「さあ。でも、お店でしばらく粘っていると、そのうち架見崎に連れ戻される予定です」

なのでお会計はスキップできるはずだ。金銭の心配をする白猫というのはなかなか希少で、香屋は思わず笑いそうになり、その顔を隠すために彼女に背を向けて歩き出す。

白猫は後ろに続きながら、言った。

「どんな話だ？」

「え？」

「その、『幸福な王子』というやつ」

「知りませんか？　豪華な像になった王子様がツバメと仲良くなって、自分の身体についた宝石だとか金箔《きんぱく》だとかを貧しい人に配らせるっていう」

「ああ。なんかあったな。好きな話なのか？」

「いえ。大嫌いだけど、でもまだしも安全そうだったので」

赤ずきんちゃんでは狼《おおかみ》が怖いし、白雪姫だってたしか猟師が出てくるから、なにかしら危険な獣がいるのだろう。それにあの物語のお后様《きさきさま》は平気で人を殺そうとする。

適当に入ったカフェの店内はよく空いていた。

席につき、注文を取りに来た店員に、ふたりそろって紅茶を、白猫はさらにジャムを添えたスコーンを注文する。先ほどまで戦場にいたのが——というか、今も正確にはまだ戦場にいることが——信じられなくなりそうだ。

店員の背中を見送りながら、白猫が言った。

「日本語が通じるんだな」

「はい。僕も心配してたんですが、翻訳された物語に入ったのかな」

パラミシワールドのルールはよくわからない。なんにせよ、作中の人たちと話が通じてよかった。

白猫は長い脚を床につき、木製の椅子《いす》を斜めにする。

「で？　なんの用だ？」

「白猫さんと話をしたくって」

「そんなことはわかっているよ。でも敵同士だろう？」

「チームが違うだけです。別に、敵も味方もない」

世創部のメンバーで、やはり白猫は突出している。平穏にもエデンにも彼女に勝てる人員はいない。まともに戦えば数を並べて、能力を工夫して、それなりの犠牲に目をつぶって——と非常に大きなコストがかかる。だから香屋は白猫と戦うことを止めた。

「こちらとしては別に、白猫さんと戦いたいわけじゃないんですよ。だからこんな風に、お茶会に招待して、ゆっくり休んでいてもらおうと思って」

「そうか。でもちょうどキドとやり合っていた途中だ」

それこそ、止めて欲しい。

「どうして戦うんですか？」

「だって、綺麗だろ」

「殺し合いが？　ふざけるな」

「別にふざけてはないけれど。お前を殺せば、ここから外に出られるのか？」

「いえ。僕の生死は関係ありません」

だから殺さないで、というつもりだったけれど、白猫はまったく違う受け取り方をしたようだ。

「なら殺してもいいんだな。ここから出る方法を教えろよ。教えてくれなきゃ、殺しちゃうぞ」

「冗談で殺すとか言わないでくださいよ」

「もちろんだよ。本気で言っている。お前を殺しちゃいけない理由が、どこにある？」

「そうじゃないでしょ。殺す理由がある相手だけを殺してくださいよ」

そして、この世にはたいてい「殺す理由」なんてものはない。だから本当は誰も殺し合いなんてすべきじゃない。

パラミシワールドを用いて、「話し合い」という名目の時間稼ぎをする。簡単に言ってしまえばこれが、香屋が用意した白猫対策だった。時間稼ぎは香屋自身が担当するのが妥当だろうと考えていた。香屋は戦場では、まったく戦力にならないのだから。無力な香屋で最強の白猫の足を止める。この上なく効率的だ。

問題点はたったひとつ。香屋が、白猫に殺される危険があること。

けれどその可能性はずいぶん低いだろうと思っていた。なぜなら、白猫は優しいから。

――いや。その言葉では語弊があるかもしれない。優しいというより、無関心なのだろうと思う。彼女の興味を惹《ひ》けるくらいに強ければ戦いになり、戦えば死ぬかもしれない。けれど香屋ほど弱ければ、そもそも戦いにさえならない。だから殺されもしない。加えておそらく、白猫は意外に義理堅い。かつて黒猫の蘇生に協力した香屋は、簡単には殺されない気がする。

時間稼ぎではあるけれど、本当に不思議だったことを香屋は尋ねた。

「どうして、世創部に入ったんですか？」

「うん？」

「白猫さんは誰の下にもつかないと思っていました」

彼女はしばらくこちらをみつめていた。その瞳《ひとみ》に、感情らしいものはみえなかった。もしかしたら本当にこちらを殺すべきなのか悩んでいるのかもしれない。そんな想像をして香屋は震えた。けれど、やがて、白猫は言った。

「もともと、機会があればミケ帝国を手放すつもりだったんだよ」

「どうして？　良いチームだったのに」

「あれは私のチームだったからだ。そして、なんていうのかな、私にとっては少し窮屈なチームだった」

窮屈という言葉が、白猫には似合わなくて笑える。どこでだって自然と自由でいられるような人なのに。けれどわからなくもない。

「つまりそれは、ミケ帝国を守らなければならなかったから？」

「そうかな。――うん。そうだな」

「意外に責任感が強いんですね」

「責任なんて知らないよ。でも、もう黒猫が死ぬのは嫌だな。他の連中も、できるだけ生きていて欲しい」

香屋はわずかに、唇を噛《か》む。

そんな、まともな感覚がこの人にあるのなら。

「じゃあ初めから、殺し合わないでくださいよ」

「別に私は、誰かを殺したいわけではないよ。ただこの架見崎という場所で、素直に生きると敵を殺すこともあるというだけだ」

「なら素直に生きなければいい。誰も死なないように、頭と言葉を使えばいい」

「嫌だよ。面倒だ。けれど私の生き方にミケ帝国なんて大きなものを巻き込むのも馬鹿げているだろう？　だからそこを、ウォーターに引き取ってもらった」

「ウォーターに任せておけば、ミケの人たちは安全ですか？」

「さあ。ま、私がリーダーをしているよりはましだろう」

「なら、貴女自身は？　ずっと戦場に立ち続けるんですよね？」

　そう尋ねると、白猫は顔をしかめてみせた。

「意味がわからん。どういう意味だ？」

　なぜわからないんだ。

「だから、つまり、貴女だって死ぬかもしれないわけでしょう？　架見崎で素直に生きている限り」

　だから多少、自分を曲げてでも平和主義的に生きれば良いのに。

　けれど白猫にはまだ、こちらが言いたいことが上手《うま》く伝わっていないようだった。

「いや、でも私が死ぬのは仕方ないだろ？　そんなことは問題じゃない」

「どうして？」

「だって私は、これまで何人も殺してきた。いまさら私だけが死にたくないとは言えないよ。殺すなら殺される覚悟が必要だ」

「いえ。殺すなら、生き延びる覚悟が必要です」

　どうして、目の前の命を犠牲にしてまで守った命を、手放す覚悟が必要になる？　そんなの矛盾している。殺されて良いなら誰も殺すべきではない。なにも傷つけずに死んでいけば良い。他人の命を踏みつけてでも生きたいから、殺すんだろ。絶対に死にたくないと祈りながら殺さなければ、生命として不自然だ。

思わず感情的になって白猫を睨《にら》みつけていると、彼女は笑った。

「なるほど。そうかもしれない」

白猫の言葉はいつも軽い感じがする。その場しのぎだとか、深く考えていないとか、そういうことではなくて。きっとこの人は、言葉で成り立っているわけではないんだろう。もっと根っこの感情みたいなもので生きているんだろう。だから言葉では白猫を変えられない。

ようやく店員が、白猫の前に注文を運んできた。潰れた帽子みたいな形のスコーンは焼き立てなのだろう、うっすらとゆげが昇っていた。その皿に添えられたストロベリーのジャムには大きな果肉が入っていて、秋穂《あきほ》が気に入りそうだった。

「で？　お前はあとどれくらい、私と話をしていたいんだ？」

そう言って白猫は、大量のジャムをつけたスコーンを口に運ぶ。

「できれば二五分間」

と香屋は答える。

ユーリイとの約束では、三〇分間、白猫の足を止めることになっている。でも白猫に会ってから、まだ五分といったところだ。

白猫がちろりと舌を出して、口元についていたジャムを舐《な》めとった。

「その二五分間に、お前の命をかけられるか？」

「そんなのかけられませんよ。どういう意味ですか？」

「架見崎に戻ったとき、もしもミケの誰かが死んでいたなら、お前を殺す」

なるほど。まあ、それはわかる。トーマは明らかに白猫を防御的に使っている。白猫の足を止めるということは、世創部の攻撃力を削《そ》ぐというより、強固な盾をはぎ取るという表現の方がしっくりくる。

もしここで香屋が頷《うなず》けば、白猫の言葉は約束になるだろう。そして白猫はきっと、その約束を守るだろう。白猫の二五分間に命をかける価値はあるだろうか。――戦力だけをみれば、充分にある。けれど香屋は自分の命にずいぶん高い値段をつけている。

「もしも誰かが死んでいたなら、必ず生き返らせてみせますよ」

と香屋は言ってみた。

ティーカップを手にした白猫は、軽く首を傾《かし》げる。

「別にそれでも良いけれど、でもなかなか難しくないか？　死者蘇生《そせい》の能力はパンの特権なんだろう？」

白猫は、なにも考えていないようにみえる。というかおそらく普段は本当になにも考えていないのだけど、でも頭の回転は速い。たしかに現在の架見崎の、各陣営の関係を俯瞰《ふかん》して眺めたとき、香屋サイドが死者の蘇生を提案するのはハードルが高い。

「でも、死ぬよりはましだからなんとかします」

「そう。ま、かまわないよ。できなければ殺すだけだ」

なんだか話の流れで、ずいぶん危うい約束をしてしまった気がする。とはいえこれで、白猫とまだ二五分間も話をする機会を得た。無駄にはできない。

香屋は紅茶に口をつけてから、言った。

「ではその二五分間で、貴女を勧誘したいと思います」

白猫と一緒に、行きたいところがある。充分に言葉を尽くせば彼女は、その提案に乗ってくれるのではないかという気がしていた。

＊

目の前で、香屋と白猫が消えた。

みるとふたりがいたところに、白っぽい、あまり長くもない紐《ひも》が落ちている。キドがそちらに歩み寄ろうとすると、背後から声が聞こえた。

「近づかないで」

振り返ると、香屋を連れてきた軽自動車から藤永が降りていた。後部座席には、もうひとりの元キネマ——リャマがいる。けれど彼の方は座席から動かない。検索《サーチ》に夢中なのだろう。

藤永が続けた。

「あれはパラミシワールドの一ページです。近づくとキドさんまで、物語の中に連れ去られてしまいます」

なるほど。ページを紐状にしているのか。

でも。

「なんかへんじゃない？　香屋くんにもあれを持ち運べないでしょ」

あの白っぽい紐に近づいた時点で、物語の中に入ってしまわなければおかしい。

「私もよく知りませんが、平穏の能力で一時的に効果をキャンセルしていたそうです」

「いろんな能力があるものだね」

関わっているチームが増えると、それだけ能力の組み合わせも増える。同じポイントをつぎ込んだとき、純粋な強化士《ブースター》とトリッキーなその他《オリジナル》ではどちらがより強いのだろう？

この疑問には、おそらくまだ、架見崎のだれも答えを出せていない。

さて、と藤永が、ため息のような声で言う。

「キドさんの使命は、あのちゃちな一本の紐を守り切ることです」

どうして？　とは尋ねなかった。

あの紐がある場所に、いずれ香屋歩と白猫が現れる。持ち運べるのはパラミシワールドの能力者――パラミシ本人だけ？　あるいは、ほかにもそれが可能なその他《オリジナル》能力があるのだろうか。

わからないが、香屋の行動はすでにこの戦場に命を投げ出しているともいえる。パラミシワールドが解除されたとき、あの一本の紐の周囲にいるのが敵であれば、なんの戦力にもならない彼が生き残れるはずもない。

藤永は長いあいだ、じっとこちらをみつめていた。ようやく口を開いた彼女の声は、少し上ずっていた。仕方のないことだ。どうしたって、感情的にならざるを得ない話なんだから。

「キネマ倶楽部リーダーとしての香屋から、命令があります」

「うん」

「僕を、死なせるな」

キネマ倶楽部。データ上はもうこの架見崎の、どこにもないチーム。けれどたしかにまだ存在するはずのチーム。藤永や、リャマや、ニックや紫《むらさき》や、そしてキド自身にとって、たしかな価値を持つその名前。

キドは黒いスーツのジャケットの、ひとつだけ留めていたボタンに手をかける。

「じゃあ、オレはまだ死ねないね」

「いつまでも死なないでください。いつまでも」

黒いジャケットを放り投げると、それは風に舞い、孤独な鳥みたいにどこかに流れていった。

3

白猫が戦場に出た。

彼女の隣に控えていたコゲは、それですることがなくなってしまって、ウォーターと合流することにした。とはいえウォーターが拠点にしたのはもともとミケ帝国の本拠地だった高校で、白猫とコゲも同じ校舎の中にいたから、部屋を移っただけだ。

美術室のドアを開くと、正面のテーブルにウォーターとパラポネラと太刀町が座っている。テーブルにはビスケットの空箱だとか、ペットボトルだとかがあるせいか、本物の高校生活のワンシーンみたいだった。

ウォーターに歩み寄りながら、コゲは尋ねる。

「戦況は？」

ウォーターが視線をこちらに向けて答える。

「君だって知ってるでしょ。悪いよ、とっても」

「勝てませんか」

「勝てないのは、別に良い。ひとつひとつの戦いで負けても、結果をみればこっちが有利になるはずだよ。でも十字架が足りないのは困るな」

十字架とは、ウォーターが持つその他能力《オリジナル》のひとつだ。その能力は使用した相手の身体《からだ》を、強引に健康体にする。圧倒的な回復能力だが、使用回数は五回——ループの頭にウォーター自身が一度、加えてこの戦闘中に黒猫、太刀町に一度ずつ使っているから、残りは二回。つまりあと二回、こちらに重傷者がでたなら、その先は十字架が使えない。どんどん戦力が目減りすることになる。

コゲはパラポネラの隣に腰を下ろす。

「白猫が戦場から消えました」

「うん。報告を受けている。パラミシワールド？」

「はい。これで、戦場に旗が立ったことになります。私たちはその旗に飛びつかなければならない。ビーチフラッグのように」

戦場に落ちたパラミシワールドの一ページ。それは白猫の命と同じ価値を持つ。

もしもウォーターのイカサマが届くなら、いますぐ白猫を手元に引き戻せば良い。けれど、それもできない。イカサマは使用対象に、事前にマーキングをしておく必要があるが、白猫にはそのマーキングがついていない。純粋に彼女が強すぎて、速すぎるのが理由だ。ウォーターはイカサマを守備に使うと決めている。使用回数が限られるイカサマを、白猫に使う余裕はなかった。より簡単に死んでしまいそうなメンバーがたくさんいるから。

この件について、世創部はどちらかというと守備側だ。もしもパラミシワールドの一ページがエデンの誰かに回収されたなら、当たり前に考えて白猫は殺される。たとえば交戦範囲外――それは現状ではタンブルの領土しか存在しないが、今後強引に「増やす」ことも可能だ――にページが持ち出されると、即座にパラミシワールドが解除され、白猫自身も強化《ブースト》を使用できない。あの戦場においては例外的な天才といえる白猫であれ、拳銃《けんじゅう》の一発で命を落とすだろう。

だから状況はシンプルだ。

「白猫を守るために、私たちは全力であの一ページを手に入れなければなりません」

ウォーターは仲間を見捨てない。加えて、白猫は圧倒的な世創部のエースカードだ。どうしたところであの一ページに戦力を集めることになる。コゲはそう確信していた。

彼女は音をたててテーブルに肘《ひじ》をついて、その手を拳にして自身の頬を支える。

「もちろん、白猫さんは放っておけない。けれど、あんまり素直にあちらのシナリオに乗るのも気持ち悪い」

「状況は素直なパワーゲームでしょう。あの一ページの周りにより多くの戦力を集めた方が勝つ」

「せっかく香屋が戦場に出たんだ。ちょっと欲張っておこうよ」

「どういう意味ですか？」

「パラミシワールドに、仲間をひとり送り込む。香屋にナイフを突きつければ、あちらの何人かは足が止まる」

それは、どうだろう？　コゲはつい顔をしかめる。

天秤《てんびん》に乗るのは、白猫と香屋。香屋を見捨てれば白猫を殺せるという状況になれば、エデンの大半は簡単に香屋を捨てるだろう。白猫の命を奪えるチャンスなんてもの、そうそう訪れはしない。

とはいえたしかに、香屋歩は一部に人気が高い。これまでの成り行きを振り返れば、エデンのエースカードの一枚――キドは香屋を救うことにこだわるかもしれない。加えて、平穏のリリィも。彼女と香屋の繋がりはよくわからないが、少なくとも平穏の立場上、メンバーのひとりを見捨てる方針は選びづらいはずだ。香屋の人質は、まったくの無意味ではないかもしれない。

けれどウォーターの話には、根本的な問題がある。

「香屋が死ぬことは、貴女が許さないでしょう？」

なら、あの少年の首元にあるナイフに価値はない。脅しとして成立しない。

けれどウォーターが首を振った。

「ナイフを持つのはオレじゃない。そうだね、黒猫さんにお願いしよう。コゲさんでもいいんだけど」

それは。たしかに、成立する。

黒猫であれば――あるいは、コゲ自身でも――白猫のためであれば、ウォーターの指示に背いてでも香屋を刺す。コゲはどちらかといえばあの少年を気に入っているけれど、白猫と並べばまったく重みが違う。比較のしようもない。

ウォーターがパラポネラに目を向けて、口早に言った。

「黒猫さんに連絡。物語の中に入って白猫さんを助けろと言っておいて」

「了解しました」

「けれど実行は、こちらがゴーを出すまで待ってほしい。もう一方の戦場をみながら、増援を送る」

もう一方の戦場。

エデンと平穏の連合軍は、チームをふたつにわけてこちらに進軍した。だが現状ではホミニたちがその「もう一方」と合流し、メインの勢力になっている。

ウォーターが硬い木製の椅子の背もたれに、勢いよく身体を預ける。それで、椅子の足がかたんと鳴った。

「いいかい？　これが、オレたちの敵だ。あいつはただふらりと戦場にやってきて、白猫さんに抱き着いただけなんだよ。それでこちらのエースカードが戦場から連れ去られ、たった一枚の紙きれが台風の目になった。その一枚を守るために、いまいちやる気がなかったキドさんは仮初のモチベーションを取り戻しただろう。こちらはその厄介なキドさんの元に、本来であれば力を集めたい戦場から戦力を移動させなければならない。さらにあいつは、私によくわからない白猫さんへの嫉妬《しっと》を抱かせた。馬鹿《ばか》げて効率的――最後のひとつのほかは、みんな香屋の狙《ねら》い通りだ」

ウォーターが喋《しゃべ》り終えるのを待っていた、というわけではないだろう。

けれど、ちょうど彼女が喋り終えたタイミングで、パラポネラが言った。

「ユーリイ、ホテルを離れました。時速六〇キロでこちらに向かって移動」

それを聞いたウォーターが、噴き出すように笑う。

「あのふたりをまとめて相手にするのは、まるで絶望だね」

そうささやいたウォーターの声があまりに軽くて、コゲはなんだか不安になる。彼女はもう、すべてを諦めているような気がして。

――勝てないのは、別に良い。

とウォーターは言っていた。ひとつひとつの戦いで負けても、結果をみればこっちが有利になるはずだよ。けれど。

「私たちは本当に、この戦いを有利な形で終えられますか？」

ウォーターは軽く頷いてみせる。

「このまま進めばね。エデンの方に立って、戦場を眺めてみれば良い」

けれど、わからない。

こちらの攻撃はことごとく失敗し、切り札の白猫まで戦場を離脱した。どちら側からみたところで、現状では一方的に世創部が押されている。

「ユーリイ、おそらくホミニニたちの方に合流します」

とパラポネラが言った。

＊

さて、と胸の中でつぶやいて、ホミニニは笑う。戦場が、オレ好みにごちゃついてきやがった。

キドが太刀町を撃ち落とし、ウーノはさっさと逃げ出した。それを追いかけていたホミニニ、ワダコとタリホーだが、後ろから酔京がやってきた。正直なところ、こちらの三枚では酔京に対抗できるカードがない。しかもタリホーは裏切りを予想できるから、足を止めて殴り合うってのはない。

　そこでホミニは、走る意味を変えた。追う側から逃げる側に。怖い酔京から逃げ出して、エデンから進軍していたもう一方――元PORTのニッケルに平穏の何人かを加えたチームに合流した。一方でウーノの方も、ニッケルたちを迎撃するために構えていた世創部メンバーに助けを求めたようで、戦力がずいぶん集まる形になっている。ドンパチが始まるのは間もなくだろう。けれど今は、互いが互いの出方をうかがっている状況だ。

　元PORTのエース射撃士《シューター》、BJがあちらについたことは確定。そこでホミニたちは、屋内に逃げ込んだ。七階建てのひょろりとした雑居ビルで、三階の事務所跡――デスクとチェアのセットが何組か並ぶ部屋にいる。

　盤面を俯瞰してみると、この戦いは奇妙だ。何万ポイントも持つ部隊リーダー格たちがぶつかり合い、いわゆる一般兵はぴったり自軍にへばりついている形。世創部側は、まず元ミケの戦闘員たちを前に出したがすぐに引き、エデン側も元PORTの使える雑魚《ざこ》共を動かさない。これは、味方の浪費を嫌うウォーターが指揮する戦場ではよく起こる形だが、実のところホミニにはあまり馴染《なじ》みがない。将棋でいえば歩兵を使わず、金銀角飛車ばかりをぶつけ合っている感じがして気持ち悪い。けれどユーリイがウォーターのやり方に乗っているのは、すでに架見崎がそういった状況になっている、という意味なのかもしれない。つまり、もう弱兵を戦場に出す意味さえない状況。

——なら、こっから先の架見崎は大駒《おおごま》の取り合いだ。

今ここにいるホミニニ側の戦力は、エデンのワダコ、タリホー、ニッケルに加え、平穏からのワタツミ、ホロロ、エヴィン。平穏が主戦力と呼べるメンバーを出してきたのは意外で、香屋に思いのほか発言力があるか、ユーリイが上手く丸め込んだのかだろう。

対して敵側のエース格は二枚。共に裏切り者の酔京、BJ。あとはウーノ、紫、ニックで、この三枚ともそこそこってところ。黒猫も合流するだろうと踏んでいたが、あいつは単独行動中だと検索士《サーチャー》から連絡を受けた。

数の上では六対五でこちらが有利。けれど戦力でいえば、酔京、BJに対抗できる人員が限られる。——エデンのワタツミはまずまずだが、酔京よりはやや下だろう。おまけにホミニニ側はタリホーを筆頭に、信用できない駒もいる。さあ突撃だとも言いづらい。

けれどホミニニは、大声で言った。

「さあ突撃だ。泥仕合をはじめよう」

理由は簡単。白猫が怖い。

あの白兵の王様が、いつまで足を止めていてくれるかわからない。ならここで戦場を停滞させちゃいけねぇ。前に。前に。血を流して進め。

口の中に、得体の知れない苦味みたいなものが広がって、ホミニニは笑う。

いつまでも変わらない。戦場は、怖い。今のところ、ホミニニはエデンのリーダーという立場にいる。けれどユーリイはとくにこちらを守ろうともしない。実際、ホミニニが死んだところでいくつかに分割されたエデンの領土がひとつなくなるだけで、チームにとって大打撃ってわけでもない。

「ＢＪにはワダコを当てる。簡単じゃあないが、射撃《シュート》を読み切りゃルンバで無効化できる。あの臆病者《おくびょうもの》の射撃士《シューター》を倒す必要はねぇよ。とにかく、耐えろ。それだけだ」

ホミニの指示に、ワダコは意味がわからない言葉で答えた。

「無が無として有るなら無は有限だ」

とりあえず、イエスって意味だということにする。ホミニは続けた。

「問題は酔京だが、この中にあいつと張り合える自信がある奴はいるか？」

口を開いたのは、坊主を金髪にした、ループする架見崎でなければ頭皮へのダメージが心配になる平穏の女――エヴィンだった。

「待てよ。こちらは、君の配下に入ったつもりはない」

「んなこと言ってる場合かよ。そっちでどうしようもないならニッケルを――」

「いや。よければ僕が担当しよう」

最後の言葉は、この場にいる誰の台詞《せりふ》でもなかった。

端末から聞こえたその声は、間違いなくユーリイのものだ。

「お前が戦場に出るのか？」

叫び返すと、端末が半ば笑うような声で答える。

「白猫が止まった。なら僕たちは、押せ押せだ。戦力を控えてなんになる？」

ああ。まったく、その通りだ。

ユーリイは、大嫌いだが話は合う。むかつくのはその話を始めるのが、たいていあっちからだってところだ。ホミニの方が先に、お前も出てこいと言ってやりたかった。

「いつくる？」

「もう向かっている。まあ、三分というところだよ」

「早いな」

「でも、あちらの方が早いだろう」

「あん？」

「僕が動いたんだ。世創部が足を止めていると思うかい？」

言われてみれば、それもまた当たり前だ。ユーリイ合流前に、こっちの頭数を少しでも減らしておこうって発想になるのは。

「ほうら。もう動き出している」

とユーリイが言った。その言葉の通り、あちらの五人がすでに移動を開始している。もともとそれほど離れていたわけでもないのだから、接敵までテンカウントを切っている状況。ならごちゃごちゃ言ってる暇はねぇ。

「ニッケル。お前が酔京に当たれ。ユーリイ到着まであいつを止めていたなら合格だ」

彼の「例外消去」は周囲のその他能力《オリジナル》すべてを無効化する。あの厄介な酔京の「サラマンダー」を消し去り、あいつをただの強化士《ブースター》にする。そうなりゃニッケルと酔京の戦力は、まあ五分五分ってとこだ。

問題は「例外消去」の範囲が思いのほか広いことにある。つまり全員がその他《オリジナル》なしの戦闘を強いられる可能性が高く、そうなるとあっちがずいぶん有利だ。なによりもＢＪの射撃《シュート》を止められない。ユーリイの到着まで、遠距離射撃を警戒してびくびくと逃げ回ることになるが、酔京を放置するよりはましだろう。

けれどホミニニの言葉を、ユーリイが否定した。

「いいや。ニッケルはまだ出さない。一歩下がって、あちらに戦場からの離脱者が出たなら彼に追わせて」

どうして？　と尋ねる前に、ホミニニは射撃《シュート》を放つ。

部屋の入り口のドアが吹き飛んで、その向こうに女がいた。紫。元を辿《たど》れば、キネマ倶楽部の強化士《ブースター》。

――あいつがきたなら、もうひとり。

頭のすぐ後ろで、ぎぃんと妙に間延びした、甲高い音が鳴る。みるとタリホーが刀を抜いていた。その刀に弾《はじ》かれたナイフが、無駄に派手な音をたてて天井の蛍光灯を砕く。

ニック。窓からだ。速い、近い。

ホミニニは尻《しり》もちをつくようにして後ろに距離を取りながら、目の前の男に射撃《シュート》する。けれど、照準が合わない。その一撃が放たれるころにはもう、ニックは横に飛んでワダコにナイフの刃を向けている。ワダコは危なげなくそのナイフを回避したが、直後、轟音《ごうおん》が鳴って彼の右足から血が噴き出した。ＢＪの射撃《シュート》――壁越しに射抜いた。コンクリートに穴が空いている。

――やべえな。

普通、この狭い室内での戦闘は、遠距離射撃士《シューター》には不利だ。味方を撃ち殺しちまうかもしれねぇから。だがＢＪに躊躇《ためら》いはない。あいつの射撃《シュート》は、さすがに同士討ちを狙えるようなレベルじゃない。

あちらの陣形は、意図がわかればシンプルだ。入り口の紫は守備に特化した硬い強化士《ブースター》。つまりこの部屋にこちらの全員を閉じ込めるのが役割。その室内に飛び込んだニックが暴れ、ニックに気を取られているうちにＢＪが射撃《シュート》で仕留める。あの超人的な勘と反応速度を持つワダコだって、目の前に自分と同等の強化士《ブースター》がいる状況ではＢＪの遠距離射撃に対応できない。たった今、目の前で足を撃ち抜かれた通りに。さらにあちらは純粋に強力な酔京と、ただただ厄介なウーノを余らせている。対してホミニニの方は、合流した平穏の三人のその他《オリジナル》さえすべてを知っているわけじゃない。

「ちょっと理解できないいな」

そう言ったのは、平穏のひとり――ホロロだった。強化士《ブースター》らしいがよく太った、戦場が似合わない男。まあ、体形に関しては、ホミニニも他人のことを言えないが。ホロロは部屋の入り口を塞《ふさ》ぐ紫の前に立ち、黒い皮手袋をした手を彼女に伸ばす。

なにか能力を警戒したのだろう、紫は、傍目には過剰にみえる動きでその場から飛びのく。ほとんど同時にホロロの背後へとニックが飛び掛かっていた。右手に持ったナイフを鋭く振り下ろすと、肩の辺りに深く刺さった。——そう思ったが、違う。ナイフはホロロのダークグレイのジャケットに阻《はば》まれている。音もなく。ニックの動きを予想していたのだろう、ホロロは意外に俊敏な動きで身体を半回転させ、その勢いのまま背後にいたニックを蹴《け》り飛ばす。

壁際《かべぎわ》まで飛び片膝をついたニックに、ホロロが続ける。

「お前たちは平穏でも二流だった。駒が足りないウォーターがしぶしぶ拾い上げただけだよ。オレと、ワタツミと、エヴィンと。本物の聖騎士三人を相手にして、どうして勝てるつもりでいるんだ？」

たしかに紫、ニックと平穏の三人を比べれば、少し平穏側が上だろう。世創部のふたりが弱いってわけじゃない。だがやはりワタツミが頭ひとつ抜けている印象だし、ホロロ、エヴィンも充分に戦える。

だがこの戦闘のポイントはそこじゃない。ホミニニは叫ぶ。

「ＢＪは壁越しでも射撃《シュート》する。このまんまじゃ——」

それを遮って、ホロロが言った。

「問題ない。対処した」

「対処？」

「ＢＪの射撃《シュート》じゃあ、この壁は撃ち抜けないよ」

ああ、そうか。ホロロのその他《オリジナル》。それはすでにPORTが検索《サーチ》していたから、こっちも情報を持っている。「長休符」と名づけられた彼の能力は、簡単に表現すれば物体の時間を止める。その効果を受けたジャケットはナイフを通さず、壁はいかなる攻撃でも破壊されない。BJ対策にはうってつけの能力だ。

ホロロは再び、部屋の入り口に立つ。紫が彼に向かい合うが、動きはない。互いに守備型の強化士《ブースター》なのだから簡単に勝負はつかない。紫にしてみればホロロの能力が不気味で、手を出せないというのもあるんだろう。

紫に手を貸すため、片膝をついたままのニックがナイフを投げる。その動きは、ほとんどホミニニの目では追えなかった。そうだと気づいたのは、ワタツミが宙を飛ぶナイフをつかみ取ったからだった。

——紫とニック、このふたりは平穏に任せておけばどうにかなる。なら。

ホミニニはジャケットを脱ぎながら、ワダコに駆け寄った。

「おい。大丈夫かよ？」

「闇《やみ》にも色はある」

やっぱり、ワダコの言葉は意味がわからない。けれどその声は、普段よりもずいぶんか細かった。撃たれたのは右足だがBJの射撃《シュート》は威力が高く、出血の量がやばい。このループのあいだは、右足は使えないだろう。

——ってか、この血の量はやばくねぇか？

これはおそらく、そのうちに死ぬ。一〇分か、二〇分か。タイムリミットはそんなところじゃないかって気がする。ホミニニは脱いでいたジャケットの袖《そで》を破り、それでワダコのふとももを縛る。

状況は微妙だ。ユーリィの到着を待てば戦力的にこちらが有利だが、ワダコの危険は高まる。ならこっちから攻めるしかねぇ。が、へんにこのビルを出ればまたBJからの狙撃《そげき》を受ける。

ホミニニは、それほど長い時間悩んでいたわけではなかった。状況が時間を与えてくれなかった。がん、と妙に硬い、大きな音が鳴る。直後に床が崩れた。

浮遊感の中で感じたのは熱だった。ツラの皮が熱い。鼻の穴の中がとくに熱い。酔京。あいつが絡《から》むとやべぇ。時間稼ぎさえ難しくなる。

ホミニニはとにかくワダコの身体を抱きしめて、叫ぶ。

「おい、床も守っとけよ」

平気な様子でホロロが答える。

「同時に能力を使える範囲には制限があってね。壁か、床か。どちらかだけだ」

けれどホミニニは、ほとんどその言葉を聞いていなかった。ホロロが喋り始めたころにはもう下のフロアに着いていて、そこには上半身が燃え上がった酔京がいる。この狭い空間であいつの「サラマンダー」は有利すぎる。——酔京に紫やニックごと燃やし切るつもりがあるなら、ほぼ詰んでいる。

ホミニニは咄嗟に、ニッケルの名前を呼ぼうとした。あいつの「例外消去」なら「サラマンダー」も打ち消せる。だが、どうにか堪《こら》える。

——こんなもんは、ただの脅しだ。弾切れの銃を突きつけられてるのと変わらねぇ。

なぜならウォーターが、紫やニックを見捨てるような指示を出しているとは思えないから。酔京が追い込まれてどうしようもなくなったら別だが、現状のぶつかり合った頭のタイミングではもう少し穏便に戦うだろう。

つまり、辺りをことごとく燃やし尽くす酔京の能力はあちらにとってもデメリット。こっちに「例外消去」を使わせるのが目的。もしニッケルがその能力を使えば、「サラマンダー」と共にホロロの「長休符」まで消去される。とたん、壁はただの壁に戻り、BJの狙撃でずどん。

なら、酔京は無視だ。紫かニックを捕まえて盾にする。とにかく戦闘を手早く終わらせて状況を変えるのが、ワダコの生存率がいちばん高い方針。

そこまでの思考は、ずいぶん速かった自信がある。ホミニニはそれなりに修羅場をくぐっている。けれど考えが及ぶのが限界で、言語化までは届かない。

目の前で、酔京の炎が消えた。

ニッケル。あいつ、先走りやがった。

ホミニニはワダコを抱きしめたまま、跳ぶ。とくになんにも考えていない。どっちに向かって、みたいなのを判断する余裕はない。とにかく自分とワダコがいる位置を変えるために。直後、先ほどまでホミニニがいた場所を、ＢＪの射撃《シュート》が射抜いた。

「ばっかニッケル、考えろ」

無意味な叫び声を上げながら、ホミニニはさらに床を転がる。――大丈夫か？　ワダコの身体は、これだけ動いてもまだ持つか？

珍しくワダコが、意味のわかる言葉を口にした。

「いけるよ。前へ」

そうだ。ついさっき、ホミニニ自身がそう指示を出した。

前は、どっちだ？　――決まっている。

「ニッケル。てめえは責任持って酔京をここに縛りつけろ。ワタツミは元キネマのふたりを押さえていろ。残りは、行くぞ」

返事も聞かずに、ワダコを背負って駆け出す。すぐ後ろをエヴィンが、さらにその後ろをホロロとタリホーがついてくる。

「逃げるか？」

とエヴィンが言った。

「んなわけないだろ」

逃げてどうにかなる事態じゃねぇ。「例外消去」を使うニッケルと酔京が互角。ワタツミと紫、ニックの方は、どちらかというと向こう有利だがすぐにワタツミが殺されるってほどの差はない。けれどそこにＢＪの射撃《シュート》を足すと、あっけなくこっちの全滅だ。

「ＢＪ強襲だよ。すぐに終わらせる」

叫びながら、ホミニニは窓を割って跳び出す。

二階。身動きが取れない空中。馬鹿みたいに正確なＢＪの射撃《シュート》。

――これだけ条件が揃《そろ》っていりゃ、オレは死なねぇ。

耳元で、しゅ、となにか音がした。背負ったワダコが、ポケットに入っていたなにか、たまに噛んでいるガムかなにかを指ではじいた。ルンバ。それは三分以内にワダコが触れたものと、ワダコ自身の手元のあいだにワープホールを生む。ルンバの穴にＢＪの射撃《シュート》が吸い込まれ、ワダコの手元に生まれたもう一方から飛び出す。直径がたった二〇センチぽっちの盾。

アスファルトに着地して、ホミニニは奥歯を噛みしめる。

――だが、おそらく次はねぇ。

ルンバで射撃《シュート》を止め続けるのは現実的じゃない。そもそもルンバは使用回数が限られていて、ＢＪがまっすぐ連射してくるだけでこっちは死ぬ。血を流すワダコにこれ以上働けというのも無茶な話だ。

より強固な盾がいる。それがすでに手元に揃っていることを知っているホミニニは、笑うよりも震えていた。そんなわけがねぇ。でも、ホミニニ自身の動きまでみんな、なにか大きな意思みたいなものに操られている気がして。

エヴィンが着地した体勢のまま、しゃがみ込んでアスファルトに手をついている。彼女の前に、壁のように、そのアスファルトが現れる。エヴィンの能力「もうひとつ」は触れたもののコピーを生み出す。

その、宙に現れたアスファルトにホロロが「長休符」を使い、ＢＪの射撃《シュート》を塞ぐ盾にする。エヴィンとホロロがいれば、射撃《シュート》を防ぎながらＢＪとの距離を詰められる。

端末から、笑うようなユーリィの声が聞こえた。

「香屋くんの想定では、ここでＢＪを落とすことになっている」

ああ。そうなんだろう。はじめからこの展開は予想され、作戦に組み込まれていた。流動する戦場の未来をすべて予言するなんて、神さまでもなきゃ不可能だ。だいたい開戦前には、ＢＪが裏切り者だと確定していたわけでさえない。ならあいつは、いったい何パターンの未来に備えた？

考えても意味はない。ホミニニは背中からワダコを下ろす。

「タリホー、頼む。こいつについていてやってくれねぇか」

この女は、裏切り者なのか、味方なのか。ずいぶん疑っていたが、わからなくなった。今タリホーがその気になれば、ホミニニの首をはねるくらいは簡単だ。

「わかった。できるだけのことはする」

今はその言葉を信じるべきなのだ、とホミニニは感じる。それはタリホーを信頼するのともまた違う。信じるべきだと感じた自分の直感を信じる。

ワダコは目を閉じ、脱力していた。彼の足に巻いたホミニニのジャケットの袖は血で変色し、アスファルトを濡《ぬ》らす。

早急に、この戦いを終わらせる必要がある。

＊

市街地での射撃は、あまり好きではない。

ＢＪの射撃《シュート》には充分な威力があり、通常の建物の壁くらいであれば貫通して射貫けるが、視線が通らなければ検索《サーチ》に頼らざるを得なくて気持ちが悪い。その検索《サーチ》のデータ――世創部のコゲから送られてくるものだ――が表示された端末をみると、ホミニニ、ホロロ、エヴィンがこちらに向かってくるのがわかる。速くはない。いちいちホロロの「長休符」で盾を作りながら、場合によってはエヴィンの「もうひとつ」でその盾となる構造物をコピーしながら進んでいるのだろう。

ＢＪは内心でぼやく。

――さっさと来いよ。まだ撃たない。

あの三人組に、「長休符」の盾に守られたままこちらを攻撃する術《すべ》はない。なら、必ずどこかで射線が通る。そのときを待てば良い。狙撃手の仕事はいつだって、じっと待ち続けることだ。最良のひと時を決して逃さないように。

「逃げないのかい？」

とウーノが言った。

「ああ。逃げない」

「どうして？」

「苛立《いらだ》つから」

　ＢＪは、ウォーターの「イカサマ」の対象になっていない。後方からの射撃を専門とするＢＪは、前線に比べればまだしも危険が低く、能力の使用回数を割くわけにはいかなかったからだ。

　代わりに、「すぐに逃げろ」と指示されていた。危なくなったら、躊躇《ちゅうちょ》なく逃げろ。けれどＢＪには、まだこの戦場を離れるつもりはなかった。理由は単純。ＢＪは自分が狩る側だと確信しているから。

　今回の狙撃にＢＪが選んだのは、給水塔の屋上だった。背が高く、視界がクリアで、ホミニたちが逃げ込んでいた雑居ビルもよくみえた。けれど今となっては別の意味もある。通常の建物とは違い、「中を通って移動する」ということが困難なのが良い。やつらは必ず、どこかで姿を現す。

　ウーノはＢＪの隣で、胡坐《あぐら》をかいて座り込み、独り言のように続ける。

「ホロロの長休符は、シンプルなようで効果がややこしい。対象の時間を止める――言い方を変えりゃあ、変化を止める。そのはずだが、まったく不変ってわけでもない」

「うん？」

「酔京から聞いた。今回、パラミシワールドの一ページを持ち運ぶために長休符が使われているよ。なら、おかしいと思わないかい？」

パラミシワールドは、その能力の使用者――パラミシ以外が近づくと、それを物語の中に連れ去る。だが能力の発動前に本の一ページに「長休符」を使用し、その後に能力を発動させた場合、その一ページは「不変」となり能力の発動が止まる。ここまでは違和感がない。

だが酔京は、自分の意思でパラミシワールドを発動させていた。なら。

「長休符には解除の条件がある？」

「おそらくね」

「なら酔京はその条件を知っているだろう」

「いちおう、あれでも戦闘中だ。余裕があるならあっちから連絡がある」

「お前は知らないのか？」

「平穏でも、私は外様《とざま》だったからね。その他能力《オリジナル》の細かなところまでは聞いちゃいない」

「コゲ」

端末に呼びかけると、すぐに返事が聞こえた。

「検索中《サーチ》です。――ああ、でも、だいたいわかった」

「速いな」

「能力の解析ではありません。ホロロが長休符を使った建造物を検索《サーチ》しました」

「それで？」

「長休符には、一部分だけ能力の効果が及んでいない場所がある。能力の使用時、ホロロは対象に触れる。けれどその触れたところがウィークポイントになる。たとえば長休符の対象になった壁の大半は不変ですが、ホロロが触れた手の形だけ元の強度のままです」

なぜ、わざわざ能力に弱点を作る？

能力の獲得ポイントを抑えるためだろうか。わからないが、ともかくこれで、こちらのカードが一枚増えた。

端末の画面に目を向ける。ホミニニたちの位置が、ずいぶん近づいている。

ウーノが言った。

「なんだか、嫌な予感がするよ。私は逃げる。お前もそうしな」

「いや。撃てる」

「そうかい」

ウーノが立ち上がり、ＢＪの肩を軽く叩《たた》く。「死ぬんじゃないよ」と言い残し、彼女はホミニニたちがやってくるのとは反対の方向に飛び降りる。

ＢＪはウーノに触れられた肩を、埃《ほこり》を落とすようにはたく。他人に触れられるのは嫌いだ。相手が誰であっても。それから、浅く息を吸う。端末の画面をみつめながら、意識は聴覚に集中する。騒々しい音が近づいてくる。

ホミニニたちは、この給水塔の隣にあるマンションに入ったようだった。給水塔よりは背が低いマンションだが、強化《ブースト》した肉体であればこちらまで飛び移ることは難しくない。

ホミニニのメインは射撃《シュート》だが、通常、射撃士《シューター》も多少は強化《ブースト》を獲得している。

やがて、マンションの屋上のドアが開くのがみえた。

――これは、無駄弾だ。

好みではないが、当たらないとわかっている弾を撃つ。恐怖心はないが、この戦場に苛立っていた。本当に。美しくない戦場だ。

開いたドアの向こうには、白い布があった。レースのカーテン？　マンションの中の、どこかの部屋から取ってきたものだろう。長休符の効果を受けたそれは揺らぎもせずに射撃《シュート》を防ぐ。その白い盾に身を隠しながら、ホミニニたちが屋上に出る。

次に起こったことは、ＢＪにとっても少し意外だった。

ふいに、目の前に、マンションが現れる。宙に浮いたそれ――エヴィンの「もうひとつ」。あの能力は、マンションサイズのものまでコピー可能なのか。

宙に現れたマンションが、こちらに向かって倒壊してくる。それは巨大で、まるで、こちらの方が向こうに向かって落ちているようだった。ＢＪは躊躇いなくそのマンションを撃つ。撃つ。撃つ。その三発で空いた穴に飛び込む。能力で生まれたマンションは、元となったマンションと給水塔に支えられる形で静止したようだった。だがそれはほんのひと時のことだろう。間もなく自重で砕けるはずだ。

もう端末の画面は確認しなかった。音に集中する。間もなく巨大な音がなった。巨人が倒れたような音だった。おそらく実際に起こったことも、そう違っていないだろう。マンションが再び落下しはじめる。給水塔が崩れたのかもしれない。

これで、音には頼れなくなった。マンションを崩すという、強引な気配の消去。なかなか笑えるやり方だ。

砕けながら崩れるマンションの内部で落下しながら、BJは仕方なく端末の画面に目を向ける。検索《サーチ》のデータに従い、ホミニニたち三人がいる方向に射撃《シュート》を放つ。こんなに、照準が定まらない戦場は初めてだ。

二発、三発。撃ち抜けない壁があれば当たりだと考えていた。「長休符」の盾の向こうにホミニニたちがいるはずだから。けれど、みつからない。直後、BJのすぐ隣を光が走った。——あちらの射撃《シュート》？

だがその射撃《シュート》が飛んできた方向は、コゲの検索《サーチ》からあまりにかけ離れている。——なんらかの方法で、データが書き換えられた？　そうだ、今回の戦いの頭でも起こったことだ。端末の画面に偽りの画像を映す能力。なかなか、用意周到じゃないか。

「外した。守れ」

ホミニニの汚い叫び声が聞こえる。彼の姿を視認できたのは一瞬だった。だが、おおよその方向はわかった。砕けた壁の大きな一塊が落下していく。その裏側。

BJはそちらに射撃《シュート》を放つ。その壁はきっと、「長休符」の効果を受けているだろう。そう予想していたが、あっけなく壁が弾け飛ぶ。

——偶然、長休符のウィークポイントを射抜いた？

そう考えた直後、首になにかが絡みつく。腕――男の腕だ。ホロロ。こちらの首を絞めている。

ホミニニ。あいつは、「長休符」の盾を捨てたのだ。一撃で命を奪うこちらの射撃《シュート》の前に、単身で姿を現した。なぜ？　こちらの気を引くために。ホロロの接近を悟らせないために。射撃士《シューター》と強化士《ブースター》の戦いは、しばしば道筋の攻防と表現される。強化士《ブースター》が距離を詰め切る前に、弾を当てれば射撃士《シューター》の勝ち。その道筋を強引に生み出すため、あちらはいくつもの手段を使った。巨大なマンションの倒壊でＢＪの視覚、聴覚の情報を奪い、端末の画面書き換えで検索《サーチ》データを奪い、盾を捨てた射撃《シュート》で意識を奪った。その中のどれだけが、ホミニニの思惑だろう？　少なくとも最後のひとつは、間違いなくホミニニという男の個性だ。

すべてが並み以上ではあるけれど、知力でも戦力でも能力でも決して突出しているとはいえない、なのにあのユーリイの対抗馬にまで上り詰めた男。直感に自分自身のすべてをベットする、ある種の怪物。

――だが、詰め切れていない。

ホロロはユニークなその他能力《オリジナル》を持つぶん、強化士《ブースター》としてはいまいちだ。接近しながら、一撃でこちらの命を奪えなかった。ＢＪは背後に絡みつくホロロに射撃《シュート》する。服には「長休符」を使っている可能性があったため、むき出しの頭を狙う。ほぼゼロ距離。外すはずがない。

もちろん、ＢＪの射撃《シュート》はホロロの頭にぶつかった。けれど、変化がない。ホロロの腕はＢＪの首に絡みついたままだ。なぜ。

砕けた壁の向こうから、ようやくホミニニが姿をみせる。彼の射撃《シュート》がこちらを狙っている。

そのとき、はじめて、ＢＪは死への恐怖を覚えた。

＊

ホロロの「長休符」は複雑な効果を持つ。

触れたものに効果を発揮し、対象の時間を止める。つまり、あらゆる変化を止める。

だが対象の形状が変化した場合、「長休符」は効果を失う。

決して変化しないものに対して「変化したとき」という、矛盾するような条件が付いているのは、「長休符」には効果の隙間《すきま》が存在するからだ。ホロロが触れた箇所のみ、「長休符」は効果を及ぼさない。

たとえばパラミシワールドの一ページをこよりにし、リング状に結ぶ。その結び目に触れて「長休符」を使えば、リング自体は変化しないが、結び目をほどくことはできる。そして結び目がほどかれると「形状が変化した」とみなされ、そのリングにかかっている「長休符」の効果自体が消えてなくなる。

こういった、面倒な条件が「長休符」の効果に追記されているのには、もちろん理由がある。もともと「長休符」とは、ホロロが自分自身に使うことを意図した能力だからだ。動けない代わりに、傷つくこともない能力。

だから解除条件が必要だった。自分自身の指先をつかんで「長休符」を使った場合、その指先の形状が変化すればホロロは自由を取り戻す。もちろん「長休符」の効果を受けているあいだは思考することもできないが、たとえば仲間に解除条件を伝えておくことは可能だ。

ホロロはＢＪの首を絞め、自身に対して「長休符」を使った。

いったいだれが戦場で、指先だけを狙って攻撃するだろう。

＊

ホミニニは、笑いもせずに考える。

――ああ。これで、おしまいだ。

ホロロは完璧《かんぺき》に自身の役割をこなした。ＢＪに絡みつき、彼の銃口を背後に――ホミニニとは正反対に向けさせた。

早撃ちは得意じゃない。ＢＪと、背を向け合って一歩、二歩、三歩。それからフェアプレイで振り向いてずどん。そんな戦いだったなら、一〇回やって一度勝てるかも怪しいところだ。でも今はそうじゃない。

こちらが一方的に、あちらの頭に照準を合わせている。すぐ後ろのホロロは「長休符」

の効果で、いくら雑に撃とうが傷つける心配もない。——もともと、他チームのあいつを気にかける理由もないが。

ホミニニは、とくに狙いもせずに射撃《シュート》を連打する。

ＢＪ。彼との付き合いは、意外に長い。とくに仲が良かったわけでもないし、気に入っていたわけでもない。でもＰＯＲＴのチームメイトだ。

——なんだか、少しさみしいよ。

昔から知っている奴が、架見崎からひとりずつ欠けていくのは。

けれど悪いのはＢＪだ。エデンを裏切った、なんてのはどうでもいい。先にワダコを撃ったのがよくなかった。

バイバイ、ＢＪ。

何発目かの射撃《シュート》が、おそらく彼の命を奪った。

その直後、ふいに、爆風が真正面からホミニニの顔を叩いた。

＊

給水塔とマンションが、仲良く並んで崩れ落ちる。ずいぶん派手な破壊の中で、ひとつだけ例外的な爆発が起こる。

様子を眺めていたウーノはその爆発に背を向けた。

——つまんないね、ＢＪ。

ウーノが持つ能力、「用済み」は役目を終えた対象を爆発させる能力だ。たとえば電話機につかえば、通話を切ったときにそれが爆発する。目覚まし時計につかえば、ベルの音を止めたときにそれが爆発する。

そして「用済み」は人間にも使うことができる。人間が役目を終えるとき。それは、まあ要するに死んだときだ。

上手《うま》く、敵のひとりでも巻き添えにできていればいいけれど。

まあでもきっと、望み薄だろう。ＢＪは面白みのない男だった。

4

痛え。どこがって話じゃねぇ。全身が痛え。

その痛みで、ホミニは安心する。どうやらオレは、まだ生きている。

崩れたマンションは消えてなくなっていた。あれはエヴィンの「もうひとつ」で作ったものだったから、あいつがその能力を解除したのかもしれない。倒れた給水塔の残骸《ざんがい》がじっとりと湿り、八月の陽射しで陽炎《かげろう》が立っていた。

どうにか立ち上がると、すぐ傍にホロロがいた。あいつは片手を押さえている。

「どうした？」

「指を一本、失くしてね」

「そうかい。お互い、無事でよかった」

　ＢＪを殺した。これで戦場に、多少の余裕が生まれた。少なくとも逃げている最中に後ろからずどんってのがなくなった。ならもう、ワダコの治療に集中しても良いだろう。あいつをエデンの領土に連れて帰ろう。

　そう考えていると前方から、一台の原付がやってきた。郵便配達員なんかがよく使っているのに似た形の、黄色い原付だ。それに乗っていた奴が意外で、ホミニニはしばらく動きを止める。撃つべきか、そうじゃないのか迷っていた。

　ウォーター。彼女は原付を降りて、つぶやいた。

「ＢＪ。死んだのか」

　その言葉は別に、質問というわけではなかったのだろう。

　けれどホミニニは、なんだか責任のようなものを感じて答える。

「ああ。オレが殺した」

「そう」

「仲が良かったのか？」

「ほとんど会ったこともないよ。勧誘したばかりでね。それでも、これから仲良くなれたかもしれない」

「そうかい。やり合うか？」

「あんまり気が進まないね」

ウォーターがこちらを向く。彼女は微笑んでいたが、その瞳《ひとみ》はわずかに湿っているようだった。そのせいでウォーターがただの少女にみえた。同じ学校の、とくに仲良くもなかった誰かが事故かなんかで死んで、雰囲気で涙ぐんでいる高校生みたいな顔だ。そういうのは馬鹿げていて、ホミニニにはよくわからない。

ともかくそんな顔のまま、ウォーターは言った。

「ホミニニ。君は以前、オレを仲間に誘ってくれたね」

「ああ」

「今度はこちらから誘おう。世創部にこないかい？」

「本気でいってんのか？」

「うん。一緒に、ユーリイをやっつけよう」

それはなかなか魅力的な提案だ。本当に。

「酔京にも誘われたよ。大人気だな、オレは」

「返事は？」

「そっちも、酔京のときと同じだ。ユーリイにはドラゴンを預けている。だから、今は裏切れねぇ。ワダコも怪我《けが》したばっかだしな」

ウォーターは軽く首を振ってみせた。その動作の意味が、ホミニニにはわからなかった。

彼女は言った。

「君が仲間になってくれるなら、ワダコの怪我はオレが治そう。ほかの誰よりも確実だ」

「なるほど。だがドラゴンの方がエデンにいる」

「いや。死んだ」

あん？　とほとんど反射的に声が漏れた。

死んだ。だれが？　ドラゴンが？

「適当なこと言ってんじゃねぇぞ」

「本当に。はっきり死亡を検索《サーチ》した。テスカトリポカあたりが偽った情報を流しているならわからないけれど、そんな嘘をつく理由もないでしょ」

頭と感情が、上手くマッチしない。どっちもひどく鈍くって、ばらばらの部屋の形が違うベッドでそれぞれ身勝手に眠りこけているような感じがする。――いや。でも、さすがに嘘だろ。あのドラゴンが死んだ？　優しいのと、頑丈なのが取り柄のあいつが。

これまでホミニニは、何人もの仲間を失ってきた。目の前で死んだ奴もいるし、離れた戦場で死んだ奴もいる。けれど思えば、戦場で傷を負って、ベッドで治療を受けながら死んだってパターンはない。架見崎には回復能力があり、とりあえず心臓が動いているまま治療できるところまで連れ帰ればなんとかなっていた。

「お前の話は、やっぱおかしいよ。どうしてドラゴンが死なきゃならない？」

「ＢＪの射撃《シュート》をまともに受けたんだ。そうそう耐えられない」

「でも――」

「倒れた時点で、ドラゴンは死にかけていた。エデンのメンバーが救出に向かったころにはもう息絶えていた」

「でもドラゴンは、手を挙げたんだ」

こっちの声に反応して、片手を上げてみせた。なのに、どうして。

ため息をつくように、ウォーターは笑う。なんだか戦場に妙に似合う、綺麗《きれい》な顔だ。

「心配をかけたくなかったんだろう。君は、愛されてるね」

「ああ。なぜだかオレは、人気者なんだ。でもドラゴンは、そういうのでもないんだ」

あのでかくて優しい小心者は、臆病だが勇敢だ。仲間の誰が狙《ねら》われていても、身をていして守っただろう。今回、ホミニニにしたのと同じように。まったく、馬鹿《ばか》が。似合いすぎてるんだよ。ろくに戦いもせず、誰かを守って死ぬなんてのは。いつ死んだのかもわからないような中途半端な死に方は、あいつに似合いすぎている。

ウォーターは言った。

「ワダコはまだ生きている。彼は確実に助けよう。オレの仲間になれ、ホミニニ」

状況はシンプルだ。論点は、はっきりしている。

ホミニニはまっすぐ射撃《シュート》を放つ。ウォーターはその場を飛びのいて回避していた。ふいを打ったつもりだったが、良い反応だ。

咄嗟に動いたウォーターの頭から、カウボーイハットが飛んでいた。それが舞い落ちるのを眺めながら、ホミニニは答える。

「お前は、ドラゴンの仇《かたき》だ。どうやったら手を組める?」

「オレを殺してもドラゴンが生き返るわけじゃない。復讐に意味があるかい？」

「復讐ってのは、なにかが欲しくてやるもんじゃないんだ。胸につっかえて息も吸えねぇ、気持ち悪いもんを吐き出すためのもんだ」

「うん。たぶんそうなんだろうね」

なんだよ。知った風なことを言いやがって。面白くねぇ。

「じゃあな。オレの敵」

射撃《シュート》。もう一撃。

だがその光が放たれる前に、ウォーターの姿は消えていた。

第四話　もしヒーローがいるのなら

1

想定外だ、なんてことはもちろんない。

ユーリイにとってその雑居ビルの一室はほとんど想定の「本命」と言える状況だったし、良いか悪いかでいえば、むしろ良い部類だ。

男がひとり倒れている。ワタツミ。うつ伏せで顔もみえないが、検索《サーチ》の結果まだ死んではいないようだとわかる。

立っているのはふたり——酔京《すいきょう》とニッケル。紫《むらさき》、ニックはすでにこのビルにはいなかった。キドがいるところ、つまり香屋歩《かやあゆむ》と白猫《しろねこ》が入っているパラミシワールドの一ページの方に向かったようだった。

ニッケルが、こちらをみて言った。

「オレが酔京の能力を消します。ふたりで——」

ユーリイは微笑《ほほえ》んで、ニッケルに歩み寄る。そして、思い切り殴りつける。

――ニッケルは、黒で確定。

裏切り者で、世創部側についている。やはりウォーターはとても優秀だ。酔京、BJ、それからニッケル。元PORTの円卓のうち、三人も手駒《てごま》にしていたのだから。

片膝《かたひざ》をついたニッケルが、「どうして」とか細い声で言った。けれど、いったいなにが疑問だというのだろう。酔京と、ニッケルと、ワタツミと。この三人がふたつの陣営にわかれて戦うとき、酔京対残り二名の戦いになれば、ワタツミが倒れているはずがない。酔京は「サラマンダー」の効果をニッケルの「例外消去」で消し去られ、ただの強化士《ブースター》になった彼女はワタツミに敵《かな》わない。そうなると酔京を残して紫とニックが立ち去るというのもあり得ない。今もまだ、五人でばたばたと戦っていなければおかしい。

ニッケルの顔を蹴《け》りつけながら、ユーリイは告げる。

「ほら、諦《あきら》めないで。がんばって。残念ながら君たちが僕に勝てる確率はとても低い。それでも、もがき続けてみせて。それが生命の美というものだろう？」

話しているあいだに背後から、酔京が殴りつけてくる。ユーリイはわけもなくそれを回避する。以前の戦場では白猫と戦った。彼女に比べれば、このふたりにはなんのスリルもない。

かわした拳《こぶし》をつかもうと、ユーリイが手を伸ばすと、ふいにその手が燃え上がる。「サラマンダー」。シンプルな能力だ。けれどシンプルなその他《オリジナル》というのは、存在が矛盾しているように思う。けっきょくのところ、そのポイントで素直に強化《ブースト》を育てた方が汎用性《はんようせい》は高い。その他《オリジナル》は搦《から》め手のためにある。

ユーリイは手をとめて、ひゅうと口笛を吹いた。ただの口笛だが、酔京の炎を吹き消すようなつもりで。そして実際、目の前で酔京の炎が消える。

ニッケルの「例外消去」。彼はその能力を、使い続けなければならない。おそらくユーリイの能力の詳細は知らないだろうが、それでも「洗脳系の能力だ」というところまではわかっているはずだ。だからユーリイが怪しい行動をとるたびにニッケルは例外を消去し、それに巻き込まれて酔京の「サラマンダー」も消える。

みんな予定通り。だから炎が消えるのとほとんど同時に、ユーリイは彼女の手首をつかむ。そのまま、軽く投げ飛ばす。空中で彼女の手首の角度を変えると、床にぶつかったとき、そこが折れたのがわかる。あまり気持ちの良い感触ではない。

ニッケルが裏切り者だった場合、最悪の展開は言うまでもなく白猫との共闘だった。そのパターンのみがユーリイを震えさせた。だから、今回の場合――戦場に駆けつけてみるとニッケルの裏切りが明らかになっており、酔京と共に襲い掛かってくるなんて展開は、ユーリイにとっては当たりだ。コストをかけずにニッケルの裏切りが明らかになった。彼が勝手に慌《あわ》ててくれるから、こちらはその他《オリジナル》を使う必要もなく酔京の「サラマンダー」をかき消せる。緊張しているのだろうか、雑な照準で射撃《シュート》するニッケルに迫り、蹴り飛ばして告げる。

「ぜひ話を聞かせて欲しい。ウォーターはこのループのあいだ、ずいぶんうちの領土まで遊びに来ていたようだね。君たちの他に、いったい誰に声をかけた？」

ニッケルは答えなかった。顔はこちらを向いたまま、視線だけを左右に走らせていた。かわいそうに、あるはずのない救いみたいなものを探しているのだろう。

全身を燃やして酔京が叫ぶ。

「私に任せて。その他《オリジナル》が使えれば――」

使えれば、どうなるというのだろう。

ユーリイは綺麗《きれい》に酔京を洗脳してみせることだってできる。こちらが絶対的な主で、ニッケルは憎い敵だと思わせることだって。そうなればニッケルはけっきょく、「例外消去」を使わざるを得ない。

彼や彼女の戦いは、実はもう終わっているのだ。唯一《ゆいいつ》の勝ち目はその他《オリジナル》なしでユーリイを倒せる強化士《ブースター》か射撃士《シューター》とニッケルが組むことだった。この場に奇跡的に、そういった増援が現れることだった。けれどそうはならなかった。

軽く首を傾《かし》げて、ユーリイは尋ねる。

「僕は君たちの話を聞きたいんだよ。なんなら、場所を変えてゆっくりと。昼食はまだだろう？　ご希望のメニューがあるなら言ってごらん」

その質問で、ユーリイのその他《オリジナル》――「ドミノの指先」が発動する。ユーリイが持つ、一〇〇を超えるほんのささやかなその他《オリジナル》の効果を同時に発動する能力だ。こんな風に。

——四七番。食事の誘いを無視した場合、視界の左端に黒い影が走る。戦場での違和感を無視できるプレイヤーなんてまずいない。ニッケルと酔京が、ほとんど同時に左を向いた。

——七番。左を向いた場合、右足から力が抜ける。

ふたり共が、すとんと右膝を床につく。顔には動揺が浮かんでいる。

——一一番。片膝をついたとき、そちらの足が動かなくなる。この効果は五秒間継続する。

ユーリイを前にして五秒。そんなにも長い時間、足が動かない恐怖に耐えられるはずもない。ニッケルはまた「例外消去」を使う。そうなることを、ユーリイは知っている。ちょうど炎が消えるとき、ユーリイは酔京の前に立っていた。その、まだ少女のように肌がきめ細かい喉《のど》にそっと人差し指を押し当てる。

「命というのは、綺麗だね。こんなにも脆《もろ》いものだから。君たちは、この綺麗なものを簡単に投げ出せるくらい、ウォーターを愛しているのかな」

口を開いたのはニッケルの方だった。

「オレたちの負けです。貴方に勝てるわけがない。というかそもそもオレはまだ、エデンを裏切ったって認めたわけじゃない」

「おや。そうだったかな」

「そうですよ。一方的に攻撃を受けたから、咄嗟《とっさ》のリアクションが反撃っぽくなっただけで――」

「ではワタツミを起こして話を聞こうか？」

「ともかく、貴方に従います。ウォーターのことはオレも知りませんが、酔京を調査するなら手伝いますよ。多少、手荒い調査でも」

「らしいよ？」

そう告げて酔京をみつめる。けれど彼女は、なにも答えない。腹を空《す》かせたキツネみたいな、険しい目でこちらを睨《にら》んだだけだ。

こんなときユーリィは、人の気持ちがわからなくて困ってしまう。だってどう考えても酔京の負けは決まっている。もし彼女がウォーターを深く敬愛していたとしても、生き延びたいのであればこの場ではこちらに従わざるを得ない。もしもウォーターに関する情報を守るため、命を投げ出す覚悟があるのなら、自害したり無謀な戦いを続けたりしても良い。でも、ただこちらを睨むというのはまったく無意味で、わけがわからない。

――まあ、なんでも良いけどね。

ニッケルはこちらについたのだから、話が早い。「例外消去」がなければ「ドミノの指先」で酔京を洗脳し、聞きたいことを聞き出せる。嘘《うそ》をつかれる危険もまずない。

「酔京。明日の天気を知ってるかい？」

これが、最初のドミノ。酔京の中で、次々にドミノが倒れていく。彼女はあくびをかみ殺し、カエルの歌を口ずさみ――

ユーリイは酔京から目を離し、部屋の入り口をみつめた。

白い、つまらないドアだ。その向こうから足音が聞こえた。ユーリイに、足音だけで相手を見分けるような特技はない。けれどなぜだかその足音の主は確信していた。音そのものというよりリズムで覚えていたのだろう、別に特徴らしい特徴もないけれど、何度も聞いた音だから。

まったく、困った。その音のせいで、ニッケルだとか酔京だとかはどうでもよくなってしまう。もともとこのふたりに興味があったわけでもないのだけど、彼らから情報を引き出せばウォーターが嫌がるだろうと想像していた。けれどその「ウォーターが嫌がる顔」にさえ今は価値を感じない。

ドアが開き、ひとりの女性が現れる。

タリホー。いつもみていたすまし顔だが、少し不機嫌そうな感じもする。けれどあちらの方もユーリイと同じで、どんな顔をすれば良いのかわからないだけかもしれない。わからなくて、無理に真顔を保っていて、そのことを自覚しているからなんだか笑いだしそうなのを頑張って堪《こら》えているのかもしれない。

かつて、隣にいるのが当たり前だったころと同じように、彼女は言った。

「戦況は？」

「問題ない。こちらは制圧したところだ」

「お疲れ様です。戦線を離脱しており申し訳ありません。ワダコが負傷したため、衛生部に引き渡していました」

「そう。様子は？」

「貧血の症状が出ていましたが、呼吸は安定しています。死にはしないでしょう」

「引き渡したのはエデンの衛生部？」

「はい。ほかのどこに渡すというんですか？」

もちろん、世界平和創造部。ワダコの身柄があちらに渡ればホミニニもついていくだろう。すると少し面倒なことになる。彼は今、名目上はエデンのトップなのだから。

「酔京」

彼女への洗脳は、すでに完了している。

もうユーリイの言葉に逆らうことはできない。

「教えて欲しいんだ。タリホーは、ウォーターについている。違うかい？」

ユーリイは確信していた。かつてのタリホーの裏切りは、ウォーターが指示したものなのだ、と。今振り返れば他の可能性はない。

なのに、酔京は首を振る。

「違う。タリホーは」

本当に？　珍しく、本当に珍しくユーリイは動揺を自覚する。

「君が知らないだけじゃないのか？」

「わからない。でも私は、ＢＪやニッケルの裏切りは知っていた。ウォーターに聞かされていたもの。タリホーのことだけ話さない理由がある？」

なくはない。だが、考えづらい。

誰がエデンを裏切って世創部につくのか、情報を共有していなければ同士討ちの危険がある。せっかく作った手駒をそんな風に無意味に傷つけてどうする？

タリホーが、ついに笑う。

我慢できなくて噴き出すように、けれどなんだか悲しそうに。

「わかりませんか？　ユーリイ。貴方《あなた》にも、わからないことがあるんですか？」

「ああ。わからない。まったく」

「そう。知りたいですか？」

「知りたいよ」

「どれくらい？」

「サンタクロースの正体くらい」

「それってどれくらいですか？」

「つまり、好奇心が純粋だと言いたいんだ。もうプレゼントをもらえなくなってしまってもいいんだよ」

「そう。よくわからない」

「教えてくれるかい？」

「そうね。でも――」

ふいに、タリホーが腰の刀を抜く。その刃がこちらにやってくる。流れるように。

なんだか、理解できないことばかりだ。タリホーは愚かではない。そのはずなのに、彼女はなにか勝ち目があると思っているのだろうか。この状況で、タリホーがこちらに勝利する方法なんか、ユーリイにも思いつきはしないのに。

「まだ、秘密」

ため息のような声で、彼女はそう言う。

刀の刃はもう間近にあった。ユーリイは、その刃になら自身が切り裂かれても良いような気がしていた。けれど身体《からだ》はよく反応する。足は鋭く踏み込み、右手は刀の鍔《つば》の辺りを的確につかみ、左手の拳はタリホーの腹に深く突き刺さる。

――ああ。なんだか、僕はいつも敗北している気がするよ。

ひとつ勝つたびに、ひとつずつ。なにかで負け続けている気がする。勝てば勝つほど失い続けている気がする。本当は僕の血で、彼女の綺麗な顔を汚してみたかったのに。

ゆっくりと倒れるタリホーの身体を、ユーリイはそっと受け止めた。

2

もちろん黒猫《くろねこ》は良いプレイヤーだが、あまりにポイントが違いすぎる。

エデンのエースとして一七万ものポイントを持つキドに対して、黒猫の方は、おそらく五万程度。話にならない。

　倒れた彼女を見下ろして、告げる。

「もう引き下がってくれないか？」

　キドは黒猫と戦ったつもりもなかった。台本に従って、振り付けの通りに下手なダンスを踊った感じだった。キドが黒猫に敗れることはなく、キドの方も黒猫に致命的な一撃を与えるわけにはいかない。純粋に黒猫を殺したくないというのもある。でもどれだけ冷徹に考えたとしても、黒猫を殺すことには不利益しかない。激怒した白猫が戦場で暴れることになるのだから。

　黒猫はおそらく、気を失っている。だから返事をすることもない。

　キドの方もそうとわかっていたから、声をかけた相手は別にいる。

「どうして？　話をしましょうよ、久しぶりに」

　紫。それから、ニック。

　黒猫の増援に現れたのがこのふたりだというのは、なんだか少し意外だった。けれどウォーターの考えみたいなものはよくわかった。キドはエデンのエースとして、多くのポイントを受け取っている。けれど、どれだけのポイントを持っていたとしても、紫やニックと戦えるわけがない。だからウォーターは、ポイントとは無関係にキドをこの場に縛りつけられる人員を選んだのだろう。それは香屋が、たったひとりであの白猫の動きを封じたやり方に似ている。

そう思ったけれど、違うのかもしれない。「香屋に似ている」どころじゃなくて、ここまでみんな本当に、あの小さな少年の思惑通りなのかもしれない。だってそうでなければ、香屋がわざわざ戦場に、藤永《ふじなが》とリャマを連れてきた理由がわからない。

ニック、紫、藤永、リャマ。そして、キド自身。よくこの五人で、あれこれと話し合ったんだ。キネマ倶楽部《くらぶ》が銀縁《ぎんぶち》を失ってすぐのことだ。何度だってケンカをして、心の底から愛し合っていた。

今ここには、キネマの人間しかいない。だからキドはハンドガンをしまう。あらゆる攻撃だとか、敵意みたいなものから自分を切り離す為に。

キドは強張《こわば》っている顔で、どうにか紫に向かって微笑む。

「そうだね、話をしよう。銀縁さんが死んだんだ」

「ええ」

「あれから妙に眠いんだよ。悲しいって感じもしないんだけど、とにかくまいにち、眠いんだ」

「そう。私はまいにち、お腹《なか》が空くよ」

「そっか。いろいろだね」

愛する人が死ぬと、いろんなことが起こる。眠くなったり、お腹が空いたり。皮膚でも肉でも骨でもなく、肉体のもっと本能に近い部分にダメージを受ける。きっとそれが、人が死ぬということなんだろう。

「銀縁さんは、もうちょっと幸せに死なないといけなかったはずなんだよ。死なない方がいいんだけど、それでも死ぬなら。だってオレたちの、家みたいなものを作ってくれた人だろう？　家庭っていうか、家族みたいなものを。ならやっぱり、せめてその家族があれこれ世話を焼きながら、たとえば口元に水を運んだり、手を握ったりしながら死なないといけなかったんじゃないのかな」

そうじゃないと、あの人の架見崎《かみさき》での日々はなんだったんだ。どうして独りきり撃ち殺されなければならないんだ。テスカトリポカ。なんだかふいに、彼女をめちゃくちゃに壊したいような気持ちになった。

けれど紫は首を振る。

「死に方だけが大事なわけじゃないでしょう？」

「そうかな」

「たぶん。わからないけど、どんな風に死のうが、それまでの幸せが消えてなくなるわけじゃないんだと思う」

「銀縁さんは、幸せだったのかな？」

「それはそうでしょう。私たちは、愛し合っていたんだから」

「そっか」

「なのに終わり方だけであの人を可哀想《かわいそう》だって言ってしまったら、それこそあの人が作ったものを蔑《ないがし》ろにしているじゃない？」

「そうだね」

たぶん、紫が言うことは正しいのだろう。

——オレは紫の話に感動することだってできるんだ。

そうキドは考える。本当に、しようと思えば、感動できる。けれど今は、どうにも眠かった。その眠気に気を取られて、上手《うま》く感情が機能しなかった。

紫が言った。

「ねえ。もう一度、キネマ倶楽部を作らない？」

「うん？」

「キネマ倶楽部。私たちのチーム。ウォーターから、貴方を世創部に勧誘するように言われているんだよ。説得の方法は好きにして良いって。だからウォーターから領土をわけてもらって、みんなを集めて、もう一度あのチームを作ろうよ」

「それ、世創部の勧誘になってる？」

「ウォーターは、チームの名前なんかにこだわらないよ。これから貴方と世創部が仲良くやっていけるなら、それでいいはずだよ」

「そう」

これはたぶん、良い話だ。とっても。

ほんの少し前のキドならきっと、大喜びで飛びついただろう。今だって別に、嬉《うれ》しくないわけじゃない。ただいろんなことが面倒なんだ。

「それは良いね」

とキドは答えた。

「いや。なんか違うでしょ」

そう言ったのは、ニックだった。

彼は紫の後ろで、なんだか気まずそうにうつむいて、頭を掻《か》いたりしていた。言葉がみつからないのだろう、「ああ」だとか「うん」だとかつぶやいて、そんな風な彼をみるのはずいぶん珍しい。ニックは、どうにか続ける。

「違うんだよな。そういう感じじゃないんだよ。ねぇ、キドさん。やっぱりなんか、しっくりこなくないですか？」

「そうかな」

「その、寝ぼけた感じが違うんですよ。ほら、オレたちは仲違《なかたが》いして、一時期はドンパチやり合ったりしてたわけじゃないですか。キネマ倶楽部と、トリコロールで」

「うん」

「その溝が、こんな感じで埋まるわけないんだ。人が死んでいるんだから」

「つまり、銀縁さんの不幸で手を取り合うのはおかしいってこと？」

キドがそう尋ねると、ニックはふいに顔を上げて、叫んだ。

「違う。モモとダフロのことですよ」

彼の言葉の意味を理解するのに、少し、ほんの少しだけ時間がかかった。ニックが口にしたふたりは、もともとキネマ倶楽部のメンバーだった。けれど、死んでしまった。ニックが作ったトリコロールというチームとの戦いで。

　叫び声のままニックは続ける。

「だからさ、オレはあんたたちにとって、憎い敵じゃないといけないわけでしょ？　別にもう永遠に敵同士だってわけじゃないにせよ、なんていうのかな。しこりみたいなものが残ってなきゃおかしいでしょ。わかんないかな。オレは、ふたり殺してるんだから」

　そんな風に言われて、困ってしまう。

　たしかにモモとダフロが死んでしまったのは悲しかった。相手がもともとは仲間の、トリコロールだったことがその悲しみに拍車をかけた。けれど、ニックを恨もうという気にはなれない。

「あのころは、ニックも必死で――」

「そんな話じゃない」

　キドの声を遮って、ニックが叫ぶ。

　けれど彼の方も、その否定に続く言葉にはなかなか思い当たらなかったようだ。キドはじっとニックをみつめていた。ニックは無意味に自分の頭に触れ、後頭部の辺りをごしごしと擦《こす》り、こちらを睨んだ。

「キドさん。あんたさ、キネマ倶楽部は家族だとか言いながら、本当は別にどうでもいいんじゃないですか？　大事なのは、銀縁さんだけだったんじゃないですか？」

「違う」

咄嗟に、キドは否定していた。

だって否定しないわけにはいかなかった。ニックの言葉を認めてしまうと、なにか大切なものが壊れてなくなる。大切なもの。それは。

顔をしかめて、ニックがこちらに詰め寄る。

「違わない。あんたはただ、銀縁さんの言う通りにしていただけなんだよ。銀縁さんにとってキネマが大事なものだったから、あんたもそうしていただけなんだ。だからさ、銀縁さんが死んじゃったから、もうキネマもどうでもよくなったんじゃないですか？」

違う。本当に。違う。

けれど上手く否定できなかった。さっき、モモとダフロのことに思い当たるのに少しだけ時間がかかった。そのことに罪の意識を覚えていた。

やめなさいよと紫がニックを叱《しか》る。けれど、本当はたぶんニックが、この場じゃいちばん誠実なんだろう。たしかにニックの言う通りなんだから。ふたつに別れていた元キネマが、もう一度ひとつのキネマに戻ろうっていうときに、内輪もめみたいな戦いの犠牲になったモモとダフロのことを無視して良いはずがないのに、キドは考えもしなかったのだから。

困ってしまって、キドは尋ねる。

「じゃあ、オレはどうしたらいいんだろう？」

ニックは怒り顔で、けれど泣き声みたいに叫ぶ。

「そんな風に間抜けなことを言ってんのが、馬鹿《ばか》みたいだって言ってんですよ」

「ああ。うん。たしかにね」

自分で決めろって話だ、そんなこと。これからどうするのか、なんてこと。

けれどすぐには、答えがでない。ほんの少し前までは、強くなろうと思っていた。守りたい人を守れるだけ。この架見崎で、我儘《わがまま》を通せるだけ。でも銀縁が死んで、そんなことにも興味がなくなった。——本当に？　ニックが言う通り、銀縁が死んでしまったら、キネマ倶楽部でさえ守る価値がないものになったのだろうか？

違うのだ、と今度は落ち着いて考える。キドは今だってキネマ倶楽部を愛している。ニックや紫や藤永や他の全員を、銀縁と同じように。

——ただ、眠たいだけなんだよな。

銀縁が死んで、ストレスかなにかで、まいにち眠い。だから思考が鈍っている。けれどたくさん眠って、はっきり目覚めれば、もう少しなにかが正常になるだろう。今は滲《にじ》んでぼやけている、大切なものへの愛情だとか、未来への願望だとか、納得いかないものへの憎悪だとか。そういうのがもうちょっと、クリアでリアルになるだろう。

——疲れたなら、好きなだけ休めばいい。

と銀縁が言った。詩か歌をそらんじるような口調で。

——でも必ずまた、歩き出せ。その足音と鼓動だけが、このつまらない世界の主題《テーマ》だよ。

だから今は、もう少しだけ休みたい。スーツを着て、映画館で喜劇でも観《み》ながら。

なんてことを考えていると、ふいにニックが手を振った。

ナイフ。飛来する。咄嗟に手の甲で弾《はじ》く。痛い。みると血がにじんでいる。

ずいぶん真面目《まじめ》な顔つきで、ニックが言った。

「ケンカしましょう、キドさん。たぶんオレたちは、そういう手間を飛ばしちゃいけないんだ」

彼の隣で、紫はため息をついていた。

＊

それほど数が多いわけではないけれど、特別珍しいということもなくて、たいていの人がその人生で一度くらいは出会っているような。野球でもサッカーでも、調べてみればひとりくらいは選手がみつかるような、そんな名前をタリホーがささやいた。

おそらく寝言のようなものだったのだろう。タリホーは気を失っていて、けれどそろそろ目覚めようとしていた。その、覚醒《かくせい》しかけの意識がぽろりとつぶやいた名前だったのだと思う。

ユーリイが彼女の顔を覗《のぞ》き込むと、そのまぶたがゆっくりと持ち上がる。

「ここは？」

彼女の口から漏れた声は、ずいぶん掠《かす》れていた。

「さあ、どこかな。その辺りの民家のドアを蹴りあけて入ったんだ」

「あまり優雅ではありませんね」

「うん。でも、運はよかった。質の良いソファーがあった」

リビングの三人掛けのソファーにタリホーを横たわらせて、目覚めるのを待っていた。なにか飲み物でも用意しようかと思ったけれど、電気もガスも通っておらず、湯を沸かすことさえできなかった。まるで母親が急な病で臥《ふ》せってしまって、なにか手助けしたいけれどなにをして良いのかわからない幼い子供のような心境だった。それはユーリイにとってなかなか愉快な状況だ。

ソファーの上で、タリホーが身を起こす。

「ニッケルと、酔京は？」

「対処を終えたよ」

「殺したんですか？」

「酔京はそうした。ニッケルは捕らえた」

ユーリイにとってそれは、難しいことではなかった。香屋歩が白猫を無力化した。それが成功したとき、ユーリイはこの戦場の絶対的な強者になった。敵はいない。

タリホーがチャーミングなため息をつく。

「私は、殺さないんですか？」

「理由がない。なにひとつ」

「貴方を殺そうとしました」

「そんなことが君に殺意を向ける理由にはならない」

「でも、殺してしまった方が効率的でしょう。今後も同じことが起こるかもしれないんだから」

「僕の安全のために、君を殺しておく？」

「はい」

「たかだかその程度の、ちっぽけな利益のために、どうして君が淹《い》れる紅茶を諦めなければならない？」

タリホーは片方の手をソファーにつき、もう片方の手を額に当てた。頭が痛かったのかもしれないし、顔を隠したかったのかもしれない。理由はわからないけれど、ともかくそれで、ユーリイからタリホーの顔をみるのはずいぶん困難になった。

「いつも貴方は、我儘ですね」

「うん。そして君の紅茶と、君自身を愛している」

「嘘。本当は誰も愛していないくせに」

ああ。よく言われる。

ユーリイには人間味がないのだと。感情らしい感情がないのだと。それは、たぶんある程度正しくて、でも本質的ではない。

「違うよ。好きな人は大勢いる。君も、イドも、あのホミニニさえも。僕は人間というものが大好きだよ。僕が愛していないのは、僕だけだ」

「貴方を二度も殺そうとした私を許せるのは、自分に興味がないから？」

「少し違う。君への評価はそれほど低くはないよ。君はただの一度も、僕に勝てるなんて呆《あき》れた夢を抱かなかったはずだ」

タリホーはたしかに、二度ユーリイに刃を向けた。

けれどただ、向けただけだ。結果には繋がらない。こちらまで届きようのない殺意を危機にカウントする必要はない。だからユーリイにとって、タリホーの傍にいることはリスクではない。

「平気でそういうことを言うから、まともな仲間ができないんですよ。極端な自信家で周囲を見下しているくせに自分だけが大嫌いなナルシストなんて矛盾したものに、誰がついていくというんですか」

口早にそう言うタリホーに、ユーリイは奇妙に感心していた。――そうか、僕はナルシストだったのか。言われてみればその通りだという気がするし、これまで誰かにそう言われていても不思議ではないけれど、面と向かって指摘されたのは初めてだ。

そんなことを考えて、思わず笑う。それはユーリイにとっては自然に漏れた、親密な笑みだったけれど、傍目には相手を見下しているように映ることも自覚していた。

「最近は、自分を好きになろうと努力しているよ。上手くいけばずいぶんまともなナルシストになれる」

タリホーはつれない様子で、そうですかと応《こた》えた。

ユーリイは、目を覚ます直前にタリホーがつぶやいた名前のことを尋ねてみようかと悩んでいた。ユーリイも当然、その名前を知っていたのだ。けれどタリホーとの関係がわからない。

――おそらくそこに、謎《なぞ》を解く鍵《かぎ》があるんだろうね。

そうユーリイは考える。不可解なタリホーの裏切り。ウォーターについているわけでもないのに、こちらに刃を向ける理由。

もちろん答えは、「ドミノの指先」を使うだけで明らかになるだろう。タリホー自身にすべてを語らせられるだろう。けれどその方法は、おそらく、選んだ時点で敗北なのだ。必ず勝利し、必ず敗北する。これまでのユーリイのすべてと同じように。だから能力が関わらない対話で答えに辿《たど》り着きたい。

タリホー。君は。――に会ったのか？

そう尋ねようとしたときに、ふいにドアが開いた。

「おいユーリイ。みんなで頑張って殺したり殺されたりしているさなかに、こんなところでなにをしてやがんだよ？」

ホミニニ。検索《サーチ》でこちらをみつけてやってきたのだろう。

ため息をついて、苦笑して、タリホーとの「本題」は後回しにすることを決めて、ユーリイは答える。

「ネクタイが曲がったから、鏡を探しに来たんだ」

「あん？」

「君の方は、ずいぶん先進的なファッションだね」

シャツは袖《そで》が片方取れて、ズボンにも大きな穴が空いている。頭も顔も手足も、満遍なく薄汚れていて、全体的な印象は荒野を旅する大型犬という感じだった。

「ああ。名誉の負傷だよ。大爆発に巻き込まれた」

「なんだか君には、爆発が似合うね」

「褒められたことにしておくよ。――で、ワダコは？」

言葉の後半はタリホーに向けられたものだった。彼女はユーリイへの報告と同じように、ワダコをエデンの衛生部に引き渡したことと、そのときの状況を伝える。ずいぶん弱ってはいるが、命の心配はない。

ホミニニが、こちらを睨む。

「嘘じゃねぇだろうな？」

軽く頷《うなず》いてユーリイは答える。

「もちろん。嘘をつく理由がない」

「じゃあ、ドラゴンが死んだってのは？」

「それも事実だ。残念なことだった。本当に」

答えるとホミニニが、リビングのローテーブルを蹴り上げた。そのテーブルは浮かび、飛んでいき、壁にぶつかって足の一本が折れる。ずいぶんうるさい。

「どうして隠してやがった？」

「君に戦場に出て欲しかった」

「つまんねぇことをしてくれるよ、まったく。ドラゴンが死んだと聞かされれば、オレがへこんで使いものにならなくなるとでも思ったか？」

「そうじゃない。それほどナイーブなら、もう少し扱いやすい。ただ内輪もめを始めるには戦況が不安定だった」

「なら、もういいよな？　世創部をずいぶん追い込んだ」

「いや。まだ。そろそろ白猫が戻ってくる」

「知ったことかよ。オレの好きにさせろ」

「終戦まで待てないかな？」

「馬鹿にすんなよ。まともに状況がみえているなら、待つって選択はあり得ねぇ」

うん。まあ、そうだ。

もしもユーリイがホミニニでも、同じように考える。死を許せない誰かが死んだなら、できる限り迅速に問題の解決を目指す。

「手伝えよ、ユーリイ。パンを使って、ドラゴンを取り戻す。強引にでもあのイカれた前髪女に話を呑《の》ませる」

当たり前だ。ホミニニの選択肢は、それしかない。

パンは今、エデンの領土にいる。けれど終戦を待つのは不安だ。この戦いではエデン側の人員がぽろぽろと世創部に寝返っている。パンもそうなってもおかしくない。というか彼女は、ずいぶん高い確率で裏切りを疑われる立場だ。パンがトップだったPORTを、ユーリイとホミニニで殴り倒して奪い取ったのだから。架見崎で唯一、死者を生き返らせる能力を持つパンを使いたいのなら、急げるだけ急いだ方が良い。

「でもね、ホミニニ。僕はわりに忙しいんだよ。戦場に戻った白猫を抑え込めるのは、まあ僕くらいだろう。エデンの奥に引っ込んでパンとお茶会をしている余裕はない」

「お前はそれほど、この戦いに積極的ってわけでもないだろ」

「優先順位の問題だ」

「ドラゴンよりなにを優先する？」

「彼は君の友達だろう？　僕の友達じゃない」

ち、と舌打ちの音が聞こえた。

けれどホミニニも単純な馬鹿ではない。言い争いをしてもなにも得られないことはわかっている。

「ともかくオレはこの戦いを抜けるぜ。パンの身柄の確保を優先する。だが、終戦のあとでいい。もしあいつが首を縦に振らなかったときには、お前の能力で強引に」

「オーケイ。それは約束しよう」

不機嫌そうに、「ありがとよ」と言い残してホミニニがこちらに背を向ける。その背中に向かって、ユーリイは告げる。

「ところでひとつ、懸念事項がある」

うめくような声を上げて、ホミニニが顔だけをこちらに向ける。

ユーリイは続けた。

「ウォーターの現在地を見失った。注意した方が良いよ」

「そいつは、どういう意味だ？」

「勝利の女神が手にした天秤《てんびん》はまだどちらに傾くのかを決めかねている、という意味だろう。たぶんね」

今回の戦いは、現状エデンが優位に進めている。香屋歩の宣言通りすべての戦場でこちらが勝利していると言える。あちらは負けて逃げての繰り返しだ。

けれど、まだわからない。この戦いには、未《いま》だ放置されている焦点がある。

ホミニニはもうなにも言わず、リビングから退室する。

タリホーが言った。

「貴方は？　これから、どうするんですか？」

「そうだね。できれば、君が淹れた紅茶を飲みたい」

それは素直な本心だったのに、タリホーはなにかずいぶん趣味の悪い冗談を聞いたように、顔をしかめてみせた。

＊

ユーリイが戦場に現れた。

白猫が香屋によって無力化された直後の、最悪といえるタイミングで。

その判断力は賞賛に値する。やっぱり、香屋とユーリイが手を組むのは怖《おそ》ろしい。ほとんど勝ち目なんてないんじゃないかという気がする。

けれど一方で、あの王様がエデンの領土を離れたことは、トーマにとってこの上ないチャンスでもあった。

「けっきょく、貴女《あなた》はこの戦いで、なにを目指しているの？」

と向かいに座ったテスカトリポカが言った。

エデン――元PORTを象徴する、リッチなホテルの一室だ。

微笑んでトーマは答える。

「オレなりの勝利を」

「つまり？」

「仲間集めだよ。この戦いが終わったとき、世創部の戦力がエデン、平穏を合わせたものよりも上になっていたなら、オレの勝ち。だからエデンまで切り札をもらいに来た」

「そう。上手くいきそう？」

「君次第で」

テスカトリポカが、この戦いの焦点にいる。だからユーリイがここを離れた隙《すき》に、「イカサマ」を使って飛んできた。テスカトリポカがこちらをどう扱うのか、その一点がギャンブルだった。すぐにユーリイに連絡を入れたならトーマの負け。行きと帰りの二回ぶん、「イカサマ」の使用回数を無駄にするだけだ。一方で、検索《サーチ》の結果をごまかしてこちらと対話してもらえるならトーマの勝ち。ここまで一方的にしてやられている戦況を、ひと息に巻き返すことだってできる。

このギャンブルには、勝てると思っていた。トーマがイメージするテスカトリポカは情報に対して貪欲《どんよく》な人だ。彼女は、聞ける話はすべて聞く。閲覧できるものはすべて閲覧する。集められるだけ情報を集めて、なにもかもを天秤に載せて、それから最良のひとつを選ばなければ気が済まない。だからテスカトリポカは、内心ではすでにユーリイにつくと決めていたとしても、対抗するチームのトップ――トーマからの交渉の申し込みを無視できない。

それはおそらく、テスカトリポカの弱点なのだろう。素敵なバッグを探していたとして、一軒目で理想通りのそれがみつかってもまだ買えない。時間いっぱい店を回る。最後に一軒目に戻ったときには、もう理想のバッグが売り切れているかもしれないのに。

それで？　とテスカトリポカが言った。

「私が仲間になれば、貴女はなにをしてくれるの？」

トーマはチームメイトの大半と、同じ約束をしている。

「オレが架見崎で勝利すれば、君の欲しいものをなんでもひとつ」

「まるで運営みたいね」

「うん。運営が約束している、架見崎の勝者への報酬と同じものを、オレは約束する」

「でもただの口約束でしょう？　なかなか、信用できるものじゃないけれど」

「なら信じられるかどうか、これから決めれば良い。そのいちばんの方法はオレのチームに入ることだよ。間近でオレをみていられる」

「そんな話で、これまで仲間を集めてきたの？」

「半分くらいは」

トーマは少なくとも、嘘をついているわけではなかった。

架見崎の勝者への報酬。なんでも好きなものをひとつ。それはたしかに存在する。言い方を変えるなら、「アポリアの使用権」ということになる。この世界を思いのままに作り替えられるのだから、本当になんでもできる。チームメイト全員の願いが叶《かな》った世界を作ることだって。問題はその世界がいずれは消えてしまうことだけど、でも架見崎の住民――自覚のないＡＩたちが「充分に満足した」と感じてその生涯を終えるところまでは演算できるはずだ。だってデータを操作して、彼らに「自分は充分に満足したのだ」と信じさせれば良いだけなんだから。

――悲しいね。

と考えて、トーマはほほ笑む。たぶん傍目には、ずいぶんシニカルに。

その表情を、どんな意味で受け取ったのだろう、テスカトリポカは少し不機嫌そうに言った。

「そう。でも、つまらない」

「どうして？」

「だって私が望むものなんて、たいしたものじゃないもの。仕事のあとのビールとか、それに合う枝豆とか、ちょっと高い缶詰とか」

「ああ。そういうのが好きなんだね」

なんだかテスカトリポカのイメージとは違う。

「私が、なにを欲しがると思っていたの？」

「なんだろう。大きなダイヤの指輪とか？」

「そんなの邪魔になるだけじゃない。まあ、海にでも投げ込むと気持ちよさそうではあるけれど」

「海？」

「興奮しない？　みんなが憧《あこが》れるダイヤモンドを、もう二度とだれの目にも触れないところに捨ててしまう」

「やっぱり君は病的だね」

「自覚がないわけじゃないけれど、そんなこと言う？　勧誘している相手に」

テスカトリポカの望みはたぶん、本当にささやかなものなんだろう。仕事のあとのビールと枝豆くらいで満足してしまえる人なんだろう。その代わりに、なにか絶対的で大きなものが壊れたり、希少で高価なものが消えてなくなったりすることに快感を覚える。多くの人が獲得したいと思っているものを、テスカトリポカは喪失したい。これは、無欲なのだろうか、強欲なのだろうか。

トーマは今度は注意して、親密にみえるように微笑む。

「でも、よく考えてみてよ。もしかしたら本当は、ひとつくらい欲しいものがあるかもしれないでしょ」

「わざわざ考えないと思いつかない『欲しいもの』に価値なんてある？」

「わかんないけど、意外と自分の望みっていうのは、じっくり考えないとわからないものじゃないかな」

「ならそんなの、気がつかないままの方が気楽じゃない。へんに欲しいものがあると疲れちゃうでしょう」

「疲れるの、嫌いなの？」

「そうでもないけど」

なかなか話が嚙《か》み合わない。テスカトリポカはあまりこちらに興味がないのだと感じる。彼女の目に魅力的に映るほどに――つまり「壊したい」と感じるほどに、トーマは強くないのだろう。今は、まだ。

まあいいさ、とトーマは内心でつぶやく。テスカトリポカは、手に入るならぜひ欲しいけれど、世創部に必須《ひっす》というわけではない。彼女がこの戦いの焦点にいたことはたしかだけれど、もうすでにその役割もほぼ終えた。トーマがある程度エデンで自由に動き回る許可さえもらえれば、あとは勝手に話を進めるだけだ。

トーマはテーブルのサンドウィッチを口に運ぶ。香屋のために用意されたけれど、手をつけなかったものだと聞いている。美味《おい》しいのにもったいない。

そうしているとやがて部屋のドアが開いた。

前髪が長いせいだろうか、表情が重たくみえる女性が入室する。

パン。彼女は言った。

「そろそろはじめましょう。邪魔者がやってくる」

「邪魔者？」

「ホミニニ」

「ああ」

ドラゴンが命を落としたから、その再生のためにパンを使おうとする。それはとっても自然な流れだ。

トーマはソファーから立ち上がる。

「準備は万端？」

「これだけはね。ユーリイはずいぶん、しつこかったけれど」

パンが、一台の端末を掲げてみせる。月生《げっしょう》の端末。

トーマはユーリイがエデンを離れるのを待っていた。戦場で多少押されても、たった一枚の切り札を獲得できればこの戦いは勝ちなのだと思っていた。その切り札をもらうために、エデンまでやってきた。

架見崎で最強のプレイヤー、月生。そして、その中にいるヘビ。ウロボロスと名づけられた、カエルを追いやってアポリアの運営権を握るための仮想人格。

いこう、とつぶやいて、トーマは歩き出す。

ほかでは多少、負けてもいい。あんなに優秀なテスカトリポカだって諦《あきら》められる。紫との約束があるから、キドはぜひ手に入れたいけれど、それも今日でなくてもいい。極論、あの人が無事ならそれでいい。

大事なのはヘビだ。ヘビを手に入れるという一点では、誰にも——香屋歩にも決して負けるわけにはいかない。

3

なんにもない戦いだなと、ニックは思う。

キドに勝てるわけがない。もう、初めから、敗北は目にみえている。それはキドの努力だとか、才能だとかではなくて。ニックの怠慢だとか、凡庸さだとかでもなくて。エデンはキドをエースプレイヤーとして扱い多くのポイントを与えた。けれど世創部においてその役割を担《にな》ったのは白猫だった。ニックではなかった。結果、ニックとキドには何倍ものポイント差が生まれ、戦いにもならない。

だいたい戦う理由もない。放っておけば紫とキドのあいだで、なにかしら話がまとまったのだろう。生温《なまぬる》く、つまらない、平和的な解決。だから勝ち目のない戦いをキドに吹っ掛けるなんていうのは、誰の利益にもなりはしない。世創部の利益にも、紫の利益にも、たぶんニック自身の利益にも。

モモとダフロの名前を出したのは本心だった。本当に、あのふたりのことがなかったようにまたキドと手を取り合うというのはあり得なかった。ニック自身がトリコロールというチームを作り、ニック自身がキネマ倶楽部にケンカを売って、そして奪ったふたりの命だ。その罪をニックは背負っている。今だってよく、あのふたりを思い出す。ちょっと嬉《うれ》しいことがあったときなんかに、そのささやかな喜びを台無しにするための映像が脳にこびりついている。

けれどニックは、罰されたいわけではなかった。後悔しているというのとも違うような気がした。ただ苛立《いらだ》たしいんだ。なにが？　なにかが。

――キドさん。あんたも、本当は同じなんじゃないのか？

どうしようもない、わけのわからない苛立ちに、いつだって苦しんでいるんじゃないのか。オレたちがなにをした？　そう言ってやりたいんじゃないのか。そりゃ、本当はいろんなことをしたさ。弱くて、愚かで、不格好にやってきた。でもそれは許されないことなのか。こんな風に、苛立って、憂鬱《ゆううつ》であり続けなきゃいけないことなのか。

手にしていたナイフを、まっすぐにキドに投げる。当たるわけがない。その通りだ。キドは手の甲でそれを弾く。馬鹿だなぁ。簡単に避けることだってできるはずなのに。キドがどれだけ強くても、射撃《シュート》だとかその他《オリジナル》だとかにポイントを割いているし、強化《ブースト》に限っても速度なんかの割合がずいぶん高くて、肉体自体は特別に屈強ってわけでもない。だからあの人の手から血が流れる。

ナイフのあとを追って、ニックは走る。間近に彼の、困った風な顔がある。

――オレたちはもっと、自由になれたはずなんだ。

なんだろう、ルールみたいなものから。この架見崎を覆《おお》う、よくわからない空気みたいなものから。けれどいつも不自由だった。キネマ倶楽部が銀縁を失ったときからずっと変わらない。まいにちが、つまらないんだ。

――一緒だろ？　キドさん。

だからずいぶん強くなったのに、まだそんなに不機嫌そうなんだろ。

もしヒーローがいるのなら、オレとこの人の憂鬱を、まとめてぶん殴ってくれないか。ねっとりとした世界の皮みたいなものをはぎ取って、直《じか》に風だとか、陽の光だとかに触れさせてくれないか。ああ。もしヒーローがいるのなら、オレは別に悪役だっていいんだ。オレの世界を救ってくれるなら、オレなんかいなくなってもかまわないんだ。

――だから、キドさん。それじゃだめだろ。

本当はなんにも納得していないのに、ない知恵絞って空気を読んで、なんとなく納得した気になって生きていたって、いつまでもなんにも変わらないだろ。

ニックはキドの胸をめがけてナイフを突き出す。キドは半身になってそのナイフを躱《かわ》し、ニックの腹に拳《こぶし》を突き立てる。ああ。最低だ。まったく無意味な戦いで、射撃手《シューター》に殴られて倒れるなんて。

指先に力が入らない。なんの感触もないままナイフが落ちた。

その刃が光を弾いて輝くけれど、別に美しいとも感じなかった。

＊

眠気はもう消えていた。

キドは倒れたニックを見下ろす。彼をどう扱えばよいのかわからなくて。なんだろう、そこに倒れているのはひどく神聖な、なんの穢《けが》れもない幼い子供のようなものなんじゃないかという気がして。

「わけわかんない」

と紫がつぶやいた。彼女は続ける。

「勝手に暴走して、勝手に倒れて。いったい、なんの意味があるの？」

けれど、意味はあるんだ。

なんらかの。たしかな。言葉にならない意味。それは鼓動みたいな。

「たぶんニックは、オレを殺したかったんだろうね」

　彼のナイフには本物の殺意があった。――なんて表現すると、ずいぶん馬鹿げている。キドにだって「殺意」なんてものがなんなのか、わかっていないのだから。けれど、ちゃんと怖かった。不思議と、あの白猫と向き合っていたときより、ニックのナイフの方に死への恐怖を感じた。

「最悪。どうして――」

　紫の言葉を、キドは遮る。

「優しいんだ。ニックは」

「どういうこと？」

「たぶんニックだけが、ちゃんとスーツを着て喜劇をみているんだ。チャップリンも喜劇を演じるときは、スーツを着ていたって話なんだ」

「もっとわけがわかんない」

　うん。わからないだろう。誰にも。ニックに話しても、「なに言ってるんですか？」みたいな冷めた返事をするだろう。

　けれど、これまで黙り込んでいたひとりが口を開く。

「つまりキドさんの馬鹿げた感情みたいなものに、ニックだけは正装をして参加したってことでしょ。他人事《ひとごと》じゃなくて」

　リャマ。彼は検索士《サーチャー》として高いポイントを持っているわけではないが、キドが知る限り、唯一《ゆいいつ》銀縁から専門的に検索《サーチ》の技術を学んだ。純粋に銀縁と共に過ごした時間だけでいえば、キネマ倶楽部の中でも彼がいちばんだった。

紫が怒り顔でリャマに詰め寄る。

「私は他人事だってこと？」

「そうじゃないけど、やっぱ距離はありますよ。紫さんはだって、頭で考えて答えを出すタイプでしょ」

「ほかにどうしろっていうの？」

「別にそのまんまでいいんだけど、でもやっぱずれるときはずれますよ。めっちゃ悪い犯罪者がいたとするでしょ？　ぶん殴ってやりたかったとするでしょ？　それで、本当にぶん殴るのと警察に通報するのじゃ、すかっとの種類が違うじゃないっすか」

うぅん？　と紫がつぶやいた。

「でもそれは、警察に通報するしかないでしょ？」

「そうなんだけど、いつもそっちを選ぶのになれちゃったら、それはそれで不便じゃないですか」

「どんなときに？」

「わかんないけど、自分で考えてくださいよ。なんか納得できるのを」

「貴方《あなた》は検索士《サーチャー》のくせに話が大雑把なのよ」

「今してる話は検索《サーチ》関係ないでしょ。夜中に勢いでＳＮＳに投稿して、仲間内で義務的にいいねもらってなんか死にたくなる種類のやつですよ」

　明らかに話が迷走している。その迷走は、なんだかちっとも戦場らしくなくて、以前のキネマ倶楽部の雰囲気に似ている。逃げろ、生き延びろ。その言葉だけを信じていればよかったころのキネマに。

　こんな風に話が横道に逸《そ》れると、軌道修正するのは藤永の役割だった。

「ともかく話をまとめましょう。キドさん。紫の提案、どうお考えですか？」

　キネマのメンバーみんなが世創部へいき、そこで新しいキネマ倶楽部を作る。実体は世創部の部隊のひとつという感じだろうけれど、悪くない。というかとても良い。でも。

「そんなのオレには決められないよ。リーダーの意見を聞かなきゃ」

「リーダー？」

「キネマのリーダーは、香屋くんでしょ。チームがあろうがなかろうが」

　キネマのすべてを彼に譲って、キドたちはエデンに合流した。その歴史というか、現状の成り立ちみたいなものを無視するわけにはいかない。

　けれど藤永は首を振る。

「私たちが――いいえ。私が聞きたいのは、貴方の考えです」

「そっか」

　なら答えは決まっている。

　あの眠たい頭のままなら、ふらふらと紫の言うことを聞いていた気がする。けれどニックのおかげですっきりした。

「じゃあオレはエデンを選ぶ」

そう告げると、大きな声で紫が叫ぶ。

「どうして?」

「強くなりたいから」

エデンはキドに多くのポイントを預けたが、世創部ではそうではないだろう。だってあのチームには白猫がいる。どう考えても、キドより白猫にポイントを集めた方が有利に戦いを進められる。

「強くなって、どうするの?」

と紫が言った。

「別に、どうもしないけど」

でも、前に決めたんだ。架見崎の誰よりも強くなってみよう、と。そうすればたぶん、いろんな悩みがなくなる。誰かを守れるようになりたいっていうのもまた違って、たぶんキド自身の感情を守れる。

「馬鹿みたい」

つぶやいた紫に、キドは笑う。

「うん。でも、反対でもいいんじゃないかな」

「反対?」

「君とニックがエデンにくればいい」

別にエデンが安全だというわけでもない。どちらかというと、リーダーとしてはウォーターの方が優しいんだろうなという気もする。けれど、やっぱりキネマのメンバーが別々のチームにいるのはへんな気がする。

紫は不機嫌そうに顔をしかめて、「考えさせて」と答えた。

そのすぐあとで、リャマが言う。

「ところで、これは検索士《サーチャー》の仕事で、つまりオレのミスなんですが」

「うん？」

「黒猫が消えました」

そういえば彼女を放置していたことを、キドはすっかり忘れていた。

＊

唐突な大ピンチだ。黒猫が、パラミシワールドにやってきた。

――なにやってんだよ、キドさん。

と香屋は内心でつぶやく。白猫と違って黒猫は真面目だから、チームの名前なんかにこだわって殺されてしまうかもしれない。というか、すでに手早く頭を押さえつけられて、テーブルで鼻が潰《つぶ》れている。息がしづらくて苦しい。

「問題は？」

と黒猫が尋ねた。

「紅茶とスコーンを注文したんだ。けれどお金を持っていない」

と白猫が答えた。

それに黒猫が顔をしかめてみせる。

「では食い逃げしましょうか。現実じゃあ気が引けますが、物語ならではの楽しみです」

黒猫がやってきたのは、少し意外だった。

白猫さえいなくなれば、世創部にキドより強いプレイヤーはいないはずだ。トーマがキドを攻略するとして、もっともコストが低いのは元キネマのふたり――ニックと紫を使うこと。あのふたりに勧誘されたなら、ふらふらとキドはあちらについていってしまうかもしれない。けれどキドは根が真面目だから、おそらく交渉のテーブルに香屋の命を載せるはずだ。よって香屋はとりあえず安全、という見通しだったけれど。

――たぶんどっかで読み違えてるよな、これ。

まあそれは仕方がない。今回は、危ないところをみんな潰す、みたいな思考で作戦をたてていない。怯《おび》えながらではあるけれど、早く速く前に進むことを選んだ。理由は要するに、ごちゃごちゃと考え込んで足を止めている方が怖いから。

黒猫に頭を押さえつけられたまま、もごもごと香屋は言う。

「ちょうど、そろそろタイムリミットです。一三時三〇分に、いったんパラミシワールドが解除される予定になっています」

でないと香屋も、この世界から出られない。白猫も我慢の限界だろうから、あんまり粘っても仕方がない。

ようやく黒猫が、頭から手を離した。と、思ったら今度は胸倉をつかまれた。

「そうか。その前に、お前だけでも殺しておこうか」

「やめてください」

助けて、とつぶやいて、香屋は白猫に目を向ける。

彼女は言った。

「殺すのはあとにしよう。これから、そいつと約束がある」

香屋は白猫を勧誘するつもりだった。世創部を裏切って、仲間になってください、と。けれど初めから、パラミシワールドの中にいた二五分間で、すっきり白猫がこちらについてくれるなんて考えていない。段階を踏む必要がある。白猫の興味を少しずつ引き続けて、こちらの陣地まで誘導しなければならない。そのヒントは知っていた。

彼女はひどく、強い人間を好む。表情が淡々としているからわかりづらいけれど、強く美しい人をみることが、白猫の行動原理になっている。

だから、誘い文句には迷わなかった。

「そんなやつと、いったいどんな約束をしたんですか？」

不機嫌そうな黒猫に、白猫が答える。

「なかなか素敵だったぞ。私よりも強い人間に会わせてくれるらしい」

彼女の言葉を、香屋は訂正する。

「違います。僕はこう言ったんです。――架見崎で唯一、能力なしの戦いでも白猫さんより強い相手を見に行きませんか」

胸倉をつかんだまま、黒猫がこちらをにらむ。

「馬鹿らしい。いるわけがない」

「いいえ。絶対じゃないけれど、可能性はあります」

しかもその可能性は、意外に高い。

ヘビ――ウロボロス。

それは冬間誠《とうまこと》を再現したAIだという。そこだけを切り取れば、白猫より強いとは思えない。能力なしなら一般的な成人男性くらいの強さだろう。けれど、別の見方もできる。運営と同じ次元にいる存在――アポリアの使用者。そちらの視点からヘビの強さを予想すれば、当然、白猫を上回る。だって白猫もまたアポリアによって演算された存在に過ぎないんだから。コンピュータゲームでどれほど強いキャラクターでも、制作者が正規のルールの外からデータを操った敵には勝てるはずがない。

黒猫が突き飛ばすように手を離し、香屋はその場に座り込む。

彼女は白猫に向かって言った。

「やめてくださいよ。なんだか危ない感じがする」

「うん。危ない感じがする。だから私は、そいつに会っておいた方が良い」

「どうして？」

「会えば、どの程度強いのかわかる。知っていれば備えられる」

その言葉というよりも、なんだか楽しげな白猫の表情で、説得は無理だと悟ったのだろう。黒猫が小さな舌打ちを漏らした。

「なら私も行きます」

「止《や》めた方がいい」

そう答えたのは、香屋だった。こんなことを言うと黒猫の怒りを買うかもしれない。それはずいぶん怖いことだけど、放っておくよりはまだました。

「もしも、万が一戦うことになれば、黒猫さんでは死んでしまうかもしれないから止めた方がいい」

こちらを睨《にら》む黒猫の目は、やはり怖い。

けれど、本当に黒猫が死んでしまえば、白猫を制御できなくなる。なら睨まれるくらいかまわない。

「さあ、時間です。白猫さん。新しい『架見崎の最強』をみにいきましょう」

ヘビ。――ウロボロス。

トーマはおそらく、この戦いの焦点を、それに合わせているはずだ。

第五話　敗戦処理を始めよう

1

撫切《なでぎり》は最近、架見崎《かみさき》での自分の「歴史」を、ずいぶん薄っぺらに感じている。後悔はない――漠然とした不満のようなものはあるが、「あのとき選択を間違えたのだ」という明確な後悔には思い当たらない。それはつまり、常にゆるやかに間違い続けてきたということなのだろう。なんとなく「まだいける」と思っているうちに夏休みの宿題が到底終わらないスケジュールになっているように。

ずいぶん長いあいだ、撫切はエデンというチームのナンバー2の立場にいた。リーダーであるコロンを支え、戦場では自身が指揮を執る。その立場に不満はなかった。撫切はコロンというリーダーに対して、チーム内でもずいぶん肯定的だった。彼女は一部の怪物のようなプレイヤーに比べればか弱く、取り立てて聡明《そうめい》だとも言えない。けれどコロンは価値観を架見崎に狂わされていなかった。戦うことの愚かさを忘れず、殺し合うことの悲劇を自覚し、それでも自らの役割を放り出さなかった。

なのに今はもうそうではない。コロンはポイントの大半を放棄し、現在のエデン――それはもちろんコロンや撫切のエデンではなく、ユーリイとホミニが支配するPORTが名を変えただけのチームだ――の市民になることを決めた。本来のエデンのメンバーの多くは彼女と同じ道を選び、それで、戦いもなくエデンというチームは消滅した。いつ溶けたのかもわからない雪だるまのようにあのチームは死んだ。

――私に後悔があるのなら、それはコロンに敗北を選ばせたことだ。

彼女は取り立てて力がないまま、それでもひとつのチームのトップに立っていたことが優れていたのに。大手のチームにどれだけ頭を下げようが、最後の最後、自分たちの命の手綱を放さなかった点が聡明だったのに。彼女はなにかを諦《あきら》めて、その大切なものを――自らの運命に責任を持つ、自由の本質のようなものを放棄した。チームリーダーにそれを選ばせたことが、撫切の後悔だ。

ユーリイは撫切にも、コロンにしたものと同じ質問を繰り返した。あのときの彼は、勝ち誇っているようでも、こちらを馬鹿《ばか》にするようでもなかった。つまらなそうでさえなかった。ファストフード店のカウンターで「ご注文はお決まりですか？」と尋ねられるように、にこやかに彼は「君も市民になりたいかい？」と言った。

撫切は手元にポイントを残すことを選んだ。それはおそらく、自殺に似ていた。希望だとか、思惑だとかがあったわけではなくて、戦場で無意味に死ぬ自分を望んでいたように思う。今、それは叶《かな》おうとしているのか。まったくそんなこともないのか。上《う》手《ま》く判断がつかない。

今回の戦いで撫切に与えられた役目は、ある男の監視だった。

月生《げっしょう》。かつて絶対的な最強だった男。ずいぶんポイントを落としたとはいえ、今でも一七万ものポイントを持つ。うち六〇〇〇ほどが検索《サーチ》で、残りは強化《ブースト》。今もまだ彼に勝てるプレイヤーはまずいないだろう。白猫《しろねこ》が同じくらいのポイントを与えられていたなら、彼女の方が上かもしれない。ユーリイだってきっと、今の月生となら互角にやり合えるくらいの力は持っている。けれど対抗馬はそのふたりくらいの、架見崎の最強の一角。

撫切はつまらないパイプ椅子《いす》に座り、その男を眺めていた。

旧PORTの中心の、ホテルの地下の無意味に広い駐車場だ。

架見崎のどこからみつけてきたのか、あるいはなんらかの能力で作ったのかわからないけれど、一辺が五メートルほどの檻《おり》の中に入っている。思えば、檻に入った人間をみるのは初めてのことかもしれない。月生の手足は縛られていないが、端末を奪っているため、能力は使えない。つまり、ただの人間と変わらない。

撫切にはこんな状況が生まれた背景を、どうにも理解できなかった。普通、敵チームに捕らえられた人間がそのままのポイントを持って生きているなんてことはない。脅して、奪い取る。ポイントを差し出さなければ殺す。なぜ、そうなっていない？

このPORTが名前を変えたチームは、利害関係が複雑だ。今回の世界平和創造部戦では平穏と共闘しているため、あちらからなんらかの要請があったのかもしれない。あるいはユーリィに対抗する、エデン内の勢力の思惑なのかもしれない。月生を捕らえたのはパンらしく、彼女がすんなりユーリィの下につくというのも考えづらかった。

ぼんやり月生を眺めていると、ふいに、隣から声をかけられる。

「人生相談でもするかい？」

撫切と同じく月生の見張りを命じられた男、馬淵《まぶち》。彼は八月ばかりの架見崎でトレンチコートを着続ける変人だが、このうす暗い地下駐車場には似合う気がした。馬淵が気安い様子で続ける。

「ほら、ラジオなんかでたまにやっているだろう？　他人の悩み事を聞き出して、あれこれと無責任なことを言うやつだよ。ああいうの、わりと好きなんだ」

撫切は彼の方に、目も向けなかった。

「君に相談することなんてないよ」

「そうか。じゃあ、オレの相談に乗ってくれよ」

「興味がないな」

「昔観た映画のタイトルを思い出せないんだ。主人公は小賢《こざか》しいガキで、間抜けな強盗の人質になるんだが、その強盗を上手くやり込めて手玉に取るって物語だ」

撫切はため息をついてみせる。

「それが、人生相談か？」

「ああ。オレの人生だ。なにに悩もうがオレの自由だろう？」

「なんにせよ、知らないよ。そんな映画は」

「そうかい。残念だ。実のところけっこう大勢に同じ質問をしているんだが、誰からも正解を聞けやしない」

「記憶違いじゃないのか？」

「かもな。もともと、別にその映画に興味があるってわけでもなかったんだよ。最初はなんとなく、ふと思い出して話してみただけなんだ。すごく暇な夜に、酒を飲んでいたときに。でもその場の誰も答えを知らなかった。するとだんだん、気になりはじめた。ことあるごとに同じ質問をしているうちに、なんだか本当に気になってきた――というか、質問自体に愛着が湧《わ》いてね」

「よく喋《しゃべ》るな」

「ああ、もう少し聞いてくれ。悩みってのは、もしかしたら死ぬ直前、オレが考えているのはこのタイトルもわからない映画のことなんじゃないかってのが根っこなんだよ。もしもオレが未練を持った幽霊になるなら、暗い夜道の電柱の下に立ってとくに興味もない映画の質問ばっかりしてるんじゃないかって気がするんだ。それはずいぶん間抜けだろう？」

「さあ。私は幽霊を信じないよ。そういった能力を持っているのでもなければ」

「そこはあくまでたとえ話だ。本当は興味がないものに、惰性だけの愛着で死ぬまで囚《とら》われてるんじゃないかって話だ」

「知ったことじゃない。君の悩みも、君の死に方も」

「考えてみればこれは、オレの人生のテーマみたいなものでもあるんだよ。二四歳で結婚したんだ。高校生のころから付き合っている相手だったよ。それから架見崎にやってくるまで、まいにちふたりで暮らした。でもオレはそのころも悩んでいたね。相手のことは嫌いじゃないが、こいつは惰性だけの愛情じゃないか？」

「どうすれば君は黙るんだ」

「じゃあ賭《か》けでもしようか？」

賭け、と思わず反復して、撫切は馬淵の方に目を向ける。

彼はトレンチコートのポケットから、黒い革の手帖《てちょう》を取り出した。それを開き、挟まっていたペンを手に取る。

「いま、このペンは先が出ていない。反対側をノックすればペン先が出てくる、ありきたりな安物だよ。オレはこいつを宙に投げる。くるりと回りながらこいつが落ちてくる。ペン先はだいたい引っ込んだままだが、たまに上手く頭から落ちれば飛び出すこともある。どちらに賭けるかはお前が決めて良い」

馬鹿げている。

けれど、さっさとこの男を黙らせたかった。

「どっちにする？」

そう言って馬淵はペンを投げる。

撫切は、必勝の能力を持っている。「スリーセブンの予言者」と名づけられたそれは、左目に三秒間だけ「未来の自分がみているもの」を映す。その未来は、七秒後、七分後、七時間後からランダムに選ばれる。

なぜこんなことに、と内心で舌打ちしながら、その能力を使った。七分後や七時間後を引いたなら、ペンそのものを確認するのは困難だろうが、間接的に結果を知ることはできる。自分自身にルールを課せば良いのだ。たとえば七分後と七時間後、ペン先が出ていたなら自分の左手を、出ていなければ右手をみる、という風に決めておけば良い。

けれど、撫切は口を開けなかった。

撫切は「スリーセブンの予言者」で七分後を引いた。そして、七分後、撫切はなにもみていなかった。視界を奪われている。そうでなければ、死んでいる。

「ちなみに」

急速に熱を失った声で、馬淵が言う。

「さっきの映画の話をお前にするのは、もう三度目だ」

かちん、と音をたてて、ペンが落ちた。

馬淵の方から、ぱん、と音が聞こえた。

撫切はその音に驚いて彼の方に目を向けながら、違和感を覚えていた。

じっと檻の中の月生をみつめていたはずなのに、視線が床に落ちていたように思う。これまで黙り込んでいた馬淵が唐突に音を立てたせいですぐに目を動かしたからよくわからないが、なんだか視界がぶれたような。眠くもないのに、睡魔に負けて一瞬首が下を向いたような、気持ちの悪い感覚。

馬淵はその手に、黒い革の手帖を持っていた。先ほどの音は、それを勢いよく閉じたときのもののようだった。

彼はパイプ椅子から立ち上がり、身を屈《かが》める。みると床にペンが落ちている。ノック式のそれを拾い上げ、出ていたペン先をしまってから手帖に挟み込む。

それから彼は、こちらを向いた。

「行くぞ」

「うん？」

「気まぐれな善行だよ。助けてやる」

まったく、わけがわからない。けれど撫切が口を開く前に、音が聞こえた。

足音――ホテルへと続くエレベーターがある方だ。馬淵が続ける。

「オレたちの役割は警報機だ。ここで異常が起きたとき、真っ先に死んでそれを知らせるのが仕事だ。そしてその警報はもう鳴った。なら本当に死んでやる必要はない」

足音の反対――地上からの車の侵入経路の方に馬淵は歩き出す。その後を追いながら撫切は尋ねる。

「待て。意味がわからない」

「わからなくていいだろ。お前、スマートフォンの構造を全部理解するまで電源も入れないのか？」

「話を――」

逸《そ》らすな、とまでは言えなかった。

地上へと続く坂の上。暴力的に眩《まぶ》しい、八月の架見崎の光を背にして、ひとりが立っていた。

「なんだ、しょんべんか？」

ホミニニ。どうして、ここに。

平気な様子で馬淵が答える。

「ああ。少し持ち場を代わってくれ」

「代わりはしないが、奪ってやる」

「なにを？」

「月生。ちょうどいいよ、あいつもオレの仇《かたき》のひとりだ」

「そうかい。まあ、頑張って」

軽くそう言い残し、馬淵がホミニニとすれ違う。

撫切は「スリーセブンの予言者」を使用する。あまりにわけがわからなくて、少しでも情報が欲しくて。

今回は七時間後を引いた。そして、その未来に本能的な恐怖を覚えて、先を行くトレンチコートの背を追う。

走りながら叫んだ。

「ホミニニ。お前、死ぬぞ」

なにが起こるのかわからない。けれど七時間後の撫切は、彼が死んだことを知っている。撫切自身の字でそう書いたノートを見つめている。

首だけで振り返ると、そのずんぐりとした男は、こちらに背を向けたまま軽く片手を挙げた。

2

ホミニニは派手な登場を好む。

注意を引いて仲間に多少の自由を与えるとか、威圧して相手の戦意を削《そ》ぐとか、そういう小賢しい理由じゃない。ただ自分を鼓舞するためだ。爆音だとか粉塵《ふんじん》だとかをテーマソングにして歩きたい。

その意味じゃ、今回は準備が足りなかった。なんのプランもなくまっすぐに、目当ての相手のところまで歩いてきた。おまけに派手な爆音を、他所《よそ》からきたもうひとりに奪い取られた。

――ホミニニ。お前、死ぬぞ。

撫切の、そんなショッキングな言葉にもクールに対応したところまではよかったが、どうにもあとが続かねぇ。ふいに後ろからドカンとでかい音が聞こえて、思わず振り返るとそこに怪物がいた。

白猫。彼女が大きな音をたてるのは珍しい。ずいぶん急いできたようだ。

「まじで死にそうな面子《メンツ》だな、おい」

前に月生。後ろに白猫。怪獣大決戦かよ。

とはいえ引き下がりもできない。パンもまたこの先にいると、検索士《サーチャー》から連絡を受けている。今のうちにあいつの首根っこをつかんでおかねぇと、ドラゴンの再生がずいぶん面倒になる。

みれば白猫の背中には、余計なものが引っ付いていた。香屋歩《かやあゆむ》。組み合わせがよくわからない。白猫は世創部で、香屋は平穏。チームでわければ混じり合うはずもないが。

白猫はなんの気負いもない様子で、その後ろの香屋はびくびくとこちらに歩いてくる。

ホミニニの方から声をかけた。

「オレを殺しにきたのか？」

白猫は五メートルほど手前で歩みを止め、首を傾《かし》げてみせた。

「そんなつもりはないけれど、死にたいのか？」

「死にたいわけねぇだろ。でもさっき、死ぬって言われてびびってんだよ」

「怖いならどこかに引っ込んでいろよ」

「それが、そういうわけにもいかねぇんだ。仲間が死んだんだよ。生き返らせられるのはパンしかいねぇ」

「そうか。大変だな」

「ああ大変だ。だから、厄介事を余計に抱え込みたくねぇ。あんたの方が帰ってくれねぇか？」

「邪魔はしないよ。私は見物に来ただけだから」

「なにを？」

「最強だと聞いている」

最強。月生？

まあ、戦う気がないならどうでもいい。

「じゃあこうしよう。オレはお前に手を出さない。お前もオレに手を出さない。オレの狙いはあくまでパンで、あとはどうなろうが知ったことじゃない。問題あるか？」

「今はないよ。この先は知らない」

「口約束だ。気楽にいこう」

ホミニニは握手のために右手を差し出したが、白猫はそれを避けて進む。

彼女の隣に並びながらホミニニはぼやいた。

「なんだ、つれねぇな」

「握手というのがよくわからないんだよ。なんの意味がある？」

「そいつが不思議なところなんだよ。なんの意味もないようで、実際に握手をしておくと胸になんかがひっかかる。そのひっかかりが、最後の最後、二択でどっちを選ぶかってときの理由になったりする」

「お前を殺すか、殺さないか？」

「ああそうだ。殺すか殺さないか。見捨てるか見捨てないか。裏切るか裏切らないか。そういうぎりぎりの二択を決めるときに大事なのは、ややこしい思惑みたいなもんよりも、手のひらの温度を知ってるかどうかってことだ」

かもな、と軽く白猫が答える。けれど彼女は、結局握手には応じなかった。

ホミニニは白猫の後ろをひっついて歩く香屋の方に訊《き》いてみる。

「で？　お前はなんで、ここにいんだよ？」

香屋は小動物じみた動きでちらりとこちらをみて、それから震えた声で答える。

「いくつかの確認と、あとはまあ、いちおう決勝戦なので」

「あん？　なんの？」

「この戦いの」

その言葉の意味は、ホミニニにはよくわからなかった。けれどそれは、ただ香屋の言葉を聞いただけではわからなかったというだけで、すぐに答えらしきものがみつかった。

エデンで——もともとはＰＯＲＴと呼ばれていたチームの領土で、いちばん立派な高級ホテル。スイートルームにチームの、それはつまり架見崎のトップが暮らす憧《あこが》れの場所。

けれどその地下駐車場は閑散としている。車もなく、案内のホテルマンもおらず、明かりだって即席のものだ。

ずいぶんうす暗いそこに、檻がひとつ置かれている。月生という怪物が入った檻。その男はコンクリートに座り込み、眠るように目を閉じている。もしかしたら本当に、眠っているのかもしれない。架見崎という場所に飽きてしまって。

問題はその男ではなかった。彼の隣にふたりがいた。

一方はパン。そしてもう一方は、西部劇の保安官風のコスチュームを着こんだ少女。

――ウォーター。

ホミニニは思わずつぶやく。

「なぜ、ここにいる？」

敵のチームのトップが、こっちの本拠地に、どうして。

彼女は微笑《ほほえ》んで答える。

「ユーリイがここを離れてくれたから。私の方が意外だよ。香屋。どうして来たの？」

やはり白猫の後ろに隠れたまま、その臆病《おくびょう》な少年が答える。

「だって見え透いてるだろ。君がここにいるのは」

「そう？」

「あからさまに第一候補だよ。よっぽど捻《ひね》って考えなければ、ヘビの居場所は、ここになる」

「そうだね。白猫さんを連れてきたのは？」

「ほかに誰を、ヘビの前に立たせるっていうんだ」

「なるほど。話したの？」

「だいたいは。わかってただろ？」

「ううん。わからなかった。やっぱり、君の速度にはついていけないな。――そうか。そういうことか。白猫さんとパラミシワールドに入ったのは、内緒話が目的か。戦場から白猫さんを消し去るなんていうのは、おまけみたいなもので」

ふたりの話は、わけがわからない。まるでワダコの言葉を聞いているときみたいだ。なんだか、ひとつ上のレイヤーでやり取りをしている感じがする。

ウォーターは白猫に目を向ける。

「香屋の話を聞いた感想は？」

白猫は、長いあいだ沈黙していた。その沈黙は不自然で、気味が悪くて、ホミニニは思わず白猫の方に目を向けた。彼女は首を傾げる。

「別に、なにも」

「なにも感じなかったんですか？」

「違うよ。でも、なんだろう、そんなことを言われてもなと思った。重大な話ではあるけれど、どうすることもできないし、具体的になにかしたいとも思わない。地球の裏側で子供たちが飢餓に苦しんでいると聞いたときみたいな感じだ」

「なるほど」

「でも、うん。やっぱり私は、ヘビをみておきたいな」

ホミニニは舌打ちする。

――なんだよ、オレの方がへんなのかよ。

香屋とウォーターがふたりきりでわけのわからない話をしているのかと思ったが、白猫までそっち側なら、部外者はホミニニの方だってことになる。けれど、どうでもいい。こういうときに主導権を握る方法は知っている。

ずどん、一発。射撃《シュート》を向かいの壁にぶちこむ。パンの頭上を通る射線で。

「ややこしい話はあとにしてくれねぇか。ドラゴンが死んだ。――知ってるよな？　ウォーター、お前の口から聞いたんだ」

「もちろん、覚えているよ」

「パンを差し出せ。ってか、もともとそいつはうちのチームのもんだ。さっさとここから消えてくれ」

「どうして？」

「わかれよ。苛立《いらだ》ってんだよ。お前のチームが殺したんだ」

「でも、ホミニニ。君だってこれまで、大勢殺してきた」

「それ、理屈が通ってるつもりか？」

ホミニニは、それなりにウォーターを買っていた。以前からユーリィの対抗馬になり得る唯一《ゆいいつ》のプレイヤーだと踏んでいた。けれど的外れだったのかもしれねぇ。あんまり、つまらないことを言うから。

今、ここにあるホミニニの理屈は、ホミニニ自身の怒りだけだ。ほかのだれだって関係ねぇ。こっちと同じように、心の底からホミニニを殺したい誰かがいたなら、勝手に銃口を向ければいい。知ったことか。たとえその銃口から放たれた一発がホミニニの命を奪っても、こっちの怒りには関係ない。怒り狂ったまま死ぬだけだ。

ウォーターが隣に立つパンに目を向ける。口は開かなかったが、「どうする？」という意味だろう。

パンは綺麗《きれい》にホミニニを無視して言った。

「ねえ香屋くん。君はやっぱり、とても優秀。けれど少し遅かった」

ホミニニの怒りだとか、ドラゴン復活の希望だとか、そんな大切なものをなにひとつとして視界にもいれなかった。まるで、ここに、ホミニニなんていないように。敗北には慣れている。思い通りにいかないことには、勝てないことには、慣れている。けれどこんな風に目も向けられないのは、いったいいつ以来だろう？

パンは片手を檻につく。

「さあ、食事の時間だよ」

檻の中、月生の手元には端末があった。

ホミニニがそれに気づいた次に、大きな音が一度だけ聞こえた。

＊

本当に、香屋は遅かったのだろうか？

違うのではないか、という気がする。順に考えた結論ではない。けれど、彼がここに来たのだから。

トーマは香屋歩という存在を、絶対的に信頼している。

彼が戦場で判断を誤るというのはあり得ない。つまらない思い違いみたいなもので、命を簡単に投げ出すというのは違う。根本的な、彼の設定に矛盾する。

――そうでしょう？　私のヒーロー。

なら香屋は意図を持ってそこに立っている。すべてを知った上で月生の手元に彼の端末が届くシチュエーションを許容した。そこに、どんな思惑がある？

情報収集の一種なのだ、というところまではすぐにわかった。香屋はヘビの出現を望んでいる。その正体を明らかにするために。

けれど続きがわからない。

ここに、香屋が立つ必要はない。いつものように、安全なところで、膝《ひざ》を抱えて震えていればいい。なのに、どうして。

トーマには答えに辿《たど》り着けないまま、状況は進んでいく。

ヘビが出現し、架見崎を食い荒らす。

＊

「よおく、よおくだ」

端末の向こうでささやくユーリイは、なんだか楽しそうだった。

「よおくみておくんだよ、テスカトリポカ。君だけが架見崎の深淵《しんえん》に触れる」

言われるまでもなかった。テスカトリポカは自身の検索《サーチ》を地下駐車場だけに向けていた。

検索士《サーチャー》は自身の検索《サーチ》に対して、それぞれ独自のイメージを持つ。テスカトリポカの場合、それは糸だった。細い細い、何千、何万という数の糸。その糸が対象に絡《から》みついて形を知る。性質を、状態を、本質を知る。けれどふいに、その糸が薙《な》ぎ払われたように感じた。

異質な情報の爆発。

その爆発は檻の中の月生を中心に起きた。というか、ほとんど、彼という人間ひとりのサイズに収まっていた。なのにテスカトリポカには世界がみんな書き換わったように感じた。——ヘビ。月生の中にいる、極めて特殊なプレイヤー。

その事前情報がなければ、テスカトリポカは地下駐車場の出来事をなにも理解できなかったかもしれない。月生がまったく異質なものに置き換わる。それは人間ではない。架見崎に存在するどのデータにも似ていない。はじめてみるもの。ゼロを捻《ね》じって無限の形にしたような、手の出しようのないもの。

それが、高速で移動する。まるで戦場の白猫のように。

「ヘビは必ずその他能力《オリジナル》を持つ。それを読み解けるのは、君だけだ」

あまりに膨大に膨れ上がる情報の中で、ユーリイの声はずいぶん遅く、間延びして聞こえた。その意味を理解するのもむつかしいくらいに、ゆっくりと。

テスカトリポカは高速で移動する架見崎の異物に、どうにか細い糸を絡める。

＊

白猫の目には、それの動きがよくみえていた。

檻をこじ開け、隙間《すきま》に身を滑らせ、そしてこちらに駆けてくる。速い。これまで架見崎で白猫が戦った誰よりも。けれど。

――驚くほどでもないな。

そこにいるのはごく当たり前に一七万Pほどを持つ強化士《ブースター》だ。いや、そのポイントのうちのいくらかは検索《サーチ》に割いているというから、強化《ブースト》に限ればもう少し低い。対して白猫は強化《ブースト》のみで一五万三〇〇〇Pほど。勝てない数字ではない。

実際、ただ速度だけを比べるなら、白猫の方がいくらか速い。香屋がヘビと呼ぶそれはホミニニを標的に決めたようだった。そう思ったけれど、違う。彼の目の前でふいに足を踏み出す方向を変え、こちらに肉薄した。

――うん？　私は、敵か？

チームわけがよくわからない。ヘビはホミニニの敵でウォーターの仲間だと思っていたから、白猫自身は戦うつもりがなかったのだけど。ともかく白猫もまた、ヘビに向かって一歩踏み込む。握った拳《こぶし》を、その腹めがけて振り上げた。

必ず当たるタイミングだ。白猫はすでに、その先をイメージしていた。ヘビはその場に膝をつくか、後ろに飛んで衝撃を逃がすか。あるいは想像以上に硬く、こちらの手を取ろうとするか、殴り返してくるか。けれど脳内のイメージがふいに、まっ白に消えた。

白猫の拳が空を切る。当たる、と確信して、外した。本能で危険が弾《はじ》ける。白猫はさらに一歩、前に踏み出す。伸びた拳を身体《からだ》に引き寄せるために。身体をできるだけ小さく丸めて次にくる衝撃に備えるために。

戦いに純化した白猫は、一秒も、その万分の一も混乱することはなかった。ただシンプルに認める。

ヘビは、速いのではなかった。肉体の性能が高いのではなかった。そこにいるのは自分とそう変わらないポイントの強化士《ブースター》だった。だからこちらの拳を躱《かわ》して肉薄するそれの姿がよくみえていた。

――ああ。こいつは、強いんだ。

純粋に、白猫よりも。

能力を抜きにして、素の戦う技術がこちらを上回っている。こちらの動きをよくみて、次に起こることをよくイメージして、身体をとっても上手に動かす。

だからヘビの姿は綺麗だった。なんていうか、安定していた。緻密《ちみつ》な幾何学模様みたいだった。

もう少しそれの動きをみていたくて、白猫は奥歯を噛む。

けれど、次の瞬間に側頭部から衝撃が走り、浮遊感と共に意識が飛んだ。

＊

月生の肉体と、一七万ほどのポイントと、アポリアの演算能力と、七秒間。

それが現在のヘビが持つすべてなのだと、パンは知っている。そしてそのあいだに食事を摂《と》る必要がある。

ヘビは彼が獲得した能力で架見崎に存在している。能力名は存在しない――データ上は「未登録」となっている。その効果によりヘビは常に月生と視覚、聴覚を共有し、加えて一ループ中に合計で一二秒間だけ月生の肉体を支配できる。このループの頭に五秒使っているため、残りは七秒になる。

さらにこの名前がない能力は、ループ時にポイントの支払いが発生する。その支払い額は五〇〇〇Pから始まり、次のループを迎えるたびに倍になる。だから、食事が必要だ。他のプレイヤーを食い荒らさなければならない。

今回はなかなか、良い餌場《えさば》を用意できた。

白猫がだいたい一五万P、ホミニは八万P。殺して得られるのは半額だけど、それでも一一万五〇〇〇P稼げれば充分だ。

パンの目では、ヘビの動きを追うことができなかった。けれどいつのまにか檻の鉄棒が折れ曲がり、白猫が倒れ、それからホミニニが血を流した。

これは戦いではない。

ヘビを上回るプレイヤーは、架見崎には存在しない。

＊

それは嘘みたいだったけれど、たぶん現実で、ホミニニは自分の胸に月生の手が突き刺さっているのを見下ろしていた。みぞおちの辺り。手首まで深く刺さっている。

つっと血が滴《したた》る。月生がその手を引こうとする。手首をつかんで、ホミニニは彼の動きを留める。

――押さえておいてくれよ。離すと、血が噴き出るだろ？

そう言いたかったが舌が回らない。ともかく片手で月生の腕をつかみ、もう一方の手を彼の首へと伸ばす。

ホミニニは「野生の法則」と名づけられた能力を持つ。対象とホミニニ自身の接触が発動条件になる能力。そして、一度この能力が効果を発揮すれば、相手とホミニニの直接のやり取りに関しては能力の効果がなしになる。たとえ一〇〇万Pの強化士《ブースター》に殴られようが、それの威力は無能力者の拳と変わらない。

ホミニニは顔をあげて、月生の目をみつめる。視界が霞《かす》んでいてよくわからないが、おそらくそこに目があるんだろうってとこを。耐えきれずに笑った。

「つ、か、ま、え、た」

一音ずつそう言ってやる。野生の法則の影響下で、月生はこの手を振り払えない。正しくは、こちらとあちらの純粋な力比べだが、負けやしないさ。なんたってこっちは文字通り命懸けなんだ。月生の手が腹から抜けちまえば、血が噴き出て倒れ、もう立ち上がれないだろう。

目はほとんどみえなくなっていた。痛みもよくわからなかった。妙に身体が熱い気がする。耳だけはよく聞こえて、自分の呼吸の音がひゅうひゅうとうるさい。喉《のど》になにかが詰まっているような異物感があり、そいつのせいだろうと思う。

――けど、オレはやり遂げた。オレの仕事はこれで終わりだ。

そう信じていた。いつも通り。いつも通りのださい戦い。無傷ってわけじゃない。きっちりしっかり満身創痍《まんしんそうい》だ。でも、それもいつも通り。あとは仲間がなんとかしてくれる。それだけは疑ったことがない。

さあ、ドラゴン。殴り飛ばせ。ワダコ、ぶすりとやってやれ。若竹《わかたけ》でもいい。グズリーだって。みんながみんな、頼りになる連中だ。そりゃもちろん完璧《かんぺき》ってわけじゃない。それぞれどっかに傷を抱えている。でも、必ずやってくれる。憎いこいつをみんなで倒して、あとは逃げ出しゃお終《しま》いだ。目の前のこいつを。こいつだけを。

けれどそれが誰なのか、ホミニはすでに思い出せなかった。思い出せないことにも気がつかなかった。ただ両手に力をこめる。片方の手でそいつの手首を、もう片方で首をつかんで、みえない目に力を込める。するとはっきり顔が浮かび上がる。ユーリイ。ああ、そうだ。ユーリイ、オレの敵。ひどく酔っぱらったときみたいに、天と地の方向があやふやになっていた。少し喉が渇いている。

けれど、笑って言った。

「勝つぞ。みんなで勝つ。これが最後の戦いだ」

若竹の、酒で荒れた声が聞こえた。

「ホミニニはそればっかりだ。いつだって最後の戦いだ」

その通りだよ。だって、そうだろ。どれだけ手痛く負けようが、泥の中を転がり回って逃げまどおうが、尊厳みたいなものを雑に踏みにじられようが。

最後に、どかんと一発だ。勝ち逃げが決まればお終いだ。

――だよな。ユーリイ。

オレは今だって、お前に勝てる気でいるんだぜ。

＊

目の前で起こったことが、香屋には意外だった。

きっとこの場にいる誰にとっても意外だったのだろうと思う。

白猫があっさりと敗れた。それは苦しいことだった――もしかしたらヘビの戦闘能力は一般的な成人男性と変わらないのかもしれないという希望は軽く打ち砕かれた——けれど、意外な結果ではなかった。ヘビが白猫を上回る可能性は、充分に想定していた。

考えもしなかったのは、その次だ。

ホミニニ。架見崎の一般的な認識では「元PORTのナンバー2」で、それ以上の肩書きは持たないだろう。香屋にとってもホミニニに対する認識はその程度だった。曲者《くせもの》ではある。意外に人気もある。つまり統率力がある。素晴らしい人材ではあるけれど、でもけっきょくのところナンバー2で、圧倒的な強者のラインナップ——月生だとか白猫だとかユーリイだとかトーマだとかと並ぶイメージはない。テスカトリポカよりも、現状ではキドよりもすでに下くらいのカードだと思っていた。

なのに、そのホミニニが、ヘビの動きを止めていた。

実際のところはわからないけれど、体感では、三秒くらいのあいだ。三秒あればなにができる？　白猫であれば何度攻撃できる？　別に彼女ほど突出していなくても、充分に優秀な強化士《ブースター》や射撃士《シューター》なら。

まったく情けないことに、その三秒間、香屋は呆気《あっけ》にとられていただけだった。

——すごいな。

血を流すホミニニから目を離せないまま、胸の中で、ゆっくりとそうつぶやいただけだった。

ホミニニはヘビに勝っていたのだ。彼の隣に信頼できる仲間がひとりでもいたなら。ドった。

ラゴンが死んでいなかったり、ワダコが倒れていなかったりしたなら。ひとりきりでなければ、ホミニニはヘビに勝っていた。

ずるりとホミニニが崩れ落ちる。違和感があるくらい速く血が広がる。傷が大きすぎるのだ。彼はきっと、もう死んでいる。なのに片腕で、ヘビの——いや、月生の腕をつかんだままだった。

月生がホミニニの指をそっと外すと、その手がコンクリートに落ちた。血だまりを叩《たた》く小さな破裂のような音がした。月生は血に濡《ぬ》れた自分の手を見下ろしていた。あるいは、倒れたホミニニを見下ろしていたのかもしれない。

ゆっくりと彼が顔を上げる。

「これは、私が?」

その月生からはすでにヘビが抜け落ちている。きっとヘビはウィルスのような存在になり月生の中にいるのだろう。一時的に彼の身体を乗っ取り、自由に動かす力を持つ。そしてそのあいだ、おそらく月生の方の意識は消える。

香屋はその場から動かなかった。怖くて足が震えていた。

けれど、どうにか口を開く。

「迎えに来ました。月生さん」

「それはお疲れ様です。いったい、なにが?」

「説明はあとで。けれど、端末を預からせてもらえますか?」

月生は珍しく動揺しているようだった。彼にとっても、ヘビがらみの出来事はこれまで経験がないものなのだろう。

月生が一歩、こちらに踏み出す。ぴしゃんと血を踏む音が聞こえる。

香屋は震える両手を、祈るようにぎゅっと合わせた。

3

ホミニニが死んだ。

端末越しにテスカトリポカがそう言った。

充分に予想していた報告で、ユーリイはもしそうなったら、ひょっとしたら自分は泣くかもしれないと思っていた。きっとユーリイ以外のだれも、まさか泣くなんて考えもしないだろう。それでも。イドの死では涙は流れなかったけれど、なんとなく、ホミニニが死んだら泣いてもおかしくないなと思っていた。本当に。

けれど、その予想は外れた。視界が滲《にじ》みもしなかった。

「そう。報告、ありがとう」

平気な口調でそう答える。実際、別に、悲しいという感じでもない。なんとなく寂しいなという程度だ。それから、少しだけやる気がでた。モチベーションというのはこういうのを言うんだなと生まれて初めて実感した。

そのときユーリイはまだ、民家の一室にいた。ダイニングチェアから立ち上がると、ソファーに腰を下ろしたままのタリホーが言った。

「どこに行くんですか？」

「そろそろ一度、エデンに戻る。君もそうすると良い」

「ずいぶんのんびりしていますね」

「どうかな。ホミニニは、僕の時計はいつも速く進むと言った」

もしも涙が流れたなら、ユーリイはホミニニを友人として扱うつもりだった。多少なりとも記憶だとか、感情だとかを歪《ゆが》めて「思い返せば彼は良い奴《やつ》だった」という風に自分を納得させるつもりだった。

でも、実際はそうではなかった。

ならこれまで通りだ。ホミニニは友ではなく、ライバルと呼ぶにも少し足りない。ただ利用価値がある相手。ユーリイの乾燥した勝利の過程に、歯車として組み込まれた部品のひとつ。彼にはその役割に殉じてもらう。

ホミニニは命をかけて、ユーリイにつまらない、どうでも良い、ささやかな情報をもたらした。その情報を利用してユーリイはヘビにも勝利する。

「なにを考えているんですか？」

「別になんてことはない。ちょうど喪服を用意したばかりだから、手間がかからなくてよかったな、というようなことだ」

「でも少し悲しそうです」

「そう？　ホミニニを気に入っていたからかな」

彼は決して優秀ではなかった。なによりもスマートじゃないのが、ユーリイの好みから外れていた。ファッションセンスだとか、言葉の選び方だとか、ナイフとフォークの扱いも、用意する作戦も。みんな無駄が多い感じがした。けれど愛《いと》おしい相手ではあった。

――ホミニニ。君は、美しかったよ。

この世界がデータだけでできていたとしても、彼はきっと、必死に生きていた。醜くもがく様が美しかった。空の青のような完成された美だけでは満ち足りなくて、自分たちの手で不格好な線を描き始めたときから人類の芸術は始まったのだろう。そういう愚かな美しさがある男だった。

そんな風に胸の中でまとめて、ユーリイは苦笑する。

――いや。やっぱり違うな。

彼とはそれなりに長い時間を共に過ごした。だから、多少の愛着が湧《わ》いていた。きっとそれだけのことだろう。

タリホーはもうなにも言わなかった。

代わりに端末から、テスカトリポカの声が聞こえた。

「ヘビはまだ、一秒か二秒、自分の時間を残している」

ユーリイはため息をつく。

――なにを言っているんだ、そんなの。

どう考えても、当たり前だろう。

＊

香屋に向かって、月生が歩み寄る。なんだか呆然《ぼうぜん》とした足取りで。

トーマはその姿を目で追った。

――ヘビは、まだ動けるのか？

動けるならなにを考えている？　香屋歩をどう扱う？　香屋がヘビの敵なのは間違いない。架見崎では数少ないこの世界の真相を知る人間で、しかもカエルにつくことを決めている。ヘビは、香屋を殺すのか？

――殺す。もちろん。

生かしておく理由がない。香屋の死はトーマが望むことではない。けれど、そんなことはどうでもよくて。そもそもトーマは、ヘビにだって、簡単に香屋歩を殺せるとは思っていない。あいつの思考はもっと鋭い。

だから、考えていた。

なぜ香屋歩がこの場にいるんだろう。こんなにも簡単に命が吹き飛んでしまいそうな場所に、どうして。必ずなにか理由がある。

考えて、考えて、それでも答えはわからない。

わからないまま香屋をみつめる。彼はずっと震えている。恐怖で目を見開いている。なのに、そこに、立っている。逃げ出しもせず。

月生が香屋の前に立つ直前、トーマは思わず叫んだ。

「待って――」

止まって。危ない。

わけもなくそう声をかけるつもりだった。けれど、言葉は途切れた。

月生が足を止め、その直後、彼の腕が飛んだから。

――ああ。そうか。

世創部のエース、白猫。エデンのエース、キド。あのふたりに比べれば、純粋な戦闘能力はやや劣る。けれど平穏な国もエースと呼べるプレイヤーを抱えている。

雪彦《ゆきひこ》。「無色透明」と名づけられた能力で戦場に潜む、一撃必殺のピーキーな罠《わな》みたいな平穏最強。香屋と月生とのあいだに彼がいる。刀を綺麗に振り上げている。ここか。そうか。ここで彼を使うのか。そして香屋は、自分自身も。

トーマ自身の思考が解答だった。ヘビはどうするか。もちろん、香屋を殺す。だからあいつはここに留まった。

香屋は、自分自身をヘビのための撒《ま》き餌にしたんだ。どんな過程を辿ろうが、最終的に、ヘビは香屋の前に立つ。彼を丸のみにするために。その瞬間を雪彦に斬《き》らせた。ヘビの動きを限定し、雪彦のひと振りが必ず命中するように計画されていた。ささやかなようだけど命懸けで。ヘビの発生と殺意を読み切った上で、震える足でこの場に留まり続けることが彼の戦いだった。

——けれど、私はまだ負けてない。

香屋は月生を殺すつもりだったのか。それとも、腕を斬るのが狙《ねら》い通りなのか。わからないが、勝負はまだ決していない。ヘビを巡る戦い。そのことをこの場にいる全員の中でトーマと香屋だけが理解している。

宙に浮いた月生の手は、彼の端末を握っていた。

先にそれに反応したのは、香屋だった。もちろん肉体の性能でいえば、彼はこの場のだれよりも遅い。それでもいちばんに足を踏み出せたのは、やはりこの展開をすべて想定していたからだろう。

次に動いたのはトーマ自身だった。宙にある月生の腕を射撃《シュート》する。端末を一歩でも香屋から遠ざけるために、それを弾き飛ばす。

——ヘビ。彼を確保すれば、この戦いは負けじゃない。

必要なのは月生の肉体と端末。ヘビが万全に戦うためのふたつ。それが共に手元に揃《そろ》うなら、ひとつひとつの戦場でどれだけ負けても、最終結果じゃこちらが有利だ。

飛んだ端末に反応したのは、雪彦だった。彼が地を蹴《け》ったのが確かにみえた。けれどそれを月生が——いや。ヘビが遮る。残り、一秒か二秒。そのあまりに短い時間で、雪彦の手を取り、投げ飛ばし、足元のコンクリートに叩きつけた。

かつんと端末が壁に当たって跳ねる。

香屋がそちらに向かって走る。

——私は。

彼を撃たなければならない。そうだ。もちろん、そうだ。今、私と香屋とが参加しているゲームにおいて、彼を撃ち抜かない理由がない。けれどその決断には少し時間がかかった。先に隣からパンが駆け出す。

トーマは自分の役割を信じて、香屋に向かって射撃《シュート》した。正確には、その一撃を放ったつもりになった。けれど射撃《シュート》が発動しない。

テスカトリポカ。彼女は、検索士《サーチャー》としてはイドに劣る。代わりに完成された補助士《サポーター》を本職とする。トーマはこのとき、彼女が明確に「向こう側」についたのだと理解した。

香屋とパンが、落ちた端末に向かって走っていく。距離は香屋に有利だった。けれど、速度でいえば圧倒的にパンだった。パンは多少なりとも強化《ブースト》を使える。パンが香屋に迫り、そのとき。

ふいに香屋が振り返り、パンに向かって手を突き出した。そこからまっすぐに、ひと筋の光が放たれる。

思わず笑った。——そんなものを、今さら。

香屋が使ったのは、秋穂《あきほ》の能力で加工されたリングだ。ただ光を放つだけの見え透いたはったり。けれどタイミングがこの上ない。驚いたパンは咄嗟《とっさ》に回避しようとしたが、勢いが止まらず、バランスを崩してその場に尻《しり》もちをつく。

トーマはふっと息を吸って、状況を俯瞰《ふかん》する。

ホミニニ。完全に死んでいる。白猫。息はあるが、気を失っている。パン。座り込みまだ混乱している。ヘビ。すでに能力の使用時間を終え、月生の内側から手を出せない。月生。どんな思考を辿ったのだろう、多少なりとも自身が置かれた状況を理解したのか、香屋とパンのあいだに立ちふさがる。雪彦。ヘビからの攻撃で受けたダメージでふらつきながら、標的を白猫に定めてそちらに向かう。そして、香屋。彼は月生の端末を拾い上げ、いまだ怯《おび》えたままの瞳《ひとみ》をこちらに向けた。

――負けた。

ああ。これはもう、どうしようもない。あと一瞬でも迷ったなら、月生がパンを殺すかもしれない。雪彦が白猫を殺すかもしれない。トーマは撤収を決めた。

イカサマ。パンと月生、そしてトーマ自身には、その能力を使うためのマーキングを終えている。まずはパンを世創部の領土に送る。続いてトーマは、白猫の目の前へ。

直後、背中に激痛を覚えた。後ろから雪彦に斬りつけられたのだ。そうなることをトーマは理解していた。白猫の盾になる位置に自身の身を置いたのだから、避けようがない。だから斬られた直後に回復している。――十字架。これで、この能力の使用回数は残り一回になる。

かまわず白猫にイカサマのためのマーキングを行った。直後に、最後の十字架。白猫の意識を強引に取り戻す。さらにイカサマ。彼女も世創部の領土に。

作業のあいだに、雪彦にまた斬られた。今度は肩の辺り。

——痛いね。

本当に。生命を脅かす痛み。死の接近を知った肉体が必死に鳴らす警報。たとえここがデータだけの世界でも、本物の命と同じように痛む。

歯を食いしばって、トーマはイカサマを使う。二度続けて、月生と、トーマ自身を世創部に逃がす。

先には意識を取り戻した白猫がいる。片腕を失った月生を取り押さえて無力化することは難しくないだろう。

ヘビの肉体は確保した。けれど、端末は奪われた。あれを取り戻すまでヘビは戦場には立てない。この戦いは私の負けだ。

——では、敗戦処理を始めよう。

トーマは笑って、胸の中でそうつぶやいた。

＊

検索《サーチ》で眺めるデータ化された架見崎において、ヘビの痕跡《こんせき》はすっかり消え去っていた。

けれどテスカトリポカは、未《いま》だにその余韻に身を震わせていた。

——ヘビ。

あれは、なんだ。

これまで触れたことのない膨大で異質なデータ。何十人、何百人の頭の中を同時に覗《のぞ》いたような。いや、それも違う。ヘビはもっと無機質だった。一〇〇の耳と一〇〇〇の目を持つ知性体の胸のうちを覗くと、心の場所だけぽっかりと空洞になっている。そういう、得体の知れないもの。

テスカトリポカは強く巨大なものを愛していた。壊してしまいたいくらいに大好きだった。けれどヘビにはその感情を抱けない。ただ怖《おそ》ろしい。

ヘビという存在に怯えているあいだに、戦況はずいぶん落ち着いていた。エデンはエデンの領土に、世創部は世創部の領土に、それぞれ引っ込んだ形。

まるで、戦いが終わったようだ。けれどこの戦いは、まだ始まって二時間と少々しか経《た》っていない。三日間という交戦期間は、今の架見崎には長すぎる。弱い兵隊同士が集団で戦うなら時間をかける意味もあるけれど、高ポイントの一部のエリートばかりを戦場に並べる戦いは、長期戦にはなりづらい。

——まだ、戦うつもりなの？

ウォーターの手元に、あとどれほどのカードが残っているだろう？　ＢＪ、酔京《すいきょう》、ニッケル、そしてパンの裏切り。それはエデンにとって大きな痛手だった。けれど世創部側の不意打ちはことごとく失敗した。ＢＪと酔京は死に、ニッケルは再びエデンに捕らえられている。

この先は消耗戦──純粋な戦力のぶつかり合いにしかならない。どちらかのチームが消えるまで戦い続ける意志が、ウォーターにあるだろうか。

振り返ると、彼女の行動には一貫性があった。まずは開戦直後に先制攻撃を行い、敗走でこちらの戦力を世創部に引き込み、がらんどうになったエデンに彼女が単身乗り込んでパンと合流。そして、月生──ヘビを強奪。

彼女のプランはおそらく、タイミングよく「裏切り者」を使ってエデンを苦しめつつ、最終的な目標はヘビを獲得することだったのだろう。そしてそれは、半分達成された。世創部は月生を獲得し、けれど彼の端末は手に入れられなかった。その、取り逃した端末のために、ウォーターはまだ戦うのか？

テスカトリポカはテーブルのグラスのアップルサイダーに口をつける。すでに炭酸はほとんど抜けている。そのグラスをテーブルに戻そうとしたとき、ドアが開いた。

ユーリイ？　違う。彼が帰ってくるには早すぎる。

そちらに目を向けると、トレンチコートを着たひとりの男が立っていた。馬淵。

なんの用？　と尋ねようとした。

けれどそれは、声にならなかった。

馬淵はこちらを指すように、ペンの先を向けている。

首筋がひやりとする、硬く高いガラスの音。

みると、アップルサイダーのグラスが倒れている。割れてはいないようだ。

テスカトリポカはひと呼吸のあいだ混乱し、けれど部屋の入り口に馬淵が立っているのに気づいて、状況を理解した。

「盗《と》ったのね?」

「うん。でも、敵対する意思はない」

「ずいぶん礼節のないことをしてくれるじゃない」

「それだけ貴女《あなた》が特別だという意味だよ、テスカトリポカ。ユーリイから、君の調査はとくに怠らないようにと言われているんだ」

そう答えながら、馬淵は手にしていた黒革の手帖を閉じる。

テスカトリポカは表面上、怒った顔を作りながら、内心では満足していた。多少頭の中を暴《あば》かれようが、それは警戒されているということだから、過小に評価されるよりずいぶんましだ。

「読ませてもらえるんでしょうね? 私の記憶」

「きっと」

許可はユーリイに、と馬淵は答えた。

4

表面が乾いたサンドウィッチは、それでもずいぶん美味《うま》かった。

しっとりとしていて味が濃い、ハムと、風味を感じるバターと、ほのかなアクセントのマスタード。グラスのアップルサイダーでそれを流し込み、香屋歩は顔をしかめる。やるだけやってこんなものか、という仄《ほの》かな失望がある。

トーマが月生を連れ去った、三〇分ほどあとのことだ。香屋はホテルのスイートルームのテーブルに着いていた。向かいに座ったユーリイが苦笑を浮かべる。

「ずいぶん不満そうだね、香屋くん」

「やっぱり世創部に有利すぎるゲームですから」

この戦いが始まる前、世創部と平穏のあいだには圧倒的な差があった。香屋はその差をひと息に埋めるつもりだったけれど、やっぱりそう上手《うま》くはいかない。

ユーリイが首を傾《かし》げてみせる。

「数字でいえば、まずエデン。それから平穏、世創部というのがポイント上の順序だ」

「そんな視点では、架見崎をみていないから。ウォーターも僕も」

架見崎の大多数――それぞれのチームのトップや幹部ではなく、ごく普通に架見崎で生活する人たちの目からみて、どのチームを選ぶといちばん安全なのか。自分たちが生き延びやすいのか。そう考えて架見崎の情勢をみると、世創部は突出していた。

「今回の戦いの被害者は、ホミニニ、ドラゴン、ＢＪ、酔京。全員がエデンの重要な人材です」

「でも本当は、半分は世創部のものだった」

「本当なんて、どうでもいい。外からの見え方が問題です」

エデンが世創部に宣戦布告した。けれど戦いが始まってみると、エデンの人員はぼろぼろと世創部に寝返り、同じチームの仲間だったはずのメンバーで潰《つぶ》し合い、世創部はほとんど無傷のままだった。これが、今回の戦いを外から眺めたときの物語だ。

――せめて、ホミニニには生きていて欲しかった。

彼はユーリイとは違った意味で、エデンの象徴だった。彼が欠けたことで、外からの見え方がずいぶん違う。もしもホミニニが生きていたなら「エデンが裏切り者に鉄槌《てっつい》を下した」という感じの戦況だったのに、彼の死が世創部の勝利を決定的にした。

ユーリイが、軽く頷《うなず》いてみせる。

「けれどエデンもまた、事前に設定していた目的を達成した。BJ、酔京が死に、パン、ニッケルの裏切りが判明した。テスカトリポカがこちらにつくことを決めたのは朗報だ。未だに戦力では、うちが圧倒している」

「本当に？　白猫さんと貴方《あなた》が戦えば、どうなりますか？」

「フラットな状況なら、まず互角。少し僕が有利かな。ニッケルの『例外消去』の状況下なら当然白猫。反対に、テスカトリポカの援護があれば僕の方が圧倒する」

「じゃあ、あちらに月生さんが――ヘビが加わったなら？」

「使い方次第だけど、そもそもその想定が考えづらい」

「どうして？」

「月生の端末はこちらが握っているからだよ」

「必ず奪い返されない？」

「というか、おそらく、月生は死ぬよ」

ユーリイはポケットから、黒い革製の手帖を取り出してみせた。

それを顔の横に掲げて言う。

「ここには、テスカトリポカがヘビを検索《サーチ》した結果が書かれている。ほかのこともあれこれと載っているけれど、主な情報としてはね」

「わかったんですか？」

「ヘビは感染する」

感染、と香屋は反復する。

「どういう意味ですか？」

「ヘビを宿したプレイヤーを殺すと、殺した方にヘビが移動する。つまり、ヘビは、他殺では消せないという意味だね」

「なるほど。じゃあ、ウォーターは月生さんを殺す？」

「僕なら迷わずそうするよ。月生の端末を奪い返すより、彼を殺して、別の誰かにヘビを移した方が手っ取り早い。ヘビだけの戦力でいえば白猫の肉体を与えるのがいちばんだろうが、駒《こま》として考えると少しもったいない。白猫は白猫で取っておきたい。なら候補は黒猫か、ニックか、太刀町《たちまち》か。僕ならその辺りを選ぶね」

トーマは月生を殺すのだろうか？

世創部にはパンが合流している。パンの「コンティニュー」は死者を復活させるから、たとえば月生を殺してヘビを他プレイヤーに移動させてから月生を再生なんてこともできそうだ。けれどその方法を選ぶなら、少し先になるだろう。「コンティニュー」の使用回数は一度で、このループはＢＪか酔京に使いたいのではないか。

そういう手順を踏まず、純粋に月生を殺すパターンはあるだろうか。それはトーマのやり方ではないような気がする。けれどそもそも、あいつがヘビ側についていることが、あいつらしくない。

思い悩んでいるあいだに、ユーリイは軽く続ける。

「なんにせよヘビは脆弱《ぜいじゃく》だよ。取り立てて大きな脅威ではない」

「白猫さんより強いのに？」

「いくら強くても、弱点があからさまだ。ヘビ対策では、すでに架見崎に二枚もジョーカーがある」

一枚は、よくわかる。

ニッケルの「例外消去」。肉体は死に、なんらかのその他能力《オリジナル》で架見崎に存在しているヘビは、おそらく「例外消去」の効果範囲に入るだけで死ぬ。それは事前に予想できていたから、ユーリイはニッケルの確保を優先して動いた。でも。

「ニッケルのほかに、ヘビに簡単に勝てる人がいるんですか？」

「うん」

「だれ？」

「僕だよ」

ユーリイは余裕のある笑みを浮かべて、続ける。

「わざわざ種明かしはしないけどね。僕の能力は、ヘビに対して一方的に有利だ。ほとんど確実に勝てる。よほど大きな失敗をしなければ」

詳細はわからないけれど、ユーリイが言うならそうなのだろう。だとすればヘビに関しては、こちらがずいぶん有利なのかもしれない。

香屋は少しうつむいて、考えながら答える。

「わかりました。じゃあ、戦力でいえば、まだ世創部をエデンが上回っている。あとはひとつずつ丁寧に勝っていけば、やがてみんな、世創部よりこちらを選んでくれるようになるかもしれない」

「君はずいぶん、その他大勢を気にするね」

「僕っていうか、たぶんウォーターが」

あいつはそこを論点にするのではないか、という気がする。

けれど珍しく、ユーリイにはぴんとこなかったようだ。

「この能力が支配する架見崎で、力のない人たちを扇動してなにができる？」

そんなの、決まってる。

「平和的解決ですよ」

君主制の次には民主制がやってくる。そして民主制では、数こそが力になる。ひとりの強者ではなく、全員の多数決ですべてを決める世界。その社会が常に正しい道を選べるわけではないけれど、大勢が納得しやすいやり方ではある。

「まあ、でも、そっちに進むのはまだ早い。ウォーターがそのカードを切るのは、もう少し先だと思います」

少なくとも戦場では、当初の予定通りに良く勝った。予定外の犠牲者はホミニニとドラゴンのふたりで、あとは上手く戦えた。だからトーマの方も、簡単には話を進められないはずだ。架見崎で「一般的に暮らす人」たちからも、今もまだ世創部よりエデンの方が大きなチームにみえているはずだから、あいつもきっと仲間集めに苦労する。

香屋はそう予想していた。

そして、久しぶりに、完全に予想を外した。

エピローグ

秋穂栞《あきほしおり》の端末からトーマの声が聞こえたのは、ちょうど午後三時になったときだった。

できるなら秋穂はそんなもの無視してしまいたかったけれど、いちおう語り係という立場だから、仕方なく「はいはい」と答えた。

軽い挨拶《あいさつ》のあとで、トーマは言った。

「リリィに代ってくれる？」

「嫌ですよ、なんか面倒なことになりそうだし」

トーマとリリィが話をする、なんてイベントは、香屋《かや》がいるときにして欲しい。けれど残念ながら秋穂はリリィの部屋にいて、リリィは「話したい」と言い出した。

トーマは現状、厄介な敵ではあるけれど、リリィが心を許す友人でもある。平穏な国というチームの構造を考えれば、リリィの要望を頭ごなしに否定するわけにもいかない。

秋穂はわざと、大げさなため息をつく。

「わかりました。手短にお願いします」

そう告げて、端末をリリィに向けた。

リリィは緊張した面持ちで、けれどなんだか嬉《うれ》しそうに言った。

「どうしたの？　ウォーター」

「実はリリィに提案があるんだ」

「なに？」

「傷つけあうのはやめにして、投票で架見崎《かみさき》の勝者を決めないかい？　つまり架見崎にいる全員に、応援したいチームを選んでもらって、それで勝ったチームにほかのすべてのチームが合流する。そんな風に平和に勝利チームを決めたいんだ」

それは。

――香屋の狙《ねら》い通りだ。

この戦いが始まる前、彼が計画していた通り。つまり、世創部をこてんぱんにやっつけると、トーマの方から「仲良くしよう」と寄ってくる。平穏とエデンの同盟を叩《たた》き壊すために。でも香屋の予想とは違うところもあった。トーマからの連絡が早すぎる。「いずれ、たぶん次のループごろ」と香屋は言っていたのに。開戦からほんの数時間でトーマがこの連絡をしてくるのは、なんだかちょっと気持ち悪い。

胸騒ぎを覚える秋穂の隣で、リリィは純粋に嬉しそうに答える。

「うん、とってもいいと思う」

当たり前だ。平穏な国は架見崎の平和を願い、自分たちのチームからの宣戦布告を行わないことを誓っている。だからリリィの立場なら、「平和的解決」の提案には、乗らないわけにはいかない。というかそんな体面を無視してリリィの本心だけで話を進めても、無条件で頷《うなず》くに決まっている提案だった。

笑うような、気楽な、なんでもない少女の声でトーマが言った。

「ありがと、リリィ。これからユーリイにも同じ話をしようと思ってるんだ」

「賛成してくれるかな？」

「わからないけれど、説得を手伝ってくれる？」

「私にできることなら」

「助かるよ。とっても心強い」

「でも、どうやって投票をするの？」

「細かなことはまだ決めていないよ。考えていることはあるんだけど、もう一チーム——エデンが乗ってくれないとはじまらないし、ルールも一緒に決めた方が公平でしょ」

「そっか」

秋穂はふたりの会話に耳をすませる。なにかおかしなところはないだろうかと疑いながら。

リリィはずっと楽しそうだ。思うままに会話しているようでいて、実はトーマが書いた脚本をなぞっているなんて自覚は微塵《みじん》もないんだろう。けれど、もしこの会話の内容を本当に脚本に書いて渡されていたとしても、リリィは喜々としてそれを読み上げるのだと思う。優しく純粋な、ただの少女のリリィ。彼女の、本来はそんな風に呼ぶべきではないけれど、架見崎においてはたしかな弱点。

けれど、トーマは？　彼女の狙いが、わからない。今のところ話の内容は、香屋の想定からちっともはみ出していない。

「近々そっちに、遊びに行くよ。一度、ゆっくり話し合おう」

「うん。待ってる」

それじゃあまた。

そう言って、通話が切れた。

——私が、警戒し過ぎていただけだろうか。

香屋の読みよりもずいぶん早く、同盟の話があった。これは単純に、それだけ香屋とユーリィの連合軍が強かったというだけなのかもしれない。

実際、香屋とユーリイが手を組んだチームは圧倒的なのだろう。それはずるいくらいで、トーマにだって勝ち目がないだろう。今日の戦いでそのことがよくわかったから、彼女はずいぶん急いで話を進めたのだろうか。

「よかったね」

こちらに向かって、リリィが笑う。

秋穂はあいまいに微笑《ほほえ》み返して、頷いた。

「そうですね」

よかった。これで、平穏と世創部の立場は横並びになる。安全に時間を稼ぎながら、香屋が次の作戦を立てられる。

——でも、本当に？

秋穂は香屋とトーマが戦えば、どちらかといえば香屋が勝つのではないかという気がしている。とても難しいけれど、それでも、なんとなく。

けれどトーマは、これほど手応《てごた》えがないものだろうか？　彼女が香屋の想定内に綺麗《きれい》に収まっていることが、むしろ想定外だ。

なんだか嫌な予感がする。

秋穂は眉根《まゆね》を寄せて、その違和感を呑《の》み込んだ。

＊

敗戦処理だよ、とウォーターからは聞いていた。

そうして始めた平穏との同盟に、コゲはずいぶん感心した。

たしかにエデンと平穏の連合軍は、世創部を相手に一方的に有利に戦いを進めた。もともとの戦力でもあちらが上、ひとつひとつの作戦でもミスはなく、世創部にとってはほとんど全敗と言える展開だった。

けれど、ウォーターの通話ひとつですべてが覆《くつがえ》った。リリィが支配する平穏は、もうエデンと手を組めない。世創部を選ぶしかない。

「お疲れ様です」

とコゲは声をかける。

こちらに向かって微笑んで、彼女は言った。

「まさか。本当に疲れるのは、これからだ」

「どうして。まだ処理することがありますか？」

「もちろんだよ。次はエデンだ。ユーリイと話をしたい。その会話を、エデンに所属する全員の端末から流せる？」

コゲは頷く。彼女がなにを話すのか、想像もつかない。

通話は検索《サーチ》の基本的な技能で、対象の数を増やすことも難しくない。エデンの人員はすでにリスト化されており、そう手間もなく彼女からの要件はクリアできる。

「準備、整いました」

そう告げると、軽く息を吸って、ウォーターは言った。

「ユーリイ。聞こえますか？」

間を置かず返事があった。

「ハロー、ウォーター。よく聞こえるよ」

落ち着いたユーリイの声。彼の声は、いつだって演じているようだ。けれどウォーターの方も、芝居じみたよく通る声で告げる。

「戦いのさなかに、通話に応じていただいてありがとうございます」

「話し合おうという提案なら、僕はいつだって歓迎するよ。本当に、ただの一度も断ったことがないんだ。スケジュールの都合で時間をずらしてもらうことはあってもね」

「そう。どうしても貴方《あなた》に、確認しておきたいことがあったんです」

「なんだって答えるよ。ディナーの予定だって、政治上の信念だって、信じている神さまの名前だって」

「ちなみに、どんな神さまを信じているんですか？」

「それはとても個人的な信仰なんだ。これまでただの一度も、同じ神を信じる人に会ったことがないんだけど——」

「へえ。とても興味深いです」

「その名前をユーリィという。人間というものは、誰もが自分自身を信仰するべきだと僕は考えているんだよ」

「とっても素敵です。オレも次からそう答えようかな」

「うん。君はウォーターという神さまを信じればいい」

「でも、そんな風に自己完結している信仰に意味はあるのかな？」

「もちろんある。ほかの神さまを信じる必要がなくなる。——このままもう少し、信仰の話を続ける？」

「楽しそうですが、そろそろ本題に入りましょうか」

「オーケイ。どうぞ」

ウォーターはふっと息を吐く。

その直後から、彼女の声の種類が変わった。よりドライに、シリアスに。

「今回の戦いで、エデンからはすでに四人の裏切り者が出ていますね。BJ、酔京《すいきょう》、ニッケル、パン」

一方、彼女に答えるユーリイの方は、これまでとまったく同じ声で答える。リズムも抑揚も音量も同じ、安定を象徴するような声。

「どうだろう？　何人かは、裏切り者とは呼べないいんじゃないかと思っているよ。エデンに潜んでいた君のスパイが明るみになったんだ、という風に僕からはみえる」

ユーリイの言葉を、ウォーターは意図的に無視したようだった。

「四人のうちの、ＢＪと酔京は死にました。もちろん貴方たちが殺した。エデンでは、チームを裏切った者には死を以《もっ》て償わせるという考えですか？」

ほんの一瞬、ユーリイが沈黙した。

ウォーターの質問の裏にある、罠《わな》のようなものを警戒したのかもしれない。――そう考えたのは、コゲ自身、ウォーターの言葉からユーリイの発言を引き出そうとする意図を感じたからだ。

けれどユーリイが沈黙したのは、ごくわずかな時間だけだった。彼は間もなく流暢《りゅうちょう》に、けれど少し抑えた感傷的な口調で答える。

「簡単にまとめられる質問ではないね」

「そう」

「もちろん僕は、誰の死も望んではいないよ。ＢＪと酔京のことだって、裏切りを咎《とが》めたわけじゃない。彼らとは戦場で出会い、フェアに戦い、僕たちが勝利した。その過程で彼らは死んでしまった」

「じゃあ、恨みはなかったんですか？」

「まったくない。ただ悲しいだけだよ。残念だ、という気持ちだけ。一緒に暮らしていた人たちを攻撃したくなんてないさ」

「でもこちらからは、裏切りの報復として殺されたようにみえました。架見崎の多くの人がそう思っているんじゃないかな」

「まさか。事実、ニッケルはぴんぴんしているよ。いちおう外出は禁じているけれど、まずは柔らかなベッドでゆっくりと休養してもらい、それから話し合う予定だ」

「よかった。でも、話し合ってもニッケルの意思が変わらなければ、どうなるんですか？彼がこちらのチームに移りたいと言ったなら、認めてもらえますか？」

「それは少し論点が違う。ニッケルは優秀な戦士だ。彼が敵に回ることになれば、エデンの被害がずっと増える。僕はこのチームを守るために、彼を自由にはできない」

　コゲはじっとふたりのやりとりを聞いていた。

　ウォーターの狙いが、未《いま》だによくわからない。まさか言葉だけでユーリイがニッケルの引き渡しに応じると考えていたわけではないだろう。

　微笑を浮かべたまま、彼女は言った。

「なるほど。では、最後の質問です。戦力にならない人間が――つまりエデンの市民がすべてのポイントを貴方に譲渡して、チームを出ようとしたとしましょう」

「うん。悲しいことだけど、そういうことが起きたとしよう」

「このとき、貴方はどうしますか？」

　これが本題なのだ、とコゲは感じる。

　けれどウォーターはいったい、ユーリイからどんな言葉を引き出したいのだろう？　エデンの市民たちを恐怖で縛ることがウォーターの狙いなのか。それとも反対に、ユーリイの寛容な態度を市民に示したいのか。

　どうやらユーリイは、笑ったようだった。ふっと息を吐く音が聞こえた。

「手を振って見送るよ」

　その答えは、コゲには少し意外だった。

　具体的に、なにがどうというわけではない。それでも、なんだかユーリイの警戒が足りないような。まんまとウォーターの思惑に乗っているような。

　けれど考えてみれば、ユーリイにはそう答えるほかになかったのかもしれない。コゲは前のループで起こったPORTの崩壊を思い出していた。あれの決定的な要因は市民の反乱で、ユーリイとホミニニがその先頭に立った。ふたりは声高に「PORTは市民の幸せなんてなにも考えていない悪のチームだ」と主張して、内側からあの巨大なチームを崩壊させた。ホミニニが死んだとたん、ユーリイが市民を威圧しはじめると、あれの二の舞になりかねない。

　背を丸めて、前のめりになって、ウォーターは確認する。

「本当に？」

「まさか、僕が後ろから撃つとでも？」

「ううん。まさか。でも、いちおう確認しておきたかったんです」

ありがとう、と告げて、ウォーターがこちらに通話を切るよう指示する。

それに従いながら、コゲは彼女に尋ねる。

「狙った通りでしたか？」

「うん？」

「ユーリイの返事ですよ」

ウォーターは頰杖《ほおづえ》をつき、軽く答える。

「態度を明確にしてくれれば、どちらでもよかったよ。ユーリイがエデンの中で爆弾を抱え込んでも、こちらに人材を引き渡してもかまわない。なんにせようちは得をする」

「どういう意味ですか？」

「エデンにはまだまだ、大勢のオレの味方がいるってこと。そして、ユーリイの返事で、彼や彼女をまとめて手に入れられたってこと」

ウォーターは手早く指示を出す。次もまた、エデンメンバー全員に向けた通話だ。ただし今度は対話ではなく、ウォーターが一方的に演説する形になる。

「映像も流せる？」

とウォーターは言った。

「じゃあ、ちょっと待って。表情にも気をつけなきゃ」

彼女は席から立ち上がり、一瞬、意地の悪そうな笑みを浮かべた。それから両手を頰に当て、それぞれ中指で目元を何度か押さえた。ふっと息を吐くと、そこにいるのは、真面《まじ》目《め》で誠実そうな少女になっていた。

「オーケイ。お願い」

とウォーターが言う。

コゲが端末を操作して頷くと、彼女は声を張り上げた。

「さて、皆さん。エデンで暮らす皆さん。ユーリィの話を聞きましたね？　皆さんは自由に安全に、うちのチームに移動することができます。条件はただひとつ。持っているポイントをすべて、ユーリィに譲渡すること」

コゲはわずかに、眉間《みけん》に皺《しわ》を寄せる。

ウォーターがエデンの「市民たち」を奪い取ろうとしているのは間違いない。けれど、上手《うま》くいくだろうか。

もしかしたら市民の中には、世創部に移りたいと考えている人もいるかもしれない。あるいはその数は思いのほか多いのかもしれない。でも、それを実行に移すだけの勇気があるだろうか。彼らにとってユーリィは、やはり怖《おそ》ろしい存在なのではないか。口約束だけを信じて簡単に彼の元から立ち去ろうという気にはなれないのではないか。

そして。

──誰も動かなければ、ウォーターの価値が落ちる。

カリスマ性のようなものが曇ってしまう。なんだか不安で、コゲはウォーターに目を向ける。

ウォーターは変わらず、誠実にみえる真面目な顔つきで言った。

「オレはこのループ中、二二一人の『エデンの市民』と話をしました。お時間をいただいたみなさん、ありがとうございます。全員、よく覚えています」

その怖ろしい言葉を聞いて、コゲは震えながら思わず、強張《こわば》った笑みを浮かべた。

──ウォーターは、期待外れだと思っていた。

今回の戦いのあいだ、終始精彩を欠いていた。けれど違ったのだ。

はじめから彼女は、目の前でみえていたものとはまったく違う戦いを想定していた。能力で殴り合うのは前哨戦《ぜんしょうせん》のようなもので、勝ち負けは度外視して月生《げっしょう》の獲得だけを狙っていて、それが済んでしまったから、ウォーターは本当の戦いを始めたのだ。

戦場から乖離《かいり》した、圧倒的に彼女オリジナルの戦いを。

＊

ずいぶんよく働いたものだ、とトーマは笑う。どちらかというと、自嘲《じちょう》気味に。

このループの四日目から、昨日——二〇日目までの一七日間で、二二一人。一日の平均ではちょうど一三人になる。ひとり三〇分を目安にしたけれど、それよりも長引くこともよくあって、さらに移動はこそこそと身を潜める必要があったから余計に疲れた。まいにち一〇時間はエデンにいた。

ポケットにはカンニングペーパーを潜ませている。けれど、映像があるから使えない。胸の底から湧き上がる不安を、トーマはふっと微笑んで忘れた。今日の負けのすべてを取り戻すために、この先はひと言の言い間違いも許されない。

——これが本当の、私の戦いだ。

香屋やユーリイを相手にして、たったひとつだけ勝ち目がある戦い。彼らのように戦場で圧倒的ではなくても、彼らを超える結果を手にするためのなけなしの生存戦略。私は架見崎の全員を愛している、と胸の中でささやく。最初に自分でその言葉を信じて、口元や瞳《ひとみ》や胸の奥に宿る感情を本物にする。

トーマは椅子《いす》から立ち上がり、コゲの端末に顔を近づけた。こちらの声が少しでも、彼や彼女の胸に届きやすいように。それから、目一杯に念じた。——私の声ができるだけ優しく聞こえますように。できるだけ誠実に聞こえますように。この、私がいちばん得意とする戦い方が、あの怖ろしい香屋歩《あゆむ》に通用しますように。

そう願いながら、言葉を続ける。

「オレの目的は、皆さんの望みを知ることでした」

＊

オレの目的は、皆さんの望みを知ることでした。

すでに終わりに向かいつつある架見崎が最良の終わりを迎えるために、本当は全員から話を聞きたかったんです。でもひとりひとりとの話もないがしろにしたくなかったから、どうしても時間がかかってしまって、二二一人。

この全員に、「もしあなたが架見崎の勝者になったなら、なにを望みますか？」と質問しました。夢みたいだと思いますか？　でも、世界平和創造部ならそれが可能です。

まず話を聞いたのは、戸羽《とば》です。このループの四日の、午前九時。早い時間からありがとう。急に訪ねたから、ずいぶん驚いたと思うけれど。

さて、オレの質問に、戸羽はまず「わからない」と答えました。以前は考えたこともあったけれど、最近は架見崎の勝者になるなんて非現実的なことを夢想している余裕はないんだと言いました。でも強いて言うなら、無事に元いた世界に戻ること。それが戸羽の答えでした。お父さんが病気で入院していて、架見崎を訪れる前はあれこれ世話を焼きに行くのが日課だったって話も聞きました。

同じように「帰ること」を願いに挙げた人が、大勢います。渚《なぎさ》、シュレディ、思路音《しろね》、にょろん。アキミカンやシリアル、ララシド、久遠《くおん》、プレイスも。光村《みつむら》は、少しニュアンスが違うかな。自分が帰りたいっていうより、みんなを連れ帰りたいと言っていました。

架見崎で命をかけて戦った人たちみんなで、彼の世界で平和に暮らしたいんだって。

こんな風に、架見崎で築いた人間関係を大切にしている人は、何人もいました。知っていましたか？　加奈《かな》とアルフレッドは結婚の約束をしているそうです。オレはふたりの結婚式のプランまで知っています。

吉岡《よしおか》は元の世界に戻れたなら、眠々《みんみん》、煽兎《あおうさぎ》と一緒に三人で会社を作るんだって言っていました。彼は運送業の知識があって、今は通販の全盛期だからいくらでも仕事はあるんだって。眠々はその話に乗り気だし、煽兎も、これからも三人で一緒にいたいと話していました。まったく、なんて素敵なんだろう。彼らはこれからの人生の大半を共にするチームなのかもしれない。

伊万里《いまり》は、架見崎にやってくる前に、家族に急な不幸があったそうです。ずいぶんつらかったと思うけれど、話してくれてありがとう。でも架見崎の勝者になれば、事故をなかったことにできるかもしれない。彼女が市民から戦闘員に志願しているのは、そういう理由なんだって、みんなは知っていましたか？

架見崎の賞品に、お金を望むと言ったのは八人。意外に少ないかな？　ハヤブサ、ノワール、獅子原《ししはら》、トマト、左藤《さとう》、パッチ、東雲《しののめ》、ツナライダーの八人でした。けれどその理由は、みんな違います。たとえばハヤブサは自分の店を持つことが目的だし、ノワールはお母さんへの恩返しが目的です。働かずに暮らしたいという人もいたし、借金があってそれを返したいという人もいた。ツナライダーは、ほかにこれといった望みを思いつかないから、とりあえずお金にしているそうです。

ユニークな願いの人も、何人もいました。アノニマスは宇宙が始まった瞬間をみたいそうです。壮大で、素敵ですね。鍵屋《かぎや》は反対に、人類の終焉《しゅうえん》を知りたいんだと言っていました。このふたりは、どうだろう。気が合うのかな？　合わないのかな？　面識はないと言っていたけれど、一度ふたりで話をしてみてほしいな。

セブンブリッジの望みは、とても詩的でした。アインシュタインの最期の言葉を聞きたい。アインシュタインはドイツ語で最期の言葉を残したけれど、そばにいた看護師さんがドイツ語を知らなかったから、けっきょくなんと言ったのかわからないままなんだそうです。彼女の願いは、ぜひ叶《かな》って欲しいとオレも思います。

あまりに内容が個人的すぎるから、おそらくここでは話さない方が良いだろう、という人たちもいました。ムスタ、ブラッド、炎々羅《えんえんら》、マサオ。どれも素晴らしい内容ではあるんだけど、それでもね。気になるなら本人に訊《き》いてみてください。

ラシラの願いは人々を感動させる唄声《うたごえ》を手に入れること。矢倉《やぐら》は誰よりも将棋が強い頭脳を手に入れること。闇雲《やみくも》は高校二年生の夏に戻りたいと言っていました。その夏になにがあったのか、オレは聞かせてもらったけれど、でも秘密にしておきます。

それから、ルドルフは――

＊

香屋歩は頭を抱えて、テーブルに載ったユーリイの端末を覗《のぞ》き込んでいた。

今日の戦いでは、最低限の目的は達成したと思っていた。けれど、違った。あいつは香屋の予想よりもずっと早く、次の戦いの準備を進めていた。

トーマが長い演説を続けている。いや、これは演説なんてものじゃない。主張も説得もない。計画も展望も語らない。トーマは千も万もの言葉を使って、ほんの短いただのひとつだけを発信し続けている。——私は、君を知っている。

架見崎のトップ争いをしているウォーターが、ほとんどポイントも持たないエデンの市民の名前を、ひとりずつ呼んでいく。それだけ。本当に、ただそれだけのショーから、きっと誰も目を離せない。

くすりと笑って、ユーリイがつぶやく。

「まるで洗脳だね」

その通りだ。あいつの洗脳に、能力はいらない。

小学生のころからそうだったんだ。目をみて、微笑んで、柔らかな口調で語りかける。それだけで相手を仲間にしてしまう。馬鹿《ばか》みたいに強力なトーマの武器。

「ウォーターが挙げた名前、どれくらい知っていましたか？」

「さあ。聞き覚えはあるけれどね。空で言えと言われたなら、まあ二割か三割か」

それはそうだ。彼の立場で、市民ひとりひとりの名前や顔を覚える必要はない。巨大なチームの上に立つなら、メンバーは数字で管理することになる。――二二一人のこのチームで暮らす人たち。その認識だけで充分だ。

なのにトーマは、いちいち名前を呼ぶ。

真冬《まふゆ》は――。ポーサは――。クッキーマンは――。

簡単なエピソードをそえて、いつまでも名前を羅列する。あいつが話したという二二一人ぶん、みんなこれをやるつもりなんだろう。みんな、みんな、ひとり残らず。優しく微笑んで、身振りを交えて、強い瞳でこちらをみつめて。

あらゆる理屈を投げ捨てて、「君を知っている」というただの一点で、トーマは二二一人を説得してみせるつもりなのだろう。

その姿に香屋は震えた。彼女の口からとめどなく流れ出る言葉は、なにか世界を滅ぼすような、怖ろしい呪文《じゅもん》に聞こえた。

崎山《さきやま》は――。黒虎《こっこ》は――。御影送《みかげおくり》は――。

どこまでも流暢に。機械的ではなく感情豊かに。余裕と切実を上手く混ぜ合わせて。幼い純情さとリーダーとしての威厳を使い分けて。美しい立ち姿で。力強い瞳で。可愛《かわい》らしい唇で。魅力的なまつ毛で。柔らかな頬で。穢《けが》れのない手のひらで。計算された身振りで。英雄としての歴史を背負って。研ぎ澄まされた強い声で。

トーマはその長い長い呪文を詠唱する。

梅谷《うめや》は——。淀屋川《よどやがわ》は——。オランジは——。歌壇《かだん》は——。百地《ももち》は——。マルットは——。アルビノパンダは——。和内《わない》は——。冬偏北《とうへんぼく》は——。グランシェは——。田中《たなか》は——。トブラは——。サンロストは——。欠茶碗《かけちゃわん》は——。ハングリーコングは——。カマキリは——。山下《やました》は——。大久保《おおくぼ》は——。シュガータイムは——。月詠《つくよみ》は——。岡田《おかだ》は——。ミームは——。乗戸仏《のどぼとけ》は——。時雨沢《しぐさわ》は——。霧錐《きりきり》は——。ハモックは——。マルーンは——。海月《くらげ》は——。茶利通《ちゃりつう》は——。ルギーは——。陽流《ひる》は——。七野《ななの》は——。青薔《あおば》薇《ら》は——。シェイクサンドは——。雨理《あまり》は——。テスタは——。空豆《そらまめ》は——。リフは——。蝙蝠《こうもり》は——。リカントは——。鯨幕《くじらまく》は——。シューアイスは——。ヒューンは——。浜中《はまなか》は——。鈴木《すずき》は——。山田《やまだ》は——。ノイジィは——。レーズンパイは——。ブラックは——。ミリンは——。モットは——。犬山《いぬやま》は——。ピッピは——。大判堂《おおばんどう》は——。クエスチョンは——。新吾《しんご》は——。配達員《はいたついん》は——。ブックスターは——。柊《ひいらぎ》は——。ジャガーは——。コトンは——。兼定《かねさだ》は——。雲母《うんも》は——。クルーシーは——。蟻腹《ありはら》は——。詩天使《してんし》は——。ルッタは——。丸岡《まるおか》は——。佐々浜《ささはま》は——。ナナシは——。アルファは——。栗《くり》谷《たに》は——。十六夜《いざよい》は——。トロイは——。ヤモリは——。ミヤは——。希輪《きりん》は——。千葉《ちば》は——。ノマドは——。ジョンドゥは——。コロンは——。反倉《はんくら》は——。パパパパは——。イージーネームは——。ドレス計画《けいかく》は——。カタムリは——。水沢《みずさわ》は——。メロンは——。ベンは——。又猫《またねこ》は——。タースケは——。グラニュは——。千切屋《せんぎりや》は——。レミックは

——。ポメラニアンは——。蛸和佐《たこわさ》は——。宮内《みやうち》は——。マリモリマは——。パブロフは——。春雨《はるさめ》は——。トリマナは——。左《ひだり》は——。アウフェは——。キルドーンは——。幸《ゆき》村《むら》は——。我覧堂《がらんどう》は——。ミヤマは——。グセットは——。ルドックは——。風斜里《ふうしゃり》は——。春《はる》パフェは——。ミルルは——。チキンスタッズは——。鏡《かがみ》は——。ユウキは——。河嘘《かわうそ》は——。にゃあんは——。九月末《くがつまつ》は——。ランチュウは——。静々《しずしず》は——。亜竹丸《あたけまる》は——。レインブーツは——。トレントは——。ナオは——。折原《おりはら》は——。スノーマンは——。チェシャは——。コノオトは——。コッチは——。羽田原《はたはら》は——。オキシニンは——。小林《こばやし》は——。フェスタは——。オリジンは——。虹玉《にじたま》は——。海吉《うみよし》は——。グラタンは——。キューは——。ウッズは——。壁乃絵《かべのえ》は——。鳥ノ岡《とりのおか》は——。ナタデココは——。シャルドーは——。キタイズムは——。うめぼしは——。リンドウは——。スザンヌは——。白詰草《しろつめくさ》は——。セロリは——。帆波《ほなみ》は——。コバコは——。東海林《しょうじ》は——。ムイドは——。マシューは——。リマインは——。ゼロイチは——。納夢《のうむ》は——。パラケルススは——。アポロは——。熊山《くまやま》は——。グリーゼは——。エンドエッグは——。チェイスは——。シエスタは——。蛍《ほたる》は——。シャムロックは——。ルンラルンロは——。蒟蒻《こんにゃく》帝国《ていこく》は——。ブーゲンビリアは——。朱紅《しゅこう》は——。シャミセンロックは——。ディックディダンスは——。鹿句景《しかくけい》は——。黒電話《くろでんわ》は——。イルガチェフェは——。錆浅葱《さびあさぎ》は——。フィリップは——。幸田《こうた》は——。スケッチは——。

ふっと、息を吐いてトーマが笑う。

「今のところは、これで全員。みんな、覚えているよ」

やりきった。あいつ。

数えちゃいないけれど、きっと本当に二二一人ぶん。トーマはそれほど記憶力が良いわけじゃない。とくに悪くもないけれど、たとえば秋穂の方がずっと速く良く覚える。なのに、どうしてだかこういうときには失敗しないんだ。

なんて強引でストレートな、一方的な蹂躙《じゅうりん》。香屋が心の底から憧《あこが》れる、けれど決してできない、届かない、トーマにしか成立させられない戦い方。

――上手く、戦ってきたんだ。

本当に。

今日の戦いは悪くなかった。あちらの動きはだいたい読み切っていた。あの白猫《しろねこ》を上手く無力化して、あらゆる戦場を有利に進めた。なのに。

戦術は戦略に勝てず、たいていの戦いは、開戦の前の準備で決まる。トーマはすでにその準備を終えていた。だから結果は、圧倒的な敗北だ。戦場でどれだけ勝っても死んだのはデータ上エデンに所属していた人員ばかりで、世創部はトーマの言葉だけで、一気に二二一人をかっさらう。あるいは、それ以上の人数を。

端末の中のトーマがその口調を変える。少しだけ獰猛《どうもう》に。

「まだ足りない。まったく足りない。オレは本当に、この架見崎の全員と話をしたい。でもとりあえず二二一人ぶん、みんなの望みをオレは知っています。そして、約束しましょう。もしオレのチームが架見崎の勝者になれたなら、チームメイトの望みは、すべて叶えます。架見崎の賞品は、なんでも好きなものをひとつ。でも、その『ひとつ』の使い方でオレはすべての望みを叶えられることを知っています」

そんなのもちろん、香屋にもわかる。アポリアを自由に使いたい。そう望むだけで、今ここにいる人たちの、全員の望みを叶えることだってできる。

「最後に」

トーマは言った。心臓に添えた杭《くい》にハンマーを打ち付けるように。ゆっくりと丁寧に、この一方的な戦いにとどめをさすように。

「オレは話をした全員に、同じお願いをしました。——できるならオレと会ったことは、秘密にしてほしい。だから、あなたがもしも誰からもオレの話を聞かなかったなら、それは二二一人もの人たちが、みんなオレを庇《かば》ってくれたということです。敵対しているチームなのに、奇跡みたいに」

ああ。それはもう、本当に奇跡だ。

自由に敵のチームを動き回って、勧誘して。もちろん検索《サーチ》の目は能力でごまかしていたのだろう。テスカトリポカとなんらかの密約があったのだろう。でもそれを別にしても、能力なんて関係なく、普通はすぐにばれるだろ。敵の二〇〇人以上とゆっくり話をして、なんの噂《うわさ》にもならないなんて、そんなのさすがにずるいだろ。

けれどきっと全員が、胸の中で期待したんだ。「もしかしたらこの少女であれば、自分たちを幸せにしてくれるのかもしれない」と。

だから誰もが少しだけチームを裏切った。話さない、報告しないという一点で、ほんのわずかでも、エデンというチームに背を向けた。

ひとりだけであれば、こんなの別にたいした問題じゃない。

けれど、二二一人。ひとつひとつが小さくても、それだけ集まればもうウォーターという世創部リーダーの魅力を圧倒的に証明する。

――こんなこと、僕にはできない。

はじめから選択肢にも上らない。

だってもしも、ひとりでもトーマの「お願い」をきかなければ、あいつは死んでいたかもしれないんだ。能力も使えない敵の領土で、あっさりエデンの兵隊たちに撃ち殺されていたのかもしれない。けれど、あいつは自分の魅力に、自分自身のすべてを賭《か》けた。開戦の前に、その無茶苦茶な戦いに勝ち切っていた。

「ただの数字じゃない、名前と感情と、それから大切な願いを持つ皆さん。世界平和創造部で会いましょう。二二一人だけじゃない、まだお話ができていない皆さんも。ベッドと食事を用意して待っています」

そう言ってトーマは、一方的な侵略を終えた。

端末の画面から彼女の姿が消えても、香屋はまだ震えていた。この怖ろしいものに勝たなければならないのだ、と再確認して。ホテルの外からは騒音が聞こえる。悲鳴でもなく、怒号でもなく、歓声でさえもない。けれど騒がしい音。大勢がトーマの言葉に興奮し、浮足立っている。

「何人、向こうに行くと思う？」

ユーリイに尋ねられて、香屋は答える。

「わかりませんよ。でも、大勢。たぶん三〇〇人とか」

まずエデンを離れる何人かとはすでに話がついているだろう。人々を誘導する、最初の一歩にはサクラを使う。香屋だってそうするし、トーマだってそうする。

数人動けば、数十人が続く。数十人の姿をみれば、もっと、もっと。おそらくトーマが話していない人たちまでついていく。

ユーリイはこの事態に、とくに動揺もしていないようだった。

「いいねぇ。ウォーターは、とても良い。架見崎のカリスマだね」

香屋はつい、彼を睨《にら》んだ。

「そんな、呑気《のんき》な」

「無力な民衆が移動しても、戦力は変わらない。さあ次の戦いの予定をたてよう」

「どう戦うんですか？」

「君ならどうする？　答えは同じじゃないかな。こういうことでは、僕たちはずいぶん気が合うと信じているんだよ」

ユーリイにそんな風に言われると、なんだか怖い。ホミニニみたいに死んでしまうんじゃないかという気がする。

ため息をついて、香屋は答える。

「方法はふたつです」

「へえ。僕は一択だと思っていた」

「ウォーターを殺す？」

「そう。その通り。彼女がいちばんの、世創部のウィークポイントだよ」

ユーリイが言う通り、トーマは理想的なカリスマだ。これまでもそうだったし、今日、よりいっそう、そうなった。だから本質的に世創部は脆《もろ》い。

だって、ナンバー2が存在しない。もしも今、トーマが死んだら次のリーダーは誰になる？　まさかヘビではないだろう。順当に考えると白猫だろうか。彼女は彼女で、ある意味絶対的ではあるけれど、魅力のあり方がまったく違う。トーマの言動に惹《ひ》かれて世創部に集まった人たちをまとめ上げはできないだろう。

トーマが死ねば、世創部は終わる。ひどく当たり前に。なのにあいつは自衛の意識が低い。今日だって平然とエデンの中心までやってきた。そういう風に動くから大勢の関心を集めるのだろうけれど、ユーリイと共謀して本気で狙ったなら、あいつの命には手が届くような気がする。でも。

「そっちを選びたくはありません」

「どうして？」

「友達だから」

ごく当たり前に殺したくない。

まあ、トーマの場合は架見崎で死んでも現実で生きていくだけなのだから、とくに気にすることもないように思うけれど、それでも殺したくはない。秋穂に叱《しか》られそうだし、香屋自身、とても嫌だ。自分が死ぬのとそれほど変わらないくらいに。

ユーリイは、噴き出すように笑った。

「その答えは、意外だね」

「どこが？　ごくまっとうでしょう」

「もしかして君は、自分がまっとうな人間のつもりなのか？」

当然だ。至極まっとうだ。香屋は自分自身が、世の中の倫理観のだいたいど真ん中にいると信じている。ユーリイの方が普通じゃないから、こちらがまっとうにみえないだけじゃないのだろうか。

ともかくトーマを殺したくないから、もう一方を提案した。

「ヘビを使いましょう」

「どう使う？」

「あれの存在を、架見崎中に公開します」

ヘビというのは本来、架見崎全員の敵だ。正確には現実から来ているトーマとパンを除いた、架見崎で暮らす仮想人格全員の敵であるはずだ。だから言葉で人々の心を掌握するトーマにとって、あれに味方しているということ自体が弱点になる。

ユーリイがふいに、笑みを消す。

「その線は、なかなか難しい」

「ええ。あまりに反応が読めない」

「具体的なプランは？」

「まだありません。これから」

「なら、僕は乗れないな。あまり楽しいギャンブルじゃない」

「そうですか」

現状、香屋とユーリイは共通する目標を持っている。世創部に打ち勝ち、ヘビを排除するという目標だ。けれどその手段が噛《か》み合わなければ、仕方ない。

「じゃあ互いが、それぞれ選んだ方法で」

とユーリイが言った。

「はい。まあ、仕方がない。そうしましょう」

と香屋は答えた。

ユーリイと敵対するつもりはない。本当に。少なくとも、ヘビを排除するまでは。けれど、無理やり、目的を擦り合わせるような関係でもない。

「また同じテーブルに着けることを期待しているよ」